마법처럼 꿈이 이루어지는
강지원의 꿈 멘토링

세상 어딘가엔
내가 미칠 일이 있다

이 책은 「꿈을 찾아 행복한 인생을 사는 방법」 이란 주제로

강지원 변호사님과 직접 나눈 이야기를 토대로 만들어진 대담집입니다.

대담자 : 강지원, 안은주(고려원북스 출판편집장)

마 법 처 럼 꿈 이 이 루 어 지 는

강지원의 꿈 멘토링

세상 어딘가엔
내가 미칠 일이 있다

(주)고려원북스

중학교 입학시험이 있었던 시절,

나는 그 어렵다던 경기중학교에 입학했다.

경기고등학교에 입학할 때는 한 문제 차이로

전교 차석으로 입학했다.

그 후 서울대학교를 거쳐, 행정고시와 사법고시에 합격했다.

더구나 사법고시는 수석합격이었다.

모든 면에서 성공한 것처럼 보이지만,

그러나 나는,
지금 후회하고 있다.

사실 내 성적은 들쑥날쑥했고,

대학시험에 떨어져 재수를 했다.

행정고시에도 떨어졌고, 사법고시에도 세 차례 떨어졌다.

나는 공부를 그리 좋아한 사람이 아니었다.

나는 글쓰기를 좋아했다. 말하기와 연설에도 소질이 있었다.

방송반 활동도 열심히 했다. 슬픈 이야기를 들으면

곧잘 눈물을 흘렸다. 다양한 종교에도 관심이 많았다.

그런데 나는 검사가 되었다.

그때까지 나는,
진정한 나의 길을 찾지 못했다.

검사로 일하면서, 우연히 비행청소년의 눈물을 보았다.

그때의 감동이 운명처럼 나를 청소년운동의 길로 이끌었다.

드디어 먼 길을 둘러 내가 가장 좋아하고,

가장 잘할 수 있는 일을 찾게 된 것이다.

진정한 행복이란 자신을 넘어서

타인까지 사랑함에 있다는 깨달음을 얻었다.

홍익적 사랑이란 넓은 꿈도 품게 되었다.

그래서 나는,
지금 행복하다.

꿈으로 가는
지도를 보았습니다

꿈이 있는 사람들에게는 공통점이 있습니다.

　두 눈은 반짝이고, 얼굴에는 자신감과 열정이 가득합니다. 그들이 모두 좋은 대학을 나와서가 아닙니다. 유명한 대기업에 다니는 것도 아니고, 수십억의 자산가도 물론 아닙니다. 그러나 분명 그들은 그 어떤 사람보다 멋진 삶을 살고 있습니다.

　우리들은 다 알고 있습니다. 일류 대학 나온다고 다 행복한 건 아니며, 굴지의 회사에 취업한다고 성공한 삶이 아닐뿐더러 돈을 많이 가졌다고 마음마저 부자가 아닌 것을요. 그러나 미래에 확신이 없는 우리는 확률에 따릅니다. 그래서 우리 스스로에게, 그리고 우리 자녀들에게 일류 대학과 굴지의 회사를 강요합니다. 일종의 보험처럼, 확률적으로 행복해질 수 있는 가능성이 크다는 이유로 말입니다.

꿈이 있는 사람들에게는 공통점이 있습니다.

세상 어딘가에서 '내가 미칠 일'을 찾은 것이지요. 그 미칠 일이 나를 '평생 미치도록 행복하게' 하는 것입니다. 그래서 수많은 인생 선배들이 외칩니다. "꿈을 찾아라", "네가 좋아하는 일을 해라"라고요.

그러나 도무지 모르겠습니다. 내가 정말 좋아하는 일이 무엇인지, 내가 뭘 잘할 수 있는지, 어떻게 하면 그걸 찾을 수 있는지 아무도 가르쳐주는 사람이 없습니다. 오히려 선배들의 조언이 꿈을 찾아야 한다는 강박감에 시달리게 합니다. 더구나 모두가 똑같은 방향으로 나아가는데 거기서 이탈할 용기도 없습니다. 그래서 오늘도 청소년, 젊은이들은 방황합니다.

지금 우리 사회는 꿈을 구체적으로 멘토링해줄 수 있는 전문가가 필요합니다. 청소년, 젊은이의 마음을 어루만져주는 것에 그치지 않고, 기나긴 인생의 방향을 스스로 잡을 수 있도록 도와주는 멘토가 절실합니다. 수많은 고민 끝에 우리는 강지원 변호사님을 어렵게 모셨습니다. 그리고 그동안 우리의 머릿속에 복잡하게 얽혀 있던 질문들을 쏟아내었습니다.

이 책은 강지원 변호사님과 3일간 직접 나눈 대담을 토대로, 두 달이 넘는 시간 동안 이메일로 새로운 질문과 대답을 추가하여 만들어진 책입니다. 그는 "후회한다"고 했습니다. "지금 깨달은 것을 그때 알았더라면 인생을 낭비하지 않았을 것"이라고 했습니다. 젊은이들이 "나처럼 살지 않기를, 나의 후회로부터 배우게 되기를" 바랐습니다. 그 간절함은 우리의 마음을 울렸습니다.

이 책에는 60년의 인생경험을 통해 알아낸 '행복의 비밀'이 담겨 있습니다. "꿈을 찾으라"고만 말하지 않고 '꿈을 찾는 방법'을 알려주고, '꿈을 이뤄내는 방법'까지 제시해줍니다.

그런데 대담은 미처 생각지도 못한 이야기까지로 흘러갔습니다. 우리가 그렇게 원하는 행복이란 '채움'으로서가 아닌 '비움'으로서 도달할 수 있다는 이야기였습니다. 욕망을 절제하고 적정하게 소유하는 자리에서 행복이란 꽃이 피어난다는 '적정의 철학'과 자신을 넘어서 모든 사람을 사랑하는 '홍익적 삶'이 궁극적 행복으로 이어진다는 얘기는 생소하면서도 감동적이었습니다. 우리가 익히 알고 있는 홍익인간의 개념이 홍익의 기업, 홍익의 국가, 홍익의 세계로까지 확장된 것입니다.

대담을 마치면서 마흔이 넘은 저의 머릿속에 반짝 불이 켜졌습니다. 제게는, 느리고 수학을 어려워하지만 미술과 어학과 과학을 잘하는 딸아이와, 수학과 과학은 잘하지만 책 읽기를 싫어하는 아들이 있습니다. 강지원 변호사님께 배운 지혜를 토대로 두 아이와 대화를 나누었습니다. 우리의 대화에 모처럼 반짝 불이 켜졌습니다. 한창 사춘기를 지나고 있는 딸아이의 눈빛에도 반짝 불이 켜졌습니다.

이 책을 꿈을 몰라 방황하는 청소년과 젊은이들에게 먼저 권합니다. 어떤 강사나 어떤 책에서도 말해주지 않던 이야기를 들려줍니다. 그리고 저처럼 아이들이 있는 학부모님께도 권해드립니다. 진정으로 행복하게 살 수 있도록 도와주고 싶은데, 공부를 잘하도록 도와주는 것 말고 다른 뭔가를 해줄 방법을 몰랐던 학부모님께 답을 해드릴 것입니다. 만약 교육계에 몸담고 계신 분들이 읽으신다면 교육계에 일대 변혁이 일어날 것입니다.

강지원 변호사님은 책 제목에 대해 끝까지 반대하셨습니다. 『세상 어딘가엔 내가 미칠 일이 있다』에서 '미칠 일'이란 단어가 변호사님의 생각과 다르다는 것이었습니다. 좋아하는 일, 하고 싶은 일을 극적으로 표현한 이 단어가 자칫 또 다른 오해의 소지가 있으며 비교육적이라는 말씀에 동의하지만, 그만큼 간절하고 임팩트 있는 단어를 찾기 어려워 그대로 사용하기를 고집하였습니다. 끈질긴 설득 끝에 "내가 졌다"며 호탕하게 웃으시며 허락해주신 강지원 변호사님께 감사의 말씀을 올립니다.

어딘가에 꼭 있을 우리의 미칠 일을 위해, 꿈을 위해 bravo!

설응도(고려원북스 전무이사)

★ 차례

서문; 꿈으로 가는 지도를 보았습니다 • 008

1부 **꿈의 시작,**
타고난 적성을 찾아라
무조건 적성부터 찾아야 하는 이유, 적성 찾는 방법

chapter **01**

젊은이들에게도 행복할 권리가 있다

★ 젊은이들의 피 말리는 고통 • 020
★ 고통의 원인, 적성을 못 찾은 데 있다 • 023
★ 다양성 시대, 나만의 적성을 찾아라 • 026
★ 나부터 도전! 고통 끝, 성공 시작 • 030
★ 우리 사회의 고질병, 쏠림 현상 • 034
★ '미친 교육', 언제까지 할 것인가? • 038

chapter 02
도대체 왜들 모두 공부병 환자인가?

★ 토끼와 거북이는 절대로 경주하지 않는다 • 042
★ 공부 못하는 재주도 타고난 재주다 • 046
★ 아직도 직업 가지고 차별하나? • 049
★ 사사건건 비교하지 말라 • 051
★ 무한경쟁시대라고? 경쟁자는 협력자다 • 055
★ 일류대 간판? 평생 보증수표 아니다 • 058
★ 70억 인구, 얼굴이 다 다르듯 적성도 다 다르다 • 061
★ 흥미와 재능, 헷갈리지 말라 • 065
★ 음악적성을 사랑하나, 화려한 무대를 사랑하나? • 067
★ 적성에 맞으면 마법처럼 기적이 일어난다 • 069

chapter 03
적성 찾는 법「적성 방정식」

★ 뇌세포 절정기, 20세까지는 찾아야 • 073
★ 뇌 발달 시기에 따라 적성 발현 시기가 다르다 • 075
★ 적성의 인식, 탐색, 계발 시기 • 078
★ 세계 최초, 모든 고등학교를 특성화하자 • 081
★ 적성은 7:3일 수도 있고, 8:1:1일 수도 있다 • 085
★ 적성검사가 가르쳐주지 않는 것들 • 090
★ 여러 적성의 융합은 나만이 할 수 있다 • 093
★ 질문하라! 체험하라! '왠지'가 중요하다 • 097
★ 자녀 스스로 도전하게 해야 • 100
★ 적성에 따른 사회 진출 : 대학을 거부하라 • 102
★ 적성에 맞는 일이면 무보수라도 붙잡아라 • 105
★ 적성 찾기에 경제적, 시간적 여유가 필요하나? • 108
★ 적성취업, 사교육비 · 대학 등록금까지 싹 없앤다 • 111
★ 결혼과 군생활도 적성 찾기 • 113
★ 마이 웨이, 적성에 따라 선택하라 • 116

★ 차례

2부 꿈은, 사랑과 자비를 향한다
자신과 남을 모두 사랑해야 하는 이유, 홍익적 삶의 길

chapter 01
'꿈들의 꿈'이 있다

★ 꿈, 꿈, 꿈…… • 120

★ 꿈들의 꿈, '지금 여기'의 행복 • 124

★ 스티브 잡스처럼 살지 말라 • 127

★ 오늘 행복해야 내일도, 30년 후도 행복하다 • 129

★ 돈 · 권력 · 지위 · 명성 · 인기를 꿈꾼다면…… • 133

★ 성공학 책을 덮어라 • 136

★ 행복은 사랑과 자비 · 애기애타(愛己愛他)에서 온다 • 138

★ 애기애타의 삶은 홍익적 삶을 향한다 • 142

★ 국가에도 꿈이 있어야! 홍익국가의 꿈 • 144

★ 기업이나 단체도 홍익적이어야 • 147

★ 홍익자본주의가 세계를 구한다 • 149

chapter 02

애기(愛己) · 자애(自愛) :
나, 있는 그대로 사랑하기

★ 자기 사랑 1 : 가지지 못한 것 사랑하기 • 152
★ 개인적 상처 • 155
★ 집단적 상처 • 158
★ 상처는 순기능도 있으나 역기능은 인간성을 괴멸시킨다 • 161
★ 자기 사랑 2 : 상처 극복하기 • 165
★ 욕망은 늘 사고를 친다 • 170
★ 자기 사랑 3 : 욕망 · 욕심 내려놓기 • 173
★ 무소유? 무작정 소유? • 177
★ 자기 사랑 4 : 적정 소유하기 • 179

chapter 03

애타(愛他) · 타애(他愛) :
마음속 사랑을 꺼내기만 하면 된다

★ 우리는 사랑 주기 위해 태어난 사람! • 183
★ 우리는 이미 사랑하고 있다 • 186
★ 피해 안 주기에서 축복하기까지 • 188
★ 우리가 사랑해야 하는 이유 • 191
★ 선택이 아니라 의무 • 195
★ 소아(小我)에서 대아(大我)로! • 198
★ 봉사와 기부도 적성에 맞게 • 200
★ 봉사와 기부는 전 생애적으로 • 202
★ 붕어빵 할머니, 욕심을 내려놓은 빈자리에…… • 205
★ '노블레스'만 '오블리주' 하나? • 207
★ 인생 2막 : 받은 것을 나누는 축제의 시간 • 210

차례

3부 **뒤늦은 꿈,
나처럼은 살지 마세요**
나의 후회가 꿈을 찾아가는 젊은이들에게 타산지석이 되기를

chapter **01**
나의 좌충우돌 청소년 시절

★ 나는 공부 잘하는 학생이 아니었다 • 216
★ 나는 글 잘 쓰고, 말 잘하는 학생이었다 • 219
★ 나는 어릴 때부터 '끼'도 있었다 • 221
★ 나는 사회문제와 인간 내면에 관심이 많았다 • 224
★ 나는 수학은 어려웠고, 체육엔 젬병이었다 • 226
★ 나는 호기심 많은 꾸러기였다 • 229

chapter **02**

먼 길을 둘러 적성과 만나다

★ 나의 사회 진출에 '적성'은 없었다 • 232
★ 데모, 그리고 난데없는 고시 공부 • 235
★ 양과 합격 유명세에 '가짜 강지원' 사건까지 • 237
★ 운명과도 같았던 적성과의 만남 • 241
★ 적성결혼 : 영·호남 부부, 맞벌이 부부 • 244
★ 군대 못 간 콤플렉스 이겨내기 • 249
★ 드디어 가슴 뛰는 적성과 손잡다 • 254
★ 비행 청소년들의 눈물 : 봉사에 눈뜨게 하다 • 256
★ 자녀들 모두 대안학교에 보내다 • 260

chapter **03**

새로운 길, 봉사의 길

★ 버리고, 버리고, 또 버리고…… • 263
★ 여성 최초 대법관의 가족으로 산다는 것 • 272
★ 사회운동, 좋은 세상을 꿈꾸다 • 276
★ 아직도 '끼'가 남았나? • 290
★ 자식들을 위한 돈벌이는 하지 않겠다 • 299
★ 정치요? 적성에 안 맞아서 안 합니다 • 301
★ 당파사회 : 매니페스토 7년의 슬픔 • 306
★ 나의 중정(中正), 중향(中向), 뱃사공론(論) • 314
★ 나의 후회 1 : 성찰하고 반성하기 • 322
★ 반성은 철저하게, 그러나 긍정적으로 • 325
★ 나의 후회 2 : 겸손하고 감사하기 • 327
★ "못 가진 점, 감사합니다" • 330
★ 감사는 진실되고 집중적으로 • 333

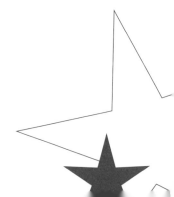

꿈의 시작,
타고난 적성을
찾아라

무조건 적성부터 찾아야 하는 이유,
적성 찾는 방법

젊은이들에게도
행복할 권리가 있다

젊은이들의 피 말리는 고통

Q 지금 대한민국의 젊은이들은 대부분 스스로를 행복하다고 느끼지 않습니다. 인생의 가장 아름다운 시기에 이들은 왜 이렇게 고통스러워해야 하나요?

지금 대한민국 젊은이들에겐 꿈이 없습니다. 또 꿈이 있다 하더라도 자신감이 없습니다. 기성세대들은 꿈을 가지라고 말하면서도 꿈을 어디에서 어떻게 찾아야 할지는 가르쳐주지 않습니다. 그저 위로하고, 참고 힘내라고만 말할 뿐입니다. 행복하지 못한 젊은이들이 너무나 많습니다.

그들이 왜 이 같은 삶을 살아야 하나요? 누구를 위해서요? 청소년들은 획일적인 입시교육을 강요받고 있습니다. 자신의 적성은 깡그리 무시당한 채 정말 하기 싫은 공부를 억지로 하는 그들이 어떻게 행복할 수 있겠습니까?

그렇게 고통스러운 입시를 거쳐 80% 이상의 고등학생들이 대학에 들어가는데, 그들은 또 행복합니까? 그들 역시 불행하기는 마찬가지입니다. 시험 점수에 맞춰 대충 선택한 전공이 과연 4년씩이나 공부할 만한 가치가 있는지, 취업을 위해 온갖 스펙을 쌓는 이런 저런 노력을 꼭 해야 하는지, 졸업한다고 취업이 제때 되기는 할 것인지, 생각하면 할수록 불안하고 답답할 뿐입니다.

또 당장에 먹고살기조차 힘든 대학생도 많습니다. 양극화 현상은 대학가라고 다르지 않습니다. 그 비싼 대학 등록금과 하숙비, 생활비로 부모님 등골을 빼먹는 것을 생각하면 당장이라도 때려치우고 싶은 마음이 목구멍까지 차오릅니다. 학자금 대출을 받았다 해도 이자며 원금까지 상환할 것을 생각하면 아찔해집니다.

편의점, 주차장, PC방 등 온갖 곳에서 아르바이트도 두세 탕 뛰어야 하는 형편입니다. 즉석밥과 김치로 끼니를 해결하거나 몇백 원짜리 삼각김밥으로 때우는 경우도 많습니다. 그러다 등록금이 정 마련되지 않으면 휴학을 하는 수밖에 없습니다. 그중에는 여유 있는 부모를 둔 덕분에 유학, 연수, 고급 스펙 쌓기, 취업을 위한 성형수술 등에 올인하는 학생들도 있으나 그 숫자는 많지 않습니다.

대학 졸업 후엔 또 어떻습니까? 취업이 잘 됩니까, 창업을 쉽게 할수 있습니까? 그것도 제법 그럴듯한 자리는 하늘의 별 따기 아닙니까? 청년 백수로 지낸다는 것, 정말 괴롭습니다. 오늘 하루하루가 괴로울 뿐 아니라 내일에 대한 희망이 없으니 더욱 미칠 지경입니다. 임시로 비정규직 자리를 얻어도 불안하기는 마찬가지입니다. 계속 알바자리를 찾아다니는 뜨내기 같은 삶은 스스로를 절망으로 빠뜨립니다.

취업이 안 돼 대학원에 가도 그것은 임시방편일 뿐입니다. 교수 잔심부름부터 청소에 이르기까지 내가 지금 왜 이 짓을 하고 있는지 자괴감을 지울 수 없습니다. 이런 판국에 시집, 장가를 간다? 꿈도 꾸지못할 일이지요. 당장에 고정 수입이 있어야 생활을 하죠. 결혼해서 신혼 살림을 차리려면 전세금이라도 있어야죠. 2세 계획은 꿈도 못 꿉니다. 출산 양육비가 얼마나 많이 드는데요. 실로 '3포 세대'입니다.

우리 젊은이들을 보면 너무 안타깝습니다. 자살이 속출하고 있습니다. 정신건강이 무척 위협받고 있습니다.

우리 사회는 이들을 이렇게 방치해서는 안 됩니다. 어쩔 수 없다고 포기하지 말고, 열심히 해결책을 찾아야 합니다. 우리 사회는 그들에게 무엇을 해주어야 하고 그들은 스스로 무엇을 해야 하는가를……무엇이 그들을 불행에서 행복으로 끌어올려줄 수 있는가를…… 무엇이 그들의 고통을 끝내 줄 수 있는지를…….

고통의 원인, 적성을 못 찾은 데 있다

Q 죽도록 공부해 대학에 들어가고 열심히 스펙을 쌓아 졸업을 해도 현실은 여전히 암담합니다. 그러니 젊은이들은 고통 받지 않을 수 없습니다. 그렇다고 젊은이들에게 다른 뾰족한 수도 없는 게 현실 아닙니까?

발상을 완전히 바꿔야 합니다. 우선, 왜 모두들 대학을 가야 한다고 아우성인지부터 따져봐야 합니다. 이 말이 너무나 파격적이고 갑작스러워서 "이게 무슨 말인가" 하실지 모릅니다. 그러나 곰곰이 생각해봅시다. 원래 고등학교를 졸업하는 10대 후반이 되면 이미 사회 진출을 위한 준비는 다 마쳤다고 보고, '고교 졸업이 곧 사회 진출'이라고 생각을 해야 합니다.

그런데 우리나라에서는 대학은 너나없이 무조건 가야 하고, 대학을 나와야만 비로소 사회 진출을 시작하는 것으로 생각하는데, 이것이 결정적 잘못이라는 것입니다. 한마디로 '발달지체현상'이고, 사회경제적으로도 파탄을 예고하고 있다는 이야기입니다.

지금 우리나라에서는 고교 졸업생의 15% 이하만이 사회에 진출하는데, 그게 아니라 60~70% 정도가 곧바로 사회에 진출해야 합니다. 현재 80% 이상이 가는 대학은 30~40%만 진학해야 합니다. 대학 진학률이 지금의 절반 이하로 뚝 떨어져야 한다는 말입니다.

이 문제는 지금 우리나라만의 문제가 아닙니다. 미국에서도 이런 주장이 터져 나오고 있습니다. "미국의 지속적인 경제성장을 위해서는 중·고등학생들에게 무조건 대학을 가라고 강요해서는 안 된다. 고등교육에 쏟아붓는 대신 대학 수준의 직업교육에 투자해야 한다"는 주장이 나오고 있습니다. 펜실베이니아 주립대학의 케네스 그레이 교수의 말입니다. "미국이 지금 서비스국가로 전락해 실업률이 높지만 숙련된 기술자가 없어 국가적 고민이다. 대학 졸업장 만능주의에서 벗어나야 한다."고 질타합니다.

미국은 고졸자의 65% 전후가 대학진학을 합니다. 이에 비해 독일의 대학 진학률은 35~40% 전후에 불과합니다. 영국은 16세쯤 대학진학 준비학교와 직업전문학교 중 한 곳을 선택하는데, 대학진학준비학교 선택비율은 30% 전후입니다.

그러면 어떤 학생은 고교 졸업 후 곧바로 사회에 진출하고, 어떤 학생은 대학을 가느냐는 문제가 대두됩니다. 답은 간단합니다. '제 적성에 따라' 곧바로 사회에 나가고 싶은 학생은 사회에 진출하고, 대학에 가서 더 전문적인 이론 공부를 하고 싶은 학생은 대학에 가면 됩니다.

자, 생각해보십시오. 한 젊은이가 요리를 아주 좋아하고, 세계적인 요리사를 꿈꾼다고 합시다. 그는 요리고등학교를 졸업한 후 곧바로 호텔 주방에 취직해 실력을 연마해나갈 수 있습니다. 그런데 구태여 이론 공부를 위해 대학 요리학과에 진학할 필요가 있습니까? 대학은 사회생활의 일부로서 더 전문적 지식이 필요한 분야에서 이론 공부를 하는 곳입니다.

세계적인 요리사의 포부를 달성하는 데 대학 졸업장이 필요합니까? 일찍부터 실력을 쌓는 것이 훨씬 빨리 꿈을 이룰 수 있게 하지 않겠습니까? 쓸데없이 4년씩이나 대학 공부를 하는 '낭비'와 호텔 주방에서 자신을 연마해서 얻을 수 있는 '생산성'의 대차대조표를 그려봅시다. 대학 진학은 엄청난 손실입니다.

다음으로 제 적성에 맞지 않는 전공을 선택해 4년간 마지못해 공부하는 대학생들을 생각해보십시오. 단지 성적 때문에, 혹은 장래 전망이 좋다거나, 안정적 직업을 얻을 수 있다는 이유로 비적성 전공을 선택한 이들의 헛수고 또한 얼마나 아깝습니까? 경영학과 나온 친구가 출판사 편집자로 취직하고, 수학과 나온 친구가 자동차 세일즈를 한다고 온 거리를 누비고 다니는 모습을 상상해보십시오.

나아가 청년실업 사태가 장기화되고 있는 오늘의 현상은 더욱 심각한 낭비와 손실이 아닐 수 없습니다. 일찍일찍 자신의 타고난 적성을 찾아서 거기에 맞는 일거리를 찾으면 될 것을 그 기회를 갖지 못한 것입니다. 아직도 모두들 자신의 적성은 무시한 채 마냥 안정된 직장만을 찾고 있습니다. 늦었지만, 지금이라도 생각을 바꾸어야 합니다.

직장이 크든 작든, 유명하든 유명하지 않든, 또 정규직이든 비정규직이든 그것은 중요하지 않습니다. 그것들보다 진정으로 중요한 것은 자신들의 적성입니다.

이 나라 젊은이들의 끝없는 고통은 바로 제 적성을 찾지 못하고 신기루를 쫓아다니는 데 있습니다. 적성을 찾아야 길이 보입니다. '적성 찾기'가 살길입니다.

이 나라에는 아직도 이 핵심 과제에 대한 문제의식이 없습니다. 이 문제가 풀려야 이와 연관된 수많은 문제들이 풀릴 터인데, 아직도 여기에 착안하는 이들이 없는 것입니다. 이 문제는 개인의 불행을 넘어 사회적 낭비이자 국가적 문제입니다. 산업과 고용·노동, 교육 시스템을 국가적 차원에서 가차 없이 뜯어고쳐야 합니다. 정부나 국가기관은 도대체 무엇을 하고 있습니까? 일대 혁신이 설실합니다.

다양성 시대, 나만의 적성을 찾아라

Q 일대 혁신이 절실하다고 하셨는데, 지금 우리나라에서 대학만능주의라는 고질병을 고칠 수 있을까요?

당연히 고칠 수 있지요. 생각만 바꾸면 아주 쉬울 수도 있습니다. 가치관의 쏠림 현상부터 깨는 것입니다. 한 줄로 서는 획일성을 여러 줄로 서는 다양성으로 바꾸면 됩니다. 그리고 그것들 사이의 불균형성을 균형성으로 바꾸면 됩니다. 우선 우리들 머릿속의 고정관념부터 과감하게 깨야 합니다. 온 정부와 사회가 달라붙어 대대적인 변화의 바람을 불러일으켜야 합니다. 국민적인 대전환운동을 전개해나가야 합니다. 그렇게 되면 산업 쏠림 현상, 지역 쏠림 현상, 채용 쏠림 현상이 타파됩니다. 또 획일적인 입시교육도 180도 바뀌게 됩니다.

그러나 우리 젊은이들은 이런 상황의 변화를 마냥 기다릴 수가 없습니다. 지금 당장 발등에 불이 떨어졌는데 기다릴 시간이 없지 않습니까? 그래서 제안합니다. 우리 젊은이들부터 발상의 혁신에 도전하자고. 이 눈치 저 눈치 보지 말고, 그동안 우리를 옥죄었던 획일적인 고정관념을 떨쳐버리자고. 오로지 나만의 적성을 찾아 나서자고. 우리네 삶의 궁극적인 목표가 무엇이고, 그것을 향해 우리는 지금 당장 무엇을 해야 할지를 탐구하고 그 길을 찾아 맹렬하게 전진하자고.

지금 젊은이들에게는 다음과 같은 고민이 시급한 때입니다. 머리 싸매고 답을 찾아봅시다. 답을 찾으면 길이 열립니다.

★

이 시대 젊은이들이 스스로에게 해야 할 질문들

✽ 나는 무엇을 위해 사나?

"내 삶의 궁극적인 목표는 무엇인가? 돈인가, 권력인가, 지위인가, 명성인가, 인기인가? 정말 그것인가? 그것들은 무엇을 위해 가지려고 하는가? 결국 나의 행복을 위해서가 아닌가? 나아가 나 아닌 주변 사람들의 행복에도 보탬이 되었으면 하는 것 아닌가?"

✱ 나는 대학을 왜 가려고 하나?

"대학을 가겠다는 것은 애초에 누구의 생각인가? 부모님인가, 선생님
인가? 아니면 남들이 다 가니까 그냥? 내가 잘하는 것, 내가 하고 싶은
일을 하기 위한다면 꼭 대학을 가야 하는가? 내 적성에 따라 대학 진
학을 결정해야 하는 것 아닌가?"

✱ 나는 무엇을 좋아하나?

"나는 어떤 기준으로 대학 전공을 선택했는가? 성적에 맞춰? 전망이
좋으니까? 안정적이니까? 그런데 그 전공은 내가 정말 좋아하는 것인
가? 내가 정말 잘할 수 있는 것인가? 그 전공이 내 적성에 맞아 평생
일거리로 삼을 자신이 있는가?"

✱ 나는 왜 대기업을 희망하나?

"나는 어떤 기준으로 직장을 구하는가? 회사의 규모? 회사의 유명세?
아니면 연봉? 그런데 그 회사에 가면 내가 정말 하고 싶었던 일을 할
수 있는가? 나는 진정 그 회사의 CEO가 되기를 바라는가? 작은 회사
에 들어가 내 적성을 마음껏 발휘할 수 있는 길은 없겠는가?"

✱ 나는 지금 꼭 정규직이 아니면 안 되나?

"일자리를 구할 때 가장 중요한 것은 급여인가? 급여만 많다면 하기

싫은 일도 잘할 수 있을까? 정말 하고 싶은 일이라면 정규직이 아니라도 괜찮지 않은가? 비정규직이든 아르바이트든, 심지어 무보수라도 내 적성에 맞는 일거리라면 그 일을 붙잡아야 하지 않을까? 그렇게 일하다 보면 좀 더 업그레이드된 길이 나타나지 않을까?"

✳ 나는 왜 수도권에만 있으려고 하나?

"꼭 모두가 고집하는 수도권에서 일자리를 찾아야 하나? 꼭 수도권이어야 내가 하고 싶은 일을 할 수 있는가? 오히려 내 적성에 맞는 일은 지방에도 있지 않을까? IT시대, 글로벌 시대에 서울·지방은 의미가 없지 않을까?"

✳ 나는 지금 번듯한 일만 하려고 하는 것 아닌가?

"왜 꼭 남들에게 번듯하게 보이는 직장만 잡아야 하나? 왜 꼭 넥타이 부대가 되어야 하나? 그것이 진정으로 내 적성에 맞는 일인가? 시골에서 농사를 지을 수도 있지 않을까? 농사를 바이오산업으로 키울 수도 있지 않을까?"

★

이런 용기 있는 젊은이들이 많이 나왔으면 좋겠습니다. 획일적이고 욕망적인 사고에서 비롯한 쏠림 현상의 희생양이 되지 아니하고 자신만의 적성을 찾아가는 젊은이들이 많아졌으면 합니다.

"너 자신을 알라"는 말이 있습니다. 그 말에는 "너 자신의 적성을 알라"는 말도 포함되어 있다고 생각합니다.

물론 잘못된 세상을 뜯어고쳐야 하는 사명은 기성세대에 있습니다. 마땅히 뜯어고쳐야 합니다. 그리고 젊은이들도 힘을 합쳐서 기성세대에 요구해야 합니다. 다만, 젊은이들은 이처럼 사회에 개혁을 요구하는 것도 하는 것이지만, 다른 한편으로는 젊은이들 스스로 방황하지 말고 불안해하지 말고 깊은 고민을 통해 내 자신 안에서 우선 해결책을 찾아나가자는 것입니다.

나부터 도전! 고통 끝, 성공 시작

Q 사회나 제도가 변하기 전에 용기 있는 젊은이들이 스스로의 길을 개척해야 한다고 말씀하셨는데 '계란으로 바위 치기' 아닐까요? 그리고 처음 길을 개척하는 젊은이들이 손해를 볼 수도 있지 않을까요?

닭이 먼저냐, 달걀이 먼저냐의 문제입니다. 그러나 문제의 선후나 본질을 따지고 있기엔, 그리고 사회나 제도가 변하기를 기다리기엔 우리 젊은이들의 고통과 불행이 너무나도 큽니다. 거대한 사회 시스템을 생각하면 계란으로 바위를 치는 심정이 될 수도 있습니다. 하지만 계란으로 자꾸 치다 보면 바위 색깔이라도 변하게 하지 않겠습니까?

자신의 **적성**에 맞는 일을 하면서
순간순간 행복하게 일하는 사람에게는
그 행복의 길이 신기하게도
또 다른 행복의 길을 인도해줍니다.

옆에서 같이 쳐주는 사람들도 많이 생길 테고요. 그리고 어느 길이든 처음 가는 사람들에게는 두려움이 있을 수 있습니다. 남들 다 대학 가는데, 나 홀로 고등학교 졸업하고 별로 좋지도 않은 회사에, 그것도 비정규직으로 일하고 있다면 엄청난 불안감을 느끼게 될 것입니다. 그것도 대학 갈 성적이 충분히 되는데, 대학을 포기하고 이런 길을 선택했다면 많은 사람들의 눈총을 받을 각오도 해야 할 것입니다. 분명 세상 사람들의 눈에는 바보나 4차원으로 보일 것입니다.

그러나 그것이 자신의 적성에 맞는 일이라면 두려워할 필요가 없습니다. 남들의 이목이나 기준보다는 자신의 내면에서 나오는 소리가 더 중요합니다. 그것이 내가 좋아하는 일이고 잘할 수 있는 일이라면 나는 이미 행복한 사람입니다. 남들의 기준에 의하면 실패자일지 모르지만, 그 사람들의 시선이 나의 행복을 가로막을 수는 없습니다.

그리고 잘 생각해보면 먼저 길을 개척하는 행동이 꼭 고통과 희생을 의미하는 것도 아닙니다. 앞서도 이야기했듯이 고3 학생의 90%가 가는 대학에 진학해, 대학생의 90%가 원하는 대기업에 입사하려면 그 과정은 불을 보듯 뻔합니다. 한정된 일자리에 편입되지 못하면 자신의 역량을 펼쳐보기도 전에 지치고 쓰러지게 됩니다. 무엇보다 제 적성을 무시했기 때문에 스스로 행복할 자리를 내팽개쳐버린 결과를 초래합니다.

반면 고교 졸업 후 자신이 진정 좋아하는 일을 찾아간 학생을 생각해보십시오. 비록 작은 회사고, 월급은 적지만 자기가 좋아하는 일을 한다면 놀라운 성과와 능력을 발휘하게 됩니다.

대학에 진학하는 경우도 마찬가지입니다. 왜 아직도 케케묵은 의대나 법대입니까? 그동안 의사들을 양산해서 지금 의사들의 실생활이 어떻다는 것은 다 알려지지 않았습니까? 금년부터는 사법고시 합격자 1,000명, 로스쿨 출신자 1,500명이 쏟아져 나와 온통 실업자투성이가 된 것 또한 잘 알려진 것 아닙니까? 그 젊은이들이 죄다 그 분야에 적성이 맞아서 찾아온 사람들입니까?

안정적이고 출세한다고 생각해서 제 적성은 생각도 안 해보고 돌진해온 사람들도 많지 않습니까? 그런 전공은 거기에 적성이 맞는 사람들에게 맡기십시오. 나는 나 자신의 적성에 맞는 전공을 선택하십시오. 대학 간판이나 전공의 명성 같은 것은 아예 무시해버리십시오. 내 적성을 찾는 것이 내 인생의 핵심 방향키입니다.

'적성에 맞는 일을 하는 것'과 '적성에 맞지 않는 일을 죽지 못해 하는 것'은 실로 극과 극입니다. 자신의 적성에 맞는 일을 하면서 순간순간 행복하게 일하는 사람에게는 그 행복의 길이 신기하게도 또 다른 행복의 길을 인도해줍니다.

모두가 달려들어 서바이벌 게임을 하는 구도에서 과감하게 탈출해야 합니다. 두려움 없이 자신만의 길을 개척해야 합니다. 그러면 고통 끝, 성공 시작입니다.

우리 사회의 고질병, 쏠림 현상

Q 젊은이들은 제 적성을 찾지 못해서 고통 받고, 국가적으로는 엄청난 낭비와 손실이고…… 이 모든 문제는 도대체 어디서부터 잘못된 것이고, 누구의 잘못인가요?

먼저 사회구조적인 문제부터 얘기해보겠습니다. 한마디로 지적하자면 '쏠림 현상' 때문입니다. 모두가 한곳을 지향하는 사회구조적 쏠림 현상에는 여러 가지가 있습니다. 첫째, '산업 쏠림 현상'입니다.

젊은이들이 진출할 수 있는 일자리가 특정 산업에 쏠려 있다는 것입니다. 우리나라는 그동안 수출 주도형 경제성장을 해왔습니다. 우리가 이만큼 성장하고, 경제적 위기를 돌파할 수 있었던 것은 대부분 수출 때문이었습니다. 드디어 우리는 세계 아홉 번째로 무역량 '1조 달러 클럽'에 들어갔습니다. 수출은 대체로 제조업 중심입니다.

과거에는 수출이 투자를 활성화시키고, 성장도 촉진하고, 고용 창출도 해주었습니다. 소위 '낙수 효과(trickle down effect)'입니다. 그러나 지금은 그 효과가 매우 약해졌습니다. 수출의 성장 기여도가 높아질수록 투자와 소비의 성장 기여도는 떨어졌습니다. '수출산업 쏠림 현상'은 내수의 토대가 되는 투자와 소비의 위축을 가져왔습니다. 수출과 내수 사이에 양극화 현상이 초래된 것입니다.

또한 수출의 생산 유발 계수는 떨어진 반면 투자의 생산 유발 계수는 상승했습니다. 또 수출의 취업 유발 계수는 투자나 소비의 취업 유발 계수에 비해 낮습니다. '고용 없는 수출, 고용 없는 성장'이 계속되고 있는 것입니다. IT가 발달하고 최첨단 산업이 발달할수록 이 같은 현상은 더욱 가속화됩니다. 고용 창출을 위해서는 수출에 역점을 두는 것만큼 내수도 촉진해야 합니다.

'대기업 쏠림 현상'도 극심합니다. 부품·소재 산업을 육성하고 중소기업을 키워야 합니다. 기술자를 양성해야 합니다. 이공계에 힘을 실어야 합니다.

서비스업도 활성화시켜야 합니다. 교육, 의료, 금융, 운수, 관광업 등은 좋은 일자리를 많이 만들어낼 수 있습니다. 지식산업, 문화콘텐츠 산업을 개척해야 합니다.

무엇보다 농축수산임업을 되살려야 합니다. 그동안 우리 주변에는 "핸드폰을 팔아서 농산물을 사 오면 된다"고 생각하는 이들이 의외로 많았습니다. 그래서 어떻게 되었습니까? 우리의 식량 자원을 거의 외국에 의존하는 형국이 되었습니다. 도대체 우리 식탁에 올라온 음식물 중 과연 이 나라 것이 얼마나 됩니까? 만일 식량 전쟁이 일어나기라도 하면 우리는 어떻게 되겠습니까?

세계의 선진강국을 보십시오. 그 어느 나라도 '농업강국'이 아닌 나라가 있습니까? 농업은 국가의 생명 산업입니다. 그런데 이처럼 처참하게 농업을 죽여놓은 나라가 또 어디에 있습니까? 농축수산임업과 같은 1차 산업은 절대 사양 산업이 아닙니다. 생명공학 등 첨단 연구와 바이오산업 등 새로운 산업과 연계해 내수 및 수출 산업으로 발전할 수 있습니다. 두고 보십시오. 이 분야가 대한민국을 튼튼하게 다시 살려낼 것입니다. 이런 변화는 일자리 창출에도 큰 변화를 가져올 것입니다.

둘째, '지역 쏠림 현상'입니다. 지금 수도권에는 인구의 절반이 거주하고 있습니다. 또한 많은 산업체들과 국가기관, 학교 등이 집중되어 있습니다. 자연히 많은 젊은이들도 수도권에 몰려 있습니다. 대학 진학을 위해 수도권으로 몰려든 학생들은 졸업 후에도 수도권에서 일자리를 찾으려 합니다. 확실히 수도권에는 일자리가 많습니다. 그러나 이미 꽉 찬 수도권 취업 시장에 젊은이들이 계속 유입되니 이를 무슨 수로 소화하겠습니까?

그동안 역대 대통령들이 수도권 인구 집중을 해결한다고 공언해왔지만, 그 어떤 대통령도 성공하지 못했습니다. 서울뿐 아니라 경기도도 포화 상태라고 봐야 합니다. 충청권의 일부도 이미 수도권으로 편입된 지경에 이르렀습니다. 이렇게 좁은 땅덩어리에서 수많은 젊은이들이 복작복작대며 일자리를 찾고 있으니 그 고통이 오죽하겠습니까?

이제 젊은이들은 시야를 넓혀 전국 각처의 광활한 대지를 향해 진출해야 합니다. 각 지방의 고유한 영역을 찾아 신세계를 개척해야 합니다. 쏠림으로 인해 서로가 더 이상 제 살 깎아 먹기를 해서는 안 됩니다.

저도 때가 되면 서울을 떠날 것입니다. 이미 서울을 한 번 떠났었는데 다시 붙들려 왔습니다. 다시 떠나면 어디로 갈까 물색 중입니다.

국제적인 관점에서도 마찬가지입니다. 미국, 유럽 같은 잘 알려진 지역뿐 아니라 아시아, 중동, 아프리카에도 일거리가 많습니다. 국내에 잘 알려지지 않았을 뿐 현지에서 큰 역할을 하시는 분들도 많습니다. 국제적인 쏠림 현상 역시 우리가 극복해야 할 과제입니다.

셋째, '채용 쏠림 현상'입니다. 수도권에 몰려 있는 주요 산업체와 기관들은 언제부턴가 무조건 대졸자를 선호하는 풍조가 생겼습니다. 그러면서 대학이 사회에서 필요로 하는 인재들을 제대로 배출해주지 못한다고 불평까지 합니다. 대졸자 뽑아봐야 채용 후 재교육에 쓸데없이 많은 시간과 비용을 쏟아붓게 된다는 얘깁니다. 그런데 여기에는 자신들의 잘못을 호도하는 측면도 있습니다.

예컨대 기업에서 고졸자들을 미리 채용해 4년간 현장에 투입해서 실무 작업을 시킨다면 엄청난 전문가로 키울 수 있습니다.

같은 시점에 대학에서 4년간 공부한 대졸자를 채용한 것과 비교해볼 때 어느 것이 더 효율적이겠습니까? 고졸자를 4년간 채용했을 때 그들은 최소한 하루 8시간씩 일하며 실력을 연마합니다. 그런데 대학생들은 하루 8시간씩 공부를 합니까? 이를 비교해보면 답이 자명해집니다.

물론 법률이나 의술 등 특수한 지식이 더 많이 필요한 분야는 대학교육이 필요합니다. 하지만 그보다 훨씬 많은 기술 및 서비스 분야는 고졸자를 채용, 실무 작업을 통해 훨씬 훌륭한 전문가로 양성할 수 있습니다.

기업들은 젊은이들에게 가급적 좋은 일자리를 제공해주도록 노력해야 합니다. 특히 중소기업에서도 일자리의 수준을 높여 '미스 매치' 현상을 고쳐야 합니다. 눈높이에 맞는 일자리를 제공하는 것은 기업 측의 책임입니다.

'미친 교육', 언제까지 할 것인가?

Q 이런 사회구조적 쏠림 현상은 왜 생겼을까요? 그리고 언제부터 이렇게 심각해졌는지 궁금해집니다.

이 같은 산업, 지역, 채용 쏠림 현상은 우리 사회가 시향해온 오래된 가치관의 영향을 받은 것입니다. 동시에 이런 현상은 그 같은 가치관을 강화해왔습니다. 왕조시대의 사농공상(士農工商)적 가치관이 오랫동안 우리나라를 지배해온 것입니다. 주로 '사(士)'자들이 특권계급을 형성해왔습니다. 그러다 근자에는 '상(商)'자들도 사회에서 막강한 영향력을 행사하고 있습니다.

지위, 권력, 명예 따위를 위해 경쟁하거나 돈, 돈 하는 풍조가 팽배해진 것입니다. 가히 물신주의(物神主義)라 하지 않을 수 없습니다. 수직적 사고입니다. 세상은 수직성과 수평성의 조화를 추구할 만큼 발전했는데, 이 나라는 유독 아직도 왕조시대의 수직성에 매몰되어 있습니다.

나라가 이러하니 어찌 우리 젊은이인들 쏠림 현상에 빠지지 않겠습니까? 모두들 무조건 대학에 가야 한다고 생각하고, 특정 분야, 특정 기업에 몰리고, 수도권에 몰리고, 남들 보기에 그럴듯한 일자리에만 몰립니다. 그래서 온갖 스펙을 쌓아가며 수십 군데 일자리에 원서를 제출하는데, 어디 그런 일자리가 세상에 널려 있답니까? 그러니 많은 젊은이들이 일자리를 찾는 데 실패합니다.

그러다 뒤늦게 안 되겠다 싶어 눈높이를 낮추는데, 생각하면 생각할수록 그동안 낭비한 시간과 열정이 억울하고 속상합니다. 정상적으로 취업을 못 해 비정규직과 아르바이트를 전전하게 되면 세상이 더없이 원망스럽고 자신이 비참해집니다. 사실 이 나라의 쏠림 현상은 이뿐이 아닙니다. 대통령에의 과도한 권한 쏠림부터 TV 연예프로그램의 쏠림까지, 우리 사회의 고질병이 되어 있습니다.

이런 쏠림 현상을 처절하게 체감할 수 있는 곳이 바로 교육 현장입니다. '교육 쏠림 현상'이 말할 수 없이 심각합니다. 지금 이 나라의 교육은 한마디로 '미친 교육'입니다. 오로지 한 가지만을 향해 미친 듯이 달리고 있기 때문입니다. 우리나라 대부분의 학부모들은 대학을 나오지 않으면 사람 취급을 받지 못한다고 믿고 있습니다. 대학은 종교와 같은 존재가 되었습니다. 심지어 대학 중에서도 몇몇 대학만이 우대받는 해괴한 현상까지 나타나고 있습니다.

'대학 쏠림 현상'입니다. 실제로 대학을 나오지 않은 고졸자는 살기가 힘들 정도입니다. 그러니 어떤 부모가 자식들을 대학에 보내지 않으려 하겠습니까? 여기에 학교들까지 교육의 기본을 망각하고 덩달아 입시교육에 학생들을 내몰고 있습니다. 몇몇 대학의 합격자라도 나오면 학교 정문에 '축 ○○대학 합격'이라는 플래카드를 내거는 지경에 이르렀습니다.

획일적인 입시교육은 주입식 교육으로 이어졌습니다. 한국의 주입식 교육은 세계적으로 유명합니다. 그래서 한국 학생들은 성적은 잘 받을지 모르지만, 질문도 못 하고 토론도 못 한다는 비아냥을 받고 있습니다.

교육이란 원래 사람들의 저마다 타고난 적성을 찾아 그것을 계발하고 발휘하도록 지도해주는 것입니다. 그런데 이 같은 원칙은 온데간데없이 내팽개쳐지고 무작정 너나없이 대학으로만 돌진하고 있습니다. 이것이 과연 제대로 된 교육입니까? 바로 '미친 교육'입니다. 지금의 젊은이들은 죄다 이런 '미친 교육'의 희생자들입니다. 이런 교육이 젊은이들의 가치관을 얼마나 좀먹었습니까? 실로 죄악이라 할 만합니다. 교육이 인간에 대한 투자라면 저마다 적성을 찾아주는 것이야말로 최적(最適)의 투자입니다. 그런데 이런 투자를 백안시하고 언제까지 이런 '미친 교육'을 계속할 것이냐는 말입니다.

　쏠림 현상의 결과에 대해 생각해봅시다. 다수가 한곳에 집중됨으로써 다수에게 혜택이 돌아가는 것 같지만, 잘 생각해보면 실제로는 정반대입니다. 다수가 한데 몰려 약육강식의 생존경쟁을 벌이게 되므로, 결국은 1%의 승자만 남고 99%를 패자로 주저앉힙니다. 다수가 비주류가 되는 불행이 만들어집니다. 그리고 이 과정에서 필연적으로 양극화라는 망령이 태어납니다. 도대체 왜 저 수많은 다양한 길을 놔두고 좁디좁은 길에 수많은 사람들이 떼로 몰려 밀치고 넘어지고 상처 받느냐는 것입니다.

　물론 젊은이들이 이런 현상을 초래한 것은 아닙니다. 기성세대의 잘못으로 젊은이들이 뜻하지 않은 피해를 보는 것입니다. 젊은이들에게 책임을 전가해서는 안 됩니다. 잘못은 우리 사회, 우리 어른들에게 있습니다. 다만 이 같은 현실을 뚫고 나가기 위해 '우리 젊은이들이 어떻게 노력할 것인가'는 이와 별개의 문제입니다.

chapter 02

도대체 왜들
모두 공부병 환자인가?

토끼와 거북이는 절대로 경주하지 않는다

Q 나를 사랑하려고 노력하다가도, 나보다 잘난 사람들을 보면 스스로가 가치 없고 열등한 존재인 것처럼 느껴질 때가 있습니다. 잘못된 생각인 줄 알면서도요.

사람인지라 그런 생각이 들 때도 있을 겁니다. 그러나 사람에게 우등, 열등은 있을 수 없습니다. 단지 다를 뿐입니다. 가만히 옆 사람을 살펴보십시오. 그는 이 지구를 다 뒤져도 찾을 수 없는 단 한 명의 존재입니다.

　신비롭지 않습니까? 그가 가지고 있는 장점도 아름답지만, 그가 가진 단점도 아름답습니다. 팔레트에 수많은 색깔이 섞여 특별한 색깔을 만들어내듯이, 수많은 특성들이 어우러져 '그'라는 사람을 빚어냈습니다. 그의 어머니에게 그를 대체할 잘난 사람은 없습니다. 그의 연인에게 그를 대체해 사랑할 사람은 없습니다.

우리는 모두 다르게 태어났습니다. 생긴 모습은 물론, 마음 씀씀이도 다르고 생각도 다릅니다. 목소리도 다르고 지문도 다르고 눈동자의 모양도 다릅니다. 또 모두 다른 재주를 타고 났습니다. 심지어 일란성 쌍둥이도 다른 구석이 있습니다. 쌍둥이 엄마의 말에 따르면 아이 울음 소리만 들어도 5분 간격으로 태어난 형과 아우를 구분할 수 있다고 합니다.

세계 70억 인구 중에 똑같은 사람은 단 한 명도 없습니다. 이미 이 지구를 다녀간 수많은 인류를 다 합해도 똑같은 사람은 없습니다. 그만큼 '나'는 별다르며, 소중하며, 가치 있는(I'm worth it) 존재입니다. 그래서 자존감(self-esteem)을 가져야 할 존재입니다. 가히 유아독존(唯我獨尊), 유일무이(唯一無二)한 존재입니다.

그런데 우리는 곧잘 잘못을 저지릅니다. 사람은 모두 다르다는 사실을 망각하는 것입니다. 사람들은 대부분 팔다리와 손발, 얼굴을 가지고 있습니다. 얼굴에는 눈, 코, 입이 있습니다. 그래서 사람들을 쉽게 동일성, 획일성의 존재로 인식합니다. 사람은 누구나 똑같은 생각을 가지고 똑같은 목표를 향해 똑같이 살아가고 있다고 생각하는 경향이 있습니다.

특히 더 많은 돈을 벌고, 더 높은 지위에 오르고, 더 많은 명예나 인기를 누리며, 더 큰 출세를 하는 것이 성공이라 생각하고 그것을 목표로 살아가고 있다고 여깁니다. 하지만 그 안에서도 똑같은 사람은 단 한 명도 없습니다. 우리는 동일성 안에서 다양성을 발견해야 합니다. 사람은 다양성의 존재이고 다름의 존재입니다.

저는 오래전부터 '토끼와 거북이' 우화와 '개미와 베짱이' 이야기에 이의를 제기해왔습니다. 먼저 '토끼와 거북이' 이야기를 해볼까요? 한마디로 토끼와 거북이가 경주하는데 재주 많은 토끼가 낮잠 자다가 진다는 이야기 아닙니까?

그런데 생각해보십시오. 세상에 어떤 토끼가 거북이와 경주를 하겠습니까? 거북이도 마찬가지일 터이지요. 토끼는 토끼대로 껑충껑충 뛰는 재주를 타고났고, 거북이는 거북이대로 엉금엉금 기는 재주를 타고났습니다. 그런데 그들이 왜 경주를 하겠습니까? 여러분은 토끼와 거북이가 경주하는 모습을 본 적 있습니까? 이 우화는 자기 재주만을 믿고 방심하지 말라는 뜻으로 만든 이야기겠지만, 그 설정이 지나치게 획일적입니다.

'개미와 베짱이' 이야기도 마찬가지죠. 개미는 일 년 내내 바닥을 기며 살고, 베짱이는 여름 내내 아름다운 소리를 내다가 갑니다. 그들은 각각 다른 삶을 살도록 태어났습니다. 그들의 그러한 삶은 그 자체로서 훌륭합니다. 그런데 왜 그들을 획일적으로 비교해서 베짱이를 느닷없이 게으름뱅이로 만듭니까? 이 역시 게으름 피우지 말라는 교훈을 주기 위해 만든 이야기이겠지만, 그 설정에 오해의 소지가 있습니다.

뷔페식당에서 여러 사람이 각자 음식을 접시에 담아 온다고 가정해 봅시다. 똑같은 음식을 똑같은 양으로 가져오는 사람이 단 한 사람이라도 있습니까? 하고 싶어도 할 수 없습니다. 사람이 모두 다르기 때문입니다.

저 숲을 보십시오. 숲에는 큰 나무, 작은 나무, 화려한 화초, 이름 없는 잡초 등 갖가지 초목들이 어우러져 살아갑니다. 함께 모여 큰 숲을 이룹니다.

우리는 다양성에 눈을 떠야 합니다. 다양성을 발견하는 순간 세상 보는 눈이 달라집니다. 사사건건 타자와 비교하려는 시도를 포기하게 됩니다. 오히려 그 다름을 존중하는 자세를 갖게 됩니다. 동일성 안에서 다양성을 발견하는 것이, 동일성과 다양성의 조화를 추구하는 것입니다.

공부 못하는 재주도 타고난 재주다

Q 우리는 어려서부터 공부 잘하란 얘기를 무수히 들어왔고, 부모가 되면 그 이야기를 아이들에게 똑같이 합니다. 그런데 공부 잘하란 얘기가 잘못된 것은 아니지 않습니까?

아뇨, 잘못됐습니다. 잘못돼도 한참 잘못됐지요. 지금 우리나라 어린이, 청소년들이 얼마나 불행한지 아십니까? 획일적 입시교육과 대학 간판주의로 엄청난 고통을 받고 있습니다. 우리나라 어린이, 청소년들이 가장 많이 듣는 말이 무엇입니까? 자나 깨나 "공부해라!" 아닙니까? 설날 세뱃돈을 주면서도 늘 "공부 잘해라"라고 말합니다. 설날뿐이겠습니까? 엘리베이터 안이나 슈퍼마켓에서 어른들과 마주칠 때도 그들이 늘 겪는 일입니다. 어른들은 먼저 "몇 학년이니? 어느 학교 다니니?" 하고 관심을 표합니다. 그리고 이 질문을 결코 빠뜨리지 않습니다. "공부 잘하니?" 심지어는 "몇 등 하냐?"고 묻는 어른들도 있습니다.

이런 질문을 받는 아이들은 마음이 불편합니다. 특히 성적이 좋지 않은 아이들은 괴롭습니다. 곤란하기는 성적이 좋은 아이들도 마찬가지 입니다. 자기 성적이 언제 떨어질지 모르기 때문입니다.

자, 솔직하게 얘기해봅시다. 여러분은 공부를 잘했습니까? 공부를 잘하는 아이는 칭찬받고 그렇지 못하는 아이들은 야단맞는 현상을 어떻게 보십니까? 학생들은 모두 다 공부를 잘해야 합니까? 그렇다면 누가 그렇게 정했습니까? 법으로 정해져 있습니까? 대통령이 그렇게 하라고 했습니까? 성경책에 나옵니까, 불경책에 나옵니까? 그 어디에도 "공부를 잘해야 한다"는 원칙은 없습니다.

이 질문에 한번 대답해보십시오. 공부 잘하는 학생은 어떤 학생일까요? 열심히 하는 학생이오? 머리 나쁜 학생이 열심히만 하면 공부를 잘하게 될까요? 머리 좋은 학생이오? 머리 좋은 학생이 농땡이를 쳐도 공부를 잘합니까? 그런 것이 아닙니다. 답은 아주 간단합니다.

공부 잘하는 재주를 타고난 학생은 공부를 잘합니다. 반면 공부 못하는 재주를 타고난 학생은 당연히 공부를 못합니다.

확실히 공부 잘하는 재주를 타고난 학생이 공부를 잘하는 것은 정상입니다. 그렇다면 이 질문에 대답해보십시오. 공부 못하는 재주를 타고난 학생은 공부를 잘하는 것이 정상일까요, 공부를 못하는 것이 정상일까요? 당연히 후자입니다. 공부 못하는 재주를 타고난 학생은 공부를 못하는 것이 정상인 것입니다.

그렇다면 여러분은 정상적인 사람이 되고 싶습니까, 비정상적인 사람이 되고 싶습니까? 모두들 당연히 정상적인 사람이 되고 싶다고 하겠지요. 맞습니다. 공부 못하는 재주를 타고난 학생이 공부 못하는 것은 정상인데, 우리는 그 학생을 구박하고 야단칩니다. 이것이 과연 옳은 일일까요?

우리 부모님들은 학교에서 좋지 않은 성적표를 가져온 자녀에게 뭐라고 하십니까? 좋은 이야기가 나올 리가 없지요. "거 봐라. 밤늦게까지 TV 보고 게임하고 싸돌아다니면서 공부를 안 하니까 성적이 나쁘지 않으냐"고 야단치셨을 겁니다.

자, 이제 저의 설명을 들었으니 공부 못하는 재주를 가진 자녀가 나쁜 성적을 받아 왔을 때 어떻게 말해야 할까요? 정답은 이렇습니다. "얘야, 정말 수고했다. 그렇게 나쁜 성적을 받아 오는 거, 아무나 하는 게 아니다. 너는 네 재주껏 나쁜 성적표를 받아 왔으니 정말 잘했구나!" 그 아이에게 오히려 박수를 쳐줘야 하는 것 아니겠습니까?

이때 중요한 착안점이 있습니다. 공부 못하는 재주를 타고난 학생은 반드시 다른 재주를 하나씩, 둘씩, 셋씩 타고났다는 사실입니다. 공부 잘하는 재주는 인간의 여러 가지 재주 중에 한 가지에 불과합니다.

인간의 재주는 공부 이외에 노래 잘하는 재주, 글 잘 쓰는 재주, 운동 잘하는 재주 등 수없이 많습니다. 중요한 것은 각자의 타고난 특성이 모두 다르다는 사실입니다. 학생, 청년, 학부모 등 우리 모두가 결코 간과해서는 안 되는 가장 핵심적인 진실입니다.

아직도 직업 가지고 차별하나?

Q 사람이 저마다 다른 재주를 타고났다고는 하지만 공부를 잘하는 재주가 세상을 살아가는 데 가장 경쟁력이 있는 것 아닐까요? 의사가 될 재주와 정원사가 될 재주는 다르지 않을까요?

그런 생각 자체가 불행의 씨앗이란 생각은 안 해보셨나요? 이왕 예를 드셨으니 질문에 맞춰 답을 해보겠습니다. 의사의 재주를 가진 학생이 대학병원의 의사가 되었습니다.

성냥갑 같은 진료실에서 하루 종일 환자를 보고, 수술을 하고, 응급전화가 오면 휴일이고 야밤이고 뛰어나가야 합니다. 의사로서의 자질이 뛰어나고, 병든 이들을 고쳐주는 데 보람을 느끼는 사람이라면 아무리 몸이 고단해도 하루하루가 기쁨이고 행복일 것입니다.

그런데 공부는 의사가 될 만큼 썩 잘했지만, 의사에 적성이 맞지 않는 학생이 의사가 되었다면 하루하루가 어떻겠습니까? 아마 지옥 같을 겁니다. 환자의 찌푸린 얼굴도, 보호자들의 하소연도, 빡빡한 진료 스케줄도 견디기 힘들겠지요. 단지 연봉이 많고 사회적으로 지위가 높다는 이유로 모든 의사들이 다 행복하다고는 생각하지 마십시오.

의사들이 술, 담배를 많이 한다는 얘기를 들어보지 않으셨나요? 그만큼 스트레스가 많다는 이야기지요. 삶의 활력소가 될 만큼의 양을 넘어선 스트레스는 불행이라는 말로 바꿔도 크게 다르지 않습니다.

이제 정원사 얘기로 넘어가 볼까요? 꽃과 나무를 좋아하고, 죽어가는 화초들도 살려내는 솜씨를 가진 학생이 수목원의 정원사가 되었다고 합시다. 그의 정원뿐 아니라 그의 머리와 마음속에도 일 년 내내 꽃이 피어나지 않을까요? 오늘은 어떤 꽃이 피었을까, 어제 옮겨 심은 묘목은 자리를 잘 잡았을까, 내년에는 어떤 테마로 정원을 꾸밀까? 아침에 일터에 나가는 그의 표정과 발걸음은 얼마나 가벼울까요?

반면에 정원사에 적성이 맞지 않는 학생이 일자리를 찾다가 우연히 수목원에 취직되었다고 쳐봅시다. 우선 도심에서 멀리 떨어진 교외에서 근무하는 것 자체도 맘에 들지 않고, 수목원에서 하는 일도 한심하게 느껴질 것입니다.

누군가에겐 감동스러운 풍경이 그에게는 지루하기만 합니다. 하루빨리 다른 직장을 구해 이곳에서 탈출하기만을 바랄 것입니다. 누군가에겐 천국이지만, 그에게는 탈출해야 할 감옥입니다.

이와 같이 적성에 맞는 일을 하는 사람과 그렇지 않은 사람이 어떤 생각과 어떤 마음으로 살아가는지는 자명합니다. 자신의 적성에 맞는 일을 하는 사람은 모두 행복합니다. 그 행복에는 차이가 없습니다. 차이가 있는 것은 그저 연봉뿐입니다.

성공적인 수술로 환자를 살려낸 의사의 기쁨과 죽어가던 나무를 살려낸 정원사의 기쁨에는 아무런 차이가 없습니다. 물론 연봉의 차이는 있을 수 있으나, 그 차이는 행복의 차이가 아닙니다. 여러분은 연봉

많은 의사의 스트레스와 연봉 적은 정원사의 즐거움 사이에 어떤 쪽을 선택하겠습니까? 의사와 정원사나 모두 행복할 권리가 있습니다. 더욱이 의사가 정원사보다 사회적 대우를 더 받는다고 생각하는 것도 편견입니다.

저는 불행한 의사보다 행복한 정원사가 더 대우받는다고 생각합니다. 우리네 마음속의 직업 차별 의식 역시 가치관의 쏠림 현상에서 나온 추태입니다. 직업이나 연봉보다 사람의 행복을 더 존중해야 합니다. 겉으로 보이는 것으로 행복을 비교해서는 안 됩니다.

사사건건 비교하지 말라

Q 그러나 현실을 보면 비교는 일상화되어 있습니다. 특히 학생들의 경우, 유치원부터 대학교까지 성적으로 비교당하고 서열이 매겨집니다.

정말 안타까운 일입니다. 사람은 모두 다른 요소를 가지고 있음에도 불구하고 이런 사실을 무시한 채 오로지 한 가지 잣대로 획일적으로 비교하려는 경향이 있습니다. 이는 정말 인간파괴적인 사고입니다. 도대체 "사람은 모두 다른데 어떻게 다른 점을 깡그리 무시한 채 한 가지로만 전체를 비교하려 하느냐"는 것입니다.

이런 획일적 사고의 단적인 예가 학교의 '종합 점수병' 망령입니다.

'종합 점수'를 매겨 '전교 1등'이라든가, '반에서 1등'을 최고로 쳐주는 것입니다. 그런데 도대체 종합 점수라는 것이 얼마나 웃기는 것입니까?

어떻게 한 학생이 국어, 영어, 수학은 물론 음악, 미술, 체육까지 모두를 잘할 수 있습니까? 그럴 수 없음에도 불구하고 그래야 한다고 생각하기 때문에 온갖 편법까지 동원해 부족한 과목의 점수를 높이려고 안달을 하지 않습니까?

저는 우스갯소리로 "올백 맞는 학생은 귀신 아니면 또라이"라고 말해왔습니다. 이는 신(神)이나 가능한 일입니다. 학생들에게 중요한 것은 종합 점수가 아니라 개별 과목, 개별 점수입니다. 어떤 과목의 점수를 잘 받는지, 어떤 과목을 재미있어하는지 지켜보는 것이 가장 중요합니다. 학생들의 타고닌 적성을 빨리 발견해서 계발하는 것이 핵심 과제입니다.

사회 진출도 그쪽 방향으로 해야 합니다. 대학의 전공도 거기에 맞추어야 합니다. 대학 간판 따위는 무시해야 합니다. 오로지 내 적성, 내 포부, 내 실력에 맞는 대학을 선택해야 합니다. 종합 점수로 신입생을 뽑는 대학들도 '마보'입니다. 각각의 진공 과목에 따라 거기에 적싱이 맞는 합격자를 선발해야 합니다.

획일적 사고는 사회생활이라고 다르지 않습니다. 예컨대 한 해에 수백 명의 신입사원을 뽑는 큰 회사를 가정해봅시다. 그 수백 명의 젊은이가 열심히 노력한다고 모두 사장이 됩니까? 아닙니다. 수백 명이 모두 고위직에 오르지는 않습니다. 이때 우리는 대체적으로 고위직에 오른 사람은 훌륭한 사람이고 오르지 못한 사람은 그렇지 못하다고 생각합니다.

과연 그럴까요? 물론 각자의 성실성이나 업무능력 등 여러 요인이 작용하겠지요. 그러나 그것들이 엇비슷하다면 타고난 적성이 가장 결정적 요인이 됩니다. 대내적 통솔력이나 대외적 섭외능력이 뛰어나다면 CEO가 될 적성을 타고난 것입니다. 기술이 출중하면 생산직이, 창의력이 번뜩인다면 연구개발직이 적성입니다.

어떤 사람은 '입'으로 일하기 좋아하고, 어떤 사람은 '몸'으로 일하기를 좋아합니다. 그것은 타고난 적성의 차이입니다. 적재적소의 문제일 뿐, 획일적 잣대에 의한 경쟁이나 승패의 문제가 아닙니다. 고위직에 오르지 못 한 사람에게 '못 한'이라는 표현을 쓰는 것도 삼가야 합니다. 한눈팔지 않고 최선을 다했다면 모두 훌륭한 사람입니다.

우리나라에서는 고위직이란 것 자체가 그리 유쾌한 평가를 받는 것도 아닙니다. 존경의 대상이 되기는커녕 불신과 의혹의 대상이 되곤 합니다. 혹시 연줄이나 청탁, 검은돈으로 그 자리에 오른 것이 아닌지 의심을 받기도 합니다.

회사원이라면 반드시 사장이 되어야만 성공입니까? 교수는 총장이, 공무원은 장관이, 연예인은 스타가 되어야만 성공입니까? 그렇지 못한 사람은 죄다 쓸모없는 사람입니까? 아닙니다. 적재적소일 뿐입니다.

기업의 경우도 마찬가지입니다. 대기업만 기업이고, 중소기업은 기업도 아닙니까? 대기업과 중소기업은 서로 하는 일이 다를 뿐입니다. 비록 크지는 않지만 자신의 분야에서 성과를 내고 있는 중소기업이나 자영업자가 얼마나 많습니까?

그들에게도 박수를 보내야 합니다. 정경유착이나 뇌물, 분식회계나 협잡으로 얼룩진 대기업보다 이들이 훨씬 훌륭합니다.

획일적 사고가 비교를 가져옵니다. 획일적 잣대가 존재하니까 비교가 가능한 것입니다. 부분적으로 비교는 기능합니다. 누구는 목소리가 높아서 소프라노를 하고, 누구는 목소리가 낮아 알토를 한다는 식입니다. 이런 비교는 필요한 용도에 사용하기 위한 것일 뿐입니다.

사람을 총체적으로 비교해서 차별해서는 안 됩니다. 사람은 한 사람 한 사람이 존중받을 존재입니다. 이제 사사건건 남들과 비교하지 마십시오. 잘못된 세상이 만들어놓은 획일적 잣대에 휘둘리지 미십시오.

"나는 나(I am I)!"라고 외치십시오. 자신에게 충실하고 자신을 발휘하는 데 최선을 다하십시오. 그것이 여러분의 길입니다. 그런데 잘못된 비교의식이 항상 파괴적인 경쟁을 유발합니다. 잘못이 잘못을 낳는 것이지요.

무한경쟁시대라고? 경쟁자는 협력자다

Q 그러나 경쟁을 통해 사회가 발전한다는 논리도 만만치 않습니다. 무한 경쟁시대라는 말도 있지 않습니까? 경쟁이 시대의 흐름이고, 거기에 뒤져 서는 안 될 것같이 느껴지는데요.

물론 세상에는 경쟁이 필수적으로 존재합니다. 자유민주주의 세상은 자유경쟁을 전제로 합니다. 그러나 그 경쟁이 지나쳐서 무차별적 경쟁 이나 살인적 경쟁이 되어서는 안 됩니다. 이런 경쟁은 인간성을 파괴하 고 상처를 양산합니다. 세상을 전투적, 파괴적으로 몰아갑니다.

생각해보십시오. 일평생을 사사건건 타자와의 비교 경쟁 속에서 살 아야 한다면 이 얼마나 고통스러운 삶입니까? 혹자는 생존 자체가 경 쟁이라고도 하고 경쟁에서의 승리가 성공이라고까지 말합니다. 또 언 제부턴가 '지금은 무한경쟁시대'라는 슬로건이 너무나 자연스럽게 강 요되고 있습니다. 모든 사람을 무한경쟁으로 내몰고 있습니다.

그러나 저는 결코 여기에 동의하지 않습니다. 우리가 일평생 남들 과 비교 경쟁하고, 그 전쟁에서 승리하기 위해 이 세상에 왔습니까? 아닙니다. 나에게 주어진 적성을 사랑하고, 그것을 통해 자기실현을 하고, 행복하기 위해서 태어났습니다.

1인극으로 진행되어야 할 내 삶에 왜 난데없이 '남'이 끼어듭니까? 끼어들어도 될 '남'은 우리가 사랑하는 사람들입니다. '남'은 벤치마킹

하고 자극받을 대상은 될지언정 짓밟고 억눌러야 할 대상이 아닙니다.

경쟁에는 좋은 경쟁이 있고 나쁜 경쟁이 있습니다. 좋은 경쟁의 주체는 '자신'입니다. 오로지 자신에게 충실하며 최선의 목표를 향해 전력 질주하는 경쟁입니다.

반면 나쁜 경쟁의 주체는 '남'입니다. 사사건건 남을 의식하고 남과 비교하며, 이기는 데 목표를 둔 경쟁입니다. 인생은 마라톤이라는 말이 있습니다. 작은 실패, 작은 성공에 일희일비하지 말고 저 멀리 있는 결승점을 향해 꾸준히 달려가라는 가르침입니다.

마라톤 선수들의 말에 의하면 뛰면서 옆 사람을 힐끔힐끔 쳐다보는 선수는 좋은 성적을 내기는커녕 완주에도 실패하기 쉽다고 합니다. 마라톤의 참된 의미는 순위 다툼에 있는 것이 아니라, 자신과 싸워 자신의 역량을 얼마나 발휘하느냐에 있습니다.

마라톤뿐만이 아닙니다. 스포츠도, 예술 및 문화 분야도 사사건건 상대를 의식하며 상대를 이기려고 집착하면 성공하기 힘들다고 합니다. 큰 성과를 낸 선수들은 이구동성으로 마음을 비우고 좌우 살피지 않고 오로지 자신에게 충실했다고 말합니다. 다른 경쟁자들의 경기를 크게 의식하지 않았다고 합니다.

그들에게 경기는 타인과의 싸움이 아니라 '자신과의 싸움'이었습니다. 오로지 자신에게만 집중했던 것입니다. 스스로 최선을 다해 얻어진 성과는 메달의 색깔과 상관없이, 또 설사 메달을 못 따더라도 만족

할 수 있습니다. 이것이 진정한 좋은 경쟁입니다.

나아가 좋은 경쟁은 '경쟁자'를 '협력자'로 생각합니다. 예컨대 권투 시합에서 상대가 없다면 경기가 성립되지 않습니다. 상대가 없이 어떻게 경쟁을 할 수 있겠습니까? 그런 의미에서 상대는 경쟁자임과 동시에 협력자입니다. 또 상대에게서 다른 누구에게도 배울 수 없는 많은 것을 배울 수 있습니다. 경쟁자는 또 다른 스승이기도 합니다.

좋은 경쟁은 곧 협동이고 상생입니다. 우리는 좋은 경쟁을 해야 합니다. 경쟁자를 협력자로 생각하는 아름다운 경쟁을 해야 합니다. 그런 의미에서 인생은 타자와의 경쟁이 아닙니다. 오히려 자신과의 외로운 싸움일 뿐입니다. 모든 이들이 자신의 길에 집중할 때 우리네 세상은 숲이 됩니다.

숲에는 수많은 나무가 있습니다. 나무들은 동종(同種)이 아니며, 서로 치고받는 무한경쟁의 삶을 살지 않습니다. 이종(異種)들이 각자 자신들의 세상을 살아갑니다. 공존공생(共存共生)의 삶입니다. 이런 삶은 숲을 더욱 풍성하게 만듭니다.

이제 더 이상 '무한경쟁시대'라는 말을 쓰지 맙시다. 오히려 '무한협력시대', '무한상생시대'라는 말이 적절합니다. 하루바삐 경쟁을 협력과 상생으로 인식하는 세상을 만들어야 합니다.

일류대 간판? 평생 보증수표 아니다

Q 아직도 우리 사회는 법관, 의사 등 특정 직업에 대한 로망이 있고, 그들은 여전히 특별 대우를 받습니다. 아무리 다양성을 강조해도 이런 의식은 쉽게 바뀌기 어려울 듯한데요.

중요한 것은 이미 바뀌기 시작했다는 겁니다. 사람들이 모두 다양성의 존재인 것처럼, 시대 또한 이미 다양성의 시대입니다. 그런데도 우리 의식은 여전히 구시대적인 획일적 사고에 빠져 있습니다.

획일적 사고의 상당 부분은 우리나라의 전통적인 사회구조와 사농공상(士農工商)적 이데올로기 때문입니다. 이런 풍토에서는 소위 '사(士)'자를 가장 선호합니다. '사(士)'자가 되어 부귀영화, 돈, 권력, 명예를 누리는 것이 바로 출세라고 생각합니다.

우리나라의 경우 현대 사회에 이르러서도 '사'자들의 지배는 지속되었습니다. 다만 그 신분이 학벌로 바뀌었을 뿐이지요. 여기에서 일류대가 등장합니다. 일류대가 '사'자가 되는 주된 통로 역할을 했습니다.

그러나 앞서 말했듯 시대는 이미 변했습니다. '사'자만이 아니라, 농(農)자, 공(工)자, 상(商)자, 기(技)자, 예(藝)자, 체(體)자 등 모든 분야들이 다 함께 주목받는 시대가 된 것입니다. 바야흐로 다양성의 시대입니다. 이런 사회에서 '사'자는 옛날처럼 수직적으로 상위에 있는 분야가 아니라, 수평적으로 나열된 여러 분야 중 하나에 불과하게 됩니다.

'사'자에 대해서 저는 우스갯소리로 이렇게 말합니다. 그저 책상머리에 앉아 '머리' 쓰고 펜대 굴리기 좋아하는 사람, '입' 가지고 일하기 좋아하는 사람, 그래서 '물에 빠져도 입만 동동 뜨는 사람', 대충 이런 부류의 사람들이 맡으면 된다고…….

과거 '사'자들에게 모든 것이 집중되어 있을 때, 그들은 사고도 도맡아 쳤습니다. '사'자들은 주로 머리를 쓰는 사람들인데, 이 머리는 잘 쓰면 보배지만 잘못 쓰면 독약이 됩니다. 느닷없이 나라를 팔아먹은 자들, 독재정권에 빌붙어 민초들을 학대한 자들, 정권 바뀔 때마다 이 눈치 저 눈치 보며 해바라기 노릇 한 자들, 족벌 재벌 밑에서 온갖 횡포를 자행하던 자들, 윗사람 비위 맞추다 손금까지 없어진 자들, 이런 자들이 대체로 '사'자들이었습니다.

이제 세상이 바뀌었습니다. 권한과 책임이 모두 분산되었습니다. 잠시 TV를 틀어보십시오. 다양한 분야의 다양한 인물들이 사회에서 맹렬하게 활약하고 있음을 느낄 수 있습니다.

거기에는 차별도 없고, 우열도 없습니다. 과거엔 '딴따라'라고 비하되던 연예인들은 국민의 우상이 되고 한류의 주역이 되었습니다. 스포츠 스타들은 국가의 위상까지 높여주고 있습니다.

'상(商)'자들은 오늘날의 기업인에 해당합니다. 지금 사회에서 기업인들의 활동은 얼마나 중요합니까? 그들의 활약에 국가의 경제적 미래가 달렸고, 젊은이들의 일자리가 달렸습니다. '공(工)'자인 과학자, 기술자들의 활약은 또 얼마나 중요합니까? 그들에게 인류의 새로운 미래가 맡겨져 있습니다.

사회가 이렇게 변하였는데도 우리들 의식 속에는 아직도 현실을 직시하지 못하는 우둔함이 남아 있습니다. 무조건 대학 가기, 무조건 일류대 가기가 그 단적인 현상입니다. 사람들은 아직도 세칭 일류대를 나오면 당연히 장래가 보장되는 것처럼 생각합니다. 그러나 그것은 거짓말입니다. 막상 사회에 나와보면 현실이 다르다는 것을 금세 알게 됩니다. 누가 더 도전적이고 창의적이고 성실한지, 또 누가 더 자신의 적성과 소질을 잘 계발했는지에 따라 성공 여부가 달라집니다.

그런데 사람들은 이 말을 잘 믿으려 하지 않습니다. 적어도 우리 인식 속에서는 우리나라가 아직도 학벌사회입니다. 그러나 현실에서는 그 고질적 학벌만능주의가 이미 깨져가고 있음을 직시해야 합니다.
학벌보다 중요한 것은 타고난 적성이고 실력입니다.

일류대에 대한 비판도 큽니다. 일본의 다치니비 다키시는 일본 도쿄대 학생들을 가리켜 "기초 지식도 없으면서 잘난 체만 한다"고 비난했습니다.
그동안 우리 사회를 지배해왔던 일류대 절대주의도 이제 막을 내릴 때가 되었습니다. 일류대 간판이 더 이상 평생을 보장해주지 않는 시대가 왔습니다. 세칭 '일류대 전성시대'는 '공룡의 시대'처럼 사라졌습니다. 다시는 돌아오지 않습니다.

여전히 '사'자 지상주의를 지향하는 사람들은 이미 시효가 지난 입장권을 손에 쥐고 있는 것과 같습니다.

70억 인구, 얼굴이 다 다르듯 적성도 다 다르다

Q 공부 잘하는 것이 모두에게 해당되는 공통 과제가 아니란 말씀이 인상적이었습니다. 그런데 부모가 당장 어떻게 바뀌어야 하고, 무엇을 해야 하는 건지 모르겠습니다.

부모가 해야 할 일과 학생, 청년이 해야 할 일이 따로 있지 않습니다. 세상에 태어났다면 우리 모두가 꼭 해야 할 일이 있습니다. 바로 '적성'을 찾는 일입니다. '적성'이란 단어 속에 제가 하고 싶은 모든 말이 다 함축되어 있습니다.

적성과 비슷한 표현으로는 타고난 재주, 소질, 재능, 특기, 달란트 등 많은데, 본질적으로 크게 다르지 않습니다. 저는 지금껏 가급적 '적성'이라는 단어를 사용해왔습니다. 소질이나 재능이란 말이 익숙하기는 하지만 너무 진부하게 느껴질 수 있어서 학생들이나 부모들에게 가장 커뮤니케이션하기 좋은 적성이란 말을 쓴 것입니다. 다른 표현을 사용한다고 해서 틀린 말은 아닙니다.

사람이 세상에 태어났다면 반드시 자신의 적성을 찾아야 합니다. 그 적성을 찾은 사람은 행복하고, 찾지 못한 사람은 행복하지 못합니다. 만일 이 적성을 제대로 찾기만 하면 지금 학생, 청년뿐 아니라 학부모가 고민하고 있는 수많은 문제들, 심지어 우리 사회가 안고 있는 경제 · 사회적 문제들까지 엄청나게 많은 부분이 해결됩니다.

'적성'이란 것은 생각할수록 신비롭습니다. 지구 상에 똑같은 얼굴을 한 사람이 하나도 없듯이, 똑같은 적성을 가진 사람은 하나도 없습니다. 유전자 감식으로 그 사람임을 판별할 수 있듯, 적성 감식으로 특정한 사람을 구분 지을 수 있습니다. 단지 유전자 감식은 과학적으로 가능하지만 적성 감식은 아직 불가능하다는 점이 다를 뿐입니다.

혹시 앞으로 뇌과학이 발달하면 적성 감식의 시대를 열지도 모릅니다. 나의 적성에 생명력이 있고 빛이 있습니다. 사람은 자신의 적성을 찾아 마음껏 발휘하는 것이 이 세상에 태어난 소명입니다.

적재적소(適材適所)라는 말이 가장 적합한 말입니다. 잘 맞는 인재를 잘 맞는 곳에 배치한다는 뜻입니다. 적재적처(適才適處)라는 말도 같은 뜻입니다. 앞의 '재'는 한자 재(材)로 쓴 데 반해, 뒤에서는 재(才)로 씁니다.

영어로는 이렇게 변역될 것입니다. Place a person with the right talent in the right position. 또는 Put the right man in the right place.

기독교나 불교에서도 타고난 적성의 차이를 설명하고 그 적성을 방치하지 말고 발휘하라고 가르칩니다. 성경의 마태복음 25장입니다.

주인이 3사람의 종에게 각각 재능대로 5달란트, 3달란트, 1달란트를 주고 떠납니다. 오랜 후에 집에 돌아와 확인해보니 5달란트와 3달란트를 받은 종은 장사를 하여 2배로 불려놓았습니다. 그런데 1달란트를 받은 종은 방에 그대로 놓아두었습니다. 주인은 그 1달란트를 빼앗아 10달란트를 가진 종에게 줍니다. 그리고 "무릇 있는 자는 받아 풍족하게 되고, 없는 자는 그 있는 것까지 빼앗기리라"고 말합니다.

달란트란 원래 무게와 화폐의 단위로 사용되었는데, 이후 재능이나 능력을 뜻하는 말로도 사용되었다고 합니다.

불교에서는 업과 관련하여 설명합니다. 사람은 누구나 전생에 뿌린 씨앗이 현생에 나타난다고 합니다. 사람의 타고난 적성도 전생의 업으로 나타나는 것으로 사람마다 근기(根機)가 다르다고 합니다. 부처님의 가르침을 받아들이는 능력을 근기라고 하는데, 과거의 업에 의해 나타나는 적성의 차이를 두고도 근기가 다르다고 한다고 합니다.

본성을 뿌리(根)라 하고 그 작용을 기(機)라고 표현한 것입니다.

『탈무드』에서는 "신은 모든 곳에 존재할 수 없어 어머니를 만드셨다"고 하여 신이 부모를 통해 사람에게 타고난 달란트를 주었음을 가르치고 있습니다.

자신의 타고난 적성을 사랑하는 것, 그것이 바로 자신을 사랑하는 것입니다. 내 안의 적성을 찾아 실현하는 것이 곧 자기실현이요, 자기 행복입니다. 또 그것이 세상에 기여하는 것이고 공동체의 행복을 찾는 것입니다. 행복은 누군가에게서 뺏어 오는 것이 아닙니다. 결코 다른 사람이 불행해야 내가 행복한 것이 아닙니다. 오히려 내가 행복하면 다른 사람의 행복을 위해 조금이라도 기여할 수 있게 됩니다.

세상의 모든 사람들은 각자가 적성을 찾아 자신의 길을 가야 합니다. 남들이 만들어놓은 길, 남들이 닦아놓은 길을 뒤따라 가는 것이 아니라, 아무도 가지 않은 길, 나 혼자만이 가는 길을 만들어가야 합니다.

칭기즈칸은 "성을 쌓는 자는 망하고, 길을 내는 자는 흥한다"고 했습니다. 프로스트는 '아무도 가지 않은 길'을 노래했습니다. 수많은 사람이 거쳐간 길, 익숙한 길, 안정된 길, 그리고 그곳에 쌓아놓은 성, 익숙한 성, 안정된 성은 이미 나의 길, 나의 성이 아닙니다.

길을 내야 합니다. 아무도 가지 않은 그곳에 길을 내야 합니다. 그것이 노마드 정신이고 나만의 길, 마이 웨이입니다. 그러면 세상의 모든 사람이 다 다른 길을 걷게 됩니다. 세상에서 유일무이(唯一無二)한 나만의 길입니다.

용기와 소신으로 남의 눈치 보지 않고 나만의 길을 개척해야 합니다. 마이 웨이를 개척하는 것이 셀프리더십(Self leadership)의 백미입니다.

흥미와 재능, 헷갈리지 말라

Q 적성이 그렇게까지 중요하다고 생각해본 적이 없었습니다. 그런데 좋아하지는 않지만 잘하는 일이 있고, 좋아하지만 잘 못하는 일이 있습니다. 어느 쪽이 적성에 맞는 것인지요?

적성이란 자신이 '하고 싶은 일, 잘할 수 있는 일'입니다. 다시 말해 흥미와 재능, 양쪽이 다 포함되어야 한다는 얘깁니다.

그런데 여기에서 좀 헷갈리는 부분이 있습니다. '하고 싶은 일'과 '잘할 수 있는 일'이 다를 수 있다는 것이죠. 젊은이들에게 하고 싶은 일이 무엇이냐고 질문을 던져서 돌아오는 대답 중에, 왜 그렇게 답하는지 이해가 가지 않는 경우가 있습니다. 개연성이 없고 모호한 대답을 하는 것이지요.

예를 들어 파티쉐가 주인공인 TV 드라마가 유행하면 많은 젊은이들이 파티쉐가 되고 싶다고 말합니다. 그리고 정말 자신이 그 일에 재능이 있고, 자신이 좋아하는 일이라고 착각을 합니다.

세상사에 대한 정보가 부족한 젊은이들은 그저 매스컴에서 크게 부각되거나 감명 깊게 읽은 책이나, 유명인의 영향력에 좌우되기 쉽습니다.

멋있어 보인다는 이유로, 남들 하는 것이 좋아 보인다는 이유로, 돈이나 지위, 인기가 보장될 것 같다는 이유로 그런 일을 하고 싶다고 생각합니다. 심지어는 한때의 유행이나 겉멋에 들떠서 허황된 상상을 하는 경우도 많습니다.

이런 잘못된 흥미에 현혹되어서는 안 됩니다. 자신의 내면에서 "이 일을 정말 하고 싶다"라는 간절한 목소리가 흘러나와야 합니다. 대체로 자신이 진실로 하고 싶은 일은 자신이 잘할 수 있는 일과 연관되어 있습니다. 이것이 옳은 흥미이고 지속적인 흥미입니다.

당장 먹고 살아야 한다고 쫓기는 마음에 대충 아무 일이나 하는 것도 좋지 않습니다. 오래 가지 못합니다.

모든 것을 다 잘하려고 해서도 안 됩니다. 설사 하려고 해도 되지도 않습니다. 반드시 자신의 적성과 부합하는지를 확인해보아야 합니다. 그렇지 않을 경우 쓸데없이 헛고생을 하거나 부작용만 초래합니다.

적성을 찾는다는 것은 적성을 찾아 그것에 집중함을 의미합니다. 말하자면 선택과 집중입니다. 믿을 것은 자신의 적성뿐입니다. 발견하였으면 집중해야 합니다.

적성을 제대로 찾기만 하면 꿈은 반드시 이루어집니다. 적성을 찾지 않거나, 잘못 찾았을 때 수많은 어려움이 잉태됩니다.

음악적성을 사랑하나, 화려한 무대를 사랑하나?

Q 예를 들어 예술 분야를 좋아하고 상당히 재능을 발휘하는 젊은이가 있는데, 그 직업으로는 생계를 꾸려가기 힘들다고 합니다. 이 친구는 어떡해야 할까요?

그런 사례는 매우 많습니다. 예·체능뿐 아니라 다른 분야에 있어서도 자신의 적성을 찾아가자니 사회적 대우가 불안하고, 안정적 직업을 찾아가자니 적성에 맞지 않는 경우입니다.

성악을 전공한 한 젊은이가 있었습니다. 그의 실력은 매우 훌륭했지만, 그가 일할 수 있는 곳은 없었습니다. 국립, 시립 합창단에 응모하였으나 번번이 떨어졌습니다. 학벌도 변변치 않았고, 그를 추천해주는 사람도 없었기 때문입니다.

그는 부두 검표원 등 사실상 막노동으로 생계를 꾸리며, 번듯한 합창단원이 되기를 고대했습니다. 시간은 자꾸 흘러갔습니다. 그는 절망했고, 절망은 세상에 대한 분노로 바뀌었습니다. 나중엔 성격까지 어둡고 비뚤어져갔습니다.

우연한 기회에 그를 알게 되었습니다. 항상 어두운 표정의 그가 마음에 걸렸던 저는 그에게 질문 하나를 던졌습니다.

"당신은 당신의 적성을 사랑합니까?"

그는 "네"라고 대답했습니다. 그래서 재차 물었습니다.

"당신은 당신의 적성인 성악을 사랑합니까, 아니면 유명 합창단원이 되어 턱시도를 입고 무대 위에서 박수갈채를 받는 모습을 사랑합니까?"

그는 머뭇거렸습니다. 나는 그에게 진심 어린 충고를 해주었습니다.

"당신이 진정으로 노래를 하고 싶다면, 화려한 겉모습을 포기하고 내면의 소리에 귀를 기울여보세요"

얼마 후 그는 친지가 운영하는 카페에서 무임 공연을 하기 시작했습니다. 그는 너무 행복했다고 했습니다. 돈은 생기지 않아도 노래하는 순간, 그는 자신이 살아 있음을 느낄 수 있다고 했습니다. 그러던 어느 날 카페에 들렀던 한 원로 음악가가 그의 적성을 알아보았습니다.

그는 한 오페라의 조연으로 출연하게 되었습니다.

적성에 대한 사랑을 이야기할 때 분명히 해야 할 것이 있습니다. 자신의 적성, 그 자체를 사랑해야지, 다른 것을 사랑해서는 안 된다는 것입니다. 자신의 적성 자체가 아니라 그 적성을 발휘했을 때 얻어지는 돈, 권력, 인기 등 사회적 성과물들이나 그에 따라 수반되는 특혜 같은 것들을 사랑해서는 안 됩니다.

간혹 그것들을 자신의 적성이라 착각하기 쉽습니다. 적성을 추구하는 것과, 그것으로부터 얻어지는 부수적인 것들을 좇는 것은 전혀 다릅니다.

우리나라 원로 기업가 한 분의 이야기입니다. 광복 직후 우리나라는 누구나 형편이 어려웠습니다. 열일곱 살의 그는 기계 만지는 일에 자신이 있었습니다. 그리고 그 일이 너무 하고 싶었습니다.

그래서 한 공방을 찾아갔습니다. 심부름을 시켜달라고 했습니다. 보수는 안 주어도 되고 밥만 먹여주면 감사하겠다고 했습니다. 그것이 시작이었습니다. 그 후 그는 우리나라 기계공업의 역사를 만들어 갔습니다. 그는 돈벌이보다 일하고 싶다는 욕구가 앞섰습니다. 그리고 자신의 적성에 관한 확신이 있었습니다.

그는 자신의 적성과 일을 사랑한 사람이지, 돈을 사랑한 사람이 아니었습니다.

적성에 맞으면 마법처럼 기적이 일어난다

Q 대부분의 현대인들은 삶이 스트레스의 연속이라고 합니다. 적성에 맞는 일거리를 찾은 사람들은 안 그런가요? 적성을 찾으면 정말 삶이 달라질까요?

사람이 자신의 적성을 찾아 발휘할 때는 놀라운 효과가 나타납니다. 그것은 곧 우리네 삶의 가치이고 보람이기도 합니다.

적성에 맞는 일을 하면 첫째로 신바람이 납니다. 예컨대 똑같이 방 청소를 하더라도 자신은 지금 낮잠을 자고 싶은데 어머니가 방 청소를 시킨 경우라면 억지로 하는 일이기에 짜증이 납니다.

그런데 만약 자기 친구를 집에 초대해 청소를 하는 경우라면 문제가 다릅니다. 휘파람을 불며 신 나게 청소합니다. 방도 아주 깨끗해집니다. 누구나 하고 싶고 잘할 수 있는 일을 할 때는 신바람이 납니다. 남이 알아주지 않아도, 박수를 쳐주지 않아도, 1등을 하거나 상장을 주지 않아도 행복합니다.

사람들은 곧잘 "열정을 가져라", "도전하라"고 말합니다. 그것이 성공의 비결인 것처럼. 그러나 그것들은 누구나 적성에 맞는 일을 하면 저절로 되는 일입니다. 억지로 노력하지 않아도 됩니다. 그래서 적성 찾기가 최우선입니다.

둘째, 생각보다 성취가 무척 큽니다. 신바람이 나서 하는 일은 더 높은 성과를 내기 마련입니다. 하는 일이 척척 잘 풀리게 된다는 이야기입니다. 성취가 커지면 더욱 행복해지고, 행복해지니까 성취는 점점 더 커집니다.

실패율도 줄어듭니다. 대학 입시나 사업이나 직장 생활이나 자기 적성에 맞는 길을 찾으면 아무래도 실패가 적어집니다. 자기 적성에 맞는 일을 욕심 없이 성실하게 수행해나가면 무슨 어려움이 있겠습니까? 만일 장애에 부딪친다면 자신의 욕구가 적성을 벗어났거나 욕심이 앞을 가로막아서일 것입니다. 또 설사 장애에 부딪친다 해도 크게 좌절하지도 않습니다.

셋째, 요즘 강조되고 있는 창의성이나 상상력도 저절로 나옵니다. 예를 들어 로봇 장난감을 사줬는데 큰아이는 전혀 관심을 보이지 않는데, 둘째 아이는 굉장한 호기심을 보입니다. 만지고 분해하고 조립하다가 망가뜨리기도 합니다. 같은 형제라도 적성은 차이가 납니다.

아무리 재미있는 만화책이라도 한 아이는 몇 페이지 보다가 집어치우고, 다른 아이는 밤을 새워가며 봅니다. 자기 적성에 따라 관심을 갖게 되면 스스로 창의성을 키우고 상상력을 발휘합니다.

사실 최근에 와서 창의성이나 상상력이 무척 강조되고 있는데, 창의성이나 상상력도 적성의 문제입니다.

타고난 적성상 창의성이 큰 아이도 있고 작은 아이도 있습니다. 그런데 이런 적성의 차이를 무시하고 무조건 창의성을 신조처럼 강요하는 것도 획일적 교육의 폐단입니다.

창의성이 상대적으로 적은 아이를 쥐어짠다고 해서 창의성이 펑펑 솟아나는 것이 아닙니다. 다만 창의성이 누구에게나 일정량은 있다는 전제하에 더욱 활성화된다는 이야기를 한 것뿐입니다.

넷째, 딴생각을 하지 않게 됩니다. 적성에 맞는 일을 찾아 신바람이 나서 열심히 몰두하다 보면 딴생각을 할 시간도 나지 않을뿐더러, 아예 딴생각 자체가 나질 않습니다.

보호관찰소나 소년원의 비행 청소년들은 여러 가지 비행을 저지르고 사법처분을 받은 아이들입니다. 그들에게 정말 자신이 하고 싶은 일을 해보게 했습니다. 그들은 그것이 너무 재미있어서 다른 친구들과 장난을 칠 생각도 하지 않았습니다.

학교폭력도 마찬가지입니다. 쓸데없이 남을 귀찮게 하거나 못살게 하는 것도 자신이 푹 빠질 만한 그 무엇이 없어서입니다. 푹 빠질 만한 일들을 시켜보십시오. 아마 펄펄 날 것입니다.

다섯째, 이것이 가장 중요한 효과입니다. 하고 싶은 일을 지금 마음껏 하고 있으므로 '나는 행복한 사람'이라고 생각하게 된다는 것입니다. 남이 뭐라고 하든, 어떤 성과를 거두든 상관없습니다. 남들과 비교하는 일도 할 필요가 없습니다. 자존감이 높아지고 자긍심이 생깁니다.

반대로 적성에 맞지 않은 일을 한다면 어떨까요? 당연히 스트레스가 쌓이고 하루하루가 불행합니다. 옆 사람에게 짜증을 내고, 스스로가 비참하다고 생각합니다. 미래가 암담하니 나오느니 한숨이고, 매사에 비관적이 됩니다.

적성 찾기는 이처럼 놀라운 효과를 가져다줍니다. 삶의 기본이 확 바뀌게 됩니다.

chapter 03

적성 찾는 법
「적성 방정식」

뇌세포 절정기, 20세까지는 찾아야

Q 아이들의 적성 찾기는 언제부터 시작하는 것이 좋을까요? 그리고 그 것은 언제까지 해야 한다는 시한이 있나요?

아무래도 기본적인 적성은 조기에 발견하는 것이 좋습니다. 적어도 20세 전후까지는 발견 작업을 끝내야 합니다.

하지만 이 적성의 문제는 전 생애에 걸친 평생의 과제이기도 합니다. 왜냐하면 자신의 적성을 찾아 그것을 발휘하려고 한다 하더라도 여러 가지 여건이나 환경이 그때그때 뒤따라주는 것이 아니기 때문입니다. 따라서 이 작업은 죽는 날까지 꾸준히 지속되어야 한다고 보는 것이 옳을 것입니다.

인생을 크게 4단계로 나누어봅시다. 1단계는 0세에서부터 20세 전후까지, 2단계는 20세 전후부터 40세 전후까지, 3단계는 40세 전후부터 60세 전후까지, 4단계는 60세 전후부터 그 이후까지로 나눌 수 있습니다. 각 단계별로 인간의 뇌과학적 연구 결과를 살펴보면 단계를 그렇게 분류한 것이 이해가 될 것입니다.

원래 인간은 아버지의 정자와 어머니의 난자가 만나서 제3의 세포로 수정이 되어 세포 분열을 합니다. 그래서 어머니 배 속에서 열 달 동안 성장한 후 "으앙" 하고 울음을 터뜨리며 세상에 나옵니다.

인간의 세포 수가 계속 증가하는데 언제 절정에 달하는가, 그때가 바로 10대 후반, 20세 전후입니다. 사람마다 더 빠를 수도 있고 느릴 수도 있습니다. 세포는 태어날 때에 약 2조에서 4조 개에 이르다가 20세 전후에는 약 60조에서 100조 개에 달한다고 합니다. 그 이후에는 세포가 서서히 죽어가 그 숫자가 줄어듭니다.

최근 학설에 의하면 성인 이후 노년기에도 세포가 부분적으로 살아나는 경우가 있다고 하지만 절대량이 늘어나는 것은 아니라고 합니다.

뇌세포는 대뇌피질에 약 140억 개, 뇌 전체에는 약 1,000억 개가 존재한다고 합니다. 뇌의 신경세포는 성장이 멈춘 후에는 더 이상 분열하지 않는 반면 뇌의 교질세포는 계속 분열을 합니다.

신생아의 뇌 무게는 400g 정도지만, 20세 전후의 완성된 뇌 무게는 남자가 1,400g, 여자가 1,250g 정도가 된다고 합니다.

그렇다면 0세에서부터 20세 전후까지의 의미는 무엇일까요? 이때는 삶의 준비기간입니다. 준비의 최종 완성기는 20세 전후입니다. 그래서 20세 전후가 되면 사회에 진출합니다.

그 후 30대를 지나 40세 전후까지는 준비된 역량을 사회에서 활용, 연마하고 특화하고 집중하고 진화시켜서 발휘해나갑니다.

그리고 40세 전후에서 60세 전후까지는 가장 왕성한 활동기로서 인생의 절정기가 됩니다. 60세 전후부터는 삶을 수습하고, 후진을 지도하고, 다음 세상을 기약하는 시기가 됩니다.

뇌 발달 시기에 따라 적성 발현 시기가 다르다

Q 사람에도 개인차가 있고 적성에도 여러 가지가 있는데, 모두가 비슷한 시기에 적성이 나타납니까? 적성에 따라 나타나는 시기가 달라집니까?

물론 다릅니다. 0세부터 20세 전후까지의 생물학적 성장기에는 신체적인 세포가 증가하는 것은 물론 당연히 뇌세포도 증가합니다. 그런데 뇌세포의 발달은 나이에 따라 그 특징이 다릅니다.

뇌과학은 계속 발전하고 있으므로 지금도 최신 연구결과가 나오고 있겠으나, 지금까지 뇌과학자들이 설명하는 바를 인용하면 다음과 같습니다.

★

뇌세포 발달 시기와 적성 찾기

＊0~3세

우선 0~3세까지는 뇌의 모든 부분이 골고루 발달한다고 합니다. 고도의 정신활동을 담당하는 대뇌피질을 구성하는 부분, 즉 전두엽, 측두엽, 두정엽, 후두엽이 모두 왕성하게 발달합니다. '지(知)의 뇌'와 '감정의 뇌'가 모두 발달합니다.

지의 뇌는 균형 있는 기본회로를 의미하는 것으로, 오감을 이용한 학습을 통해 이루어집니다. 감정의 뇌는 부모에 대한 애착과 같은 경험을 통해 발달합니다. 이 시기에는 어느 한쪽에 편중된 학습을 시켜서는 안 됩니다. 부지런히 손놀림을 하게 하고 가능하면 많이 기어 다니게 해야 합니다.

좌뇌와 우뇌를 모두 자극해서 균형 있게 빌달하게 해야 합니다. 좌뇌는 언어, 분석, 수리 등의 기능을, 우뇌는 감각, 종합, 직관 등의 기능을 맡습니다. IQ는 좌뇌, EQ는 우뇌와 관련이 있다고도 합니다.

＊3~6세

3~6세 시기는 전두엽이 발달하는 시기라고 합니다. 종합적이고 창의

적인 사고가 발달하는 시기입니다. 인간성, 도덕성, 예절성, 사회성, 종교성이 발달하고 상상력, 표현력, 창의력이 쑥쑥 자라는 시기입니다.

✳ 6~12세

6~12세의 시기는 측두엽과 두정엽이 발달하는 시기라고 합니다. 측두엽은 언어의 뇌라고도 합니다. 언어기능, 청각기능을 담당합니다. 두정엽은 과학의 뇌, 일명 아인슈타인의 뇌라고 합니다. 입체 및 공간 등에 대한 사고 기능입니다. 수학·물리학적 사고를 담당합니다.

✳ 12~15세

나아가 12~15세의 시기는 후두엽이 발달하는 시기라고 합니다. 자기 정체성과 외모에 관심이 많아지고 감성이 발달합니다.

✳ 15~20세

15세~20세 전후에는 인지적 성숙과 유연성, 다양한 사고가 이루어집니다. 기본적 뇌 발달 후 적성 및 소질이 종합적으로 드러나는 시기입니다.

★

이상은 뇌세포의 발달에 관한 일반적인 설명을 인용한 것입니다. 뇌의 발달은 개인마다 발달 시기 및 정도에 많은 차이를 보입니다. 따라서 개인별로 각각 다른 발달 부위와 시기 및 정도에 따라 특징을 발견하고 그에 따른 맞춤형 교육이 이루어져야 합니다. 뇌세포의 발달 과정을 예의주시하며 적성 발견에 나서야 한다는 것입니다.

적성의 인식, 탐색, 계발 시기

Q 뇌 발달의 과정에 대해서 자세하게 설명해주셨습니다. 그렇다면 그때그때 어떤 적성 찾기가 이루어져야 할까요?

우리는 이런 뇌세포 발달과정에서 여러 가지 시사점을 발견할 수 있습니다. 먼저 유아기와 초등학교 때는 "적성의 중요성을 인식하는 시기"가 되어야 합니다. 모든 교육 프로그램은 적성의 중요성을 인식하고 자기 적성에 관심을 갖는 발달 과업에 집중해야 합니다. 분야에 따라서는 일찍부터 적성을 탐색, 계발해야 하는 분야도 있습니다.

유명한 작곡가가 3살부터 피아노를 쳤다는 일화에서 볼 수 있듯이 예술적 재능들은 비교적 일찍부터 계발될 수 있습니다.

그런가 하면 언어 기능을 담당하는 측두엽은 6살 전후해서 발달하므로 요즘처럼 조기 학습을 시켜서는 안 됩니다. 지나치게 일찍부터 언어 교육을 시키는 것은 측두엽의 뇌세포에 과잉 부담을 줘서 아이들의 정상 발달을 저해합니다.

또 과학적 재능은 과학의 뇌인 두정엽이 발달하는 시기에 나타나기 때문에 과학 재능은 그때 발견하게 됩니다.

　중학교 시기는 본격적인 '적성의 탐색기'입니다. 소위 사춘기로서 아이덴티티 크라이시스(정체성 혼란)를 겪는 시기입니다. 이처럼 자기 정체성을 찾아가는 시기이므로 자기의 적성이 무엇인지 탐색하는 시기가 되는 것입니다. 이렇게 중학교 시기의 탐색 결과에 따라 고등학교 진학 시에 문과, 이과로 나뉘고, 특성화고, 특목고, 예체능고 등으로 나뉘어 진학하게 됩니다.

　고등학교 시기는 '적성의 계발기'입니다. 자신이 적성에 맞다고 판단하고 선택한 분야를 마음껏 실습해보고 계발합니다. 예컨대 오전에 일정 시간 국민 기본 공통 과목을 공부하고 나머지 시간에는 자기 적성에 맞는 공부를 집중적으로 하는 것입니다. 예를 들어 요리고등학교라면 요리에 집중해 요리 공부할 시간을 대폭 할애하는 것입니다.
　여기서 한 가지 주의할 것은 인간의 적성은 결코 한 가지가 아니기 때문에 고등학교 때 다른 적성도 계발할 기회를 충분히 주어야 한다는 것입니다.
　예를 들어 전학을 자유롭게 하거나 다른 적성 공부를 부전공으로 병행할 기회를 주어야 합니다. 딱히 전공·부전공이 아니라 해도 선택 과목을 다양하게 선택할 수 있도록 하고, 동아리 활동 등 체험활동을 다양하게 할 수 있도록 허용해야 합니다.
　그래서 고등학교를 졸업할 즈음, 즉 뇌세포의 절정기에 자신만의 고유한 길을 가급적 많이 찾을 수 있도록 해야 하는 것입니다. 그다음에 사회 진출을 하면 됩니다.

이처럼 적성의 계발은 고교 졸업 시까지 마쳐야 합니다. 그런데 우리나라의 현실은 너무도 동떨어져 있습니다.

고교 때까지 너나없이 대학 입시 공부에 매달려 자신의 적성을 계발할 기회를 갖지 못하는 학생들이 너무 많습니다. 예·체능계라든가 특별한 경우를 제외하고는 거의 대부분이라고 보아도 될 것입니다. 심지어 예·체능계까지도 입시 위주 교육 때문에 제 적성을 제대로 발휘하지 못한다는 지적도 있습니다.

초·중·고교의 교과과정을 전면 개편해야 합니다. 특히 중학교 교과과정은 다양한 체험 위주의 적성 탐색을 할 수 있도록, 초등학교 교과과정은 개개인의 적성 발현을 인식할 수 있도록 전면 개편해야 합니다.

세계 최초, 모든 고등학교를 특성화하자

Q 제때에 적성을 찾지 못해 방황하는 사람이 너무 많습니다. 재수를 하거나, 편입을 하는 학생도 많고 평생 적성에 맞지 않는 일을 하는 사람들도 많습니다. 이런 불행을 막을 수 있는 제도적 장치는 없는 걸까요?

고교 졸업까지 적성을 제대로 찾지 못하는 사람들이 대부분입니다. 그런 상황에서 이들은 알량한 성적표를 가지고 거기에 맞는 대학을 골라 입학합니다. 하지만 대학에서도 상황은 변하지 않습니다.

제 적성에 맞는 공부를 하는 것인지, 공부에 억지로 자신을 맞추는 것인지 알 수가 없습니다. 그리고는 또 획일적으로 스펙 쌓고 입사시험 준비에 매달립니다. 취업도 마찬가지입니다. 무턱대고 취업만 하고 보자는 생각이 앞서 자기계발과는 거리가 먼 불필요한 행동들을 합니다.

20대뿐 아니라 30대가 되어서도 이런 방황을 하는 사람이 많습니다. 적응을 못 해 직장을 계속 바꾸거나 전 직장과는 완전히 다른 새로운 길을 모색하는 경우도 있습니다. 20대와 30대를 그렇게 좌충우돌하다가 나이 40세쯤 되면 뭔가가 눈에 보입니다.

"내가 이렇게 살아서는 안 되겠구나, 진짜 내가 하고 싶은 것을 해야겠구나" 하고 결심하게 됩니다. 대체로 40세 전후에 기어코 자신이 하고 싶은 길을 찾아 나서게 되는 경우가 많습니다. 20대, 30대에 이것저것 부딪쳐보았는데 "결국 내 길은 이 길이구나" 하고 최후의 길을 찾게 되는 것입니다.

회사를 잘 다니던 청년이 30대 중반에 회사를 때려치우고, 느닷없이 가게를 차리거나 뒤늦게 다른 공부를 시작합니다. 국제적 사업을 하거나 이민을 가는 경우도 있습니다. 업종을 바꾸기도 하고 창업을 하기도 합니다. 자신을 찾아 거의 마지막에 가까운 새로운 시도를 하는 것입니다.

문제는 그렇게 되기까지 당사자 본인은 얼마나 고통스러웠겠느냐는 것입니다. 남들이 아무리 좋은 직장이라 치켜세우더라도 내 적성에 맞지 않으면 스트레스일 뿐입니다. 사람들과의 마찰은 또 얼마나 컸겠습니까? 그러다 보면 성격도 나빠지고 다른 일상생활도 편치 않았을 것입니다. 가끔 이혼을 하는 사람도 있습니다.

그 원인이 바로 내 적성에 맞지 않은 일을 해왔다는 데 있다는 사실을 깨닫는 것은 한참 후입니다. 뒤늦게라도 찾아야지요. 또 결국은 견디다 못해 찾아가게 됩니다.

나이 들어 적성이 변하는 것 아닌가 하는 생각이 드는 수가 있습니다. 아닙니다. 적성이 변하는 것이 아니라 뒤늦게 찾기 시작한 것뿐입니다. 그나마 다행이라고 해야 할까요?

우리는 이 같은 시행착오와 그로 인한 폐단을 일찍일찍 차단해야합니다. 어차피 가야 할 길을 빙 둘러서 갈 이유도 없고, 스스로 행복해지는 길을 유예할 필요도 없으니까요. 그래서 적성 찾기는 평생의 과업이 됩니다.

저는 이런 방황을 사전에 예방하기 위해 대한민국의 모든 고등학교를 특성화할 것을 주장해왔습니다. 지금과 같이 일반고의 문과 · 이과, 특목고의 외국어 · 과학 · 예술 · 체육 · 마이스터고, 특성화고, 자율고 정도로 구분할 것이 아니라 아예 일반계까지 모두 특성화하자는 것입니다.

만일 우리나라가 이 일을 해낸다면 세계 최초입니다. 아울러 저는 '고등학교'라는 명칭을 '전문학교'로 바꾸고, '교장'도 '학장'으로 바꾸자고 제안합니다.

상상해보시기 바랍니다. 전국 방방곡곡의 2,000여 개 고등학교가 수학고 50개, 어문학고 50개, 역사고 10개, 언론고 10개, 경영고 30개, 항공고 30개, 생물고 30개, BT고 30개, IT고 50개, 해양고 30개, 골프고 10개, 축구고 10개, 무용고 10개 등등으로 전환된다고 생각해봅시다.

갑자기 이런 발표가 나온다면 학생, 학부모는 물론 학교와 사교육업계까지 온통 들쑤셔놓은 듯할 것입니다.

왜 하필 고교일까요? 앞에서 본 바와 같이 뇌 발달 과정상 20세 이

전에 적성 찾기가 모두 완료되어야 하기 때문입니다. 고교가 적성 계발이라는 교육혁명의 핵심적 센터가 되는 것입니다.

각 고교는 국민 기본 공통과목 외에 적성 계발 교육에 치중하게 됩니다. 그 후 학생들은 적성에 따라 취업 또는 진학을 합니다. 이렇게 되면 어떤 변화가 올까요?

우선 중학교가 바뀝니다. 고교 선택을 위해 적성 탐색에 돌입해야 하기 때문입니다.

그다음에 초등학교가 바뀝니다. 조기교육이 아니라 적성 인식에 관심을 갖게 됩니다.

맨 나중에 대학도 변합니다. 대학은 각 특성화된 고교 중에서 각각의 전공에 맞는 고교를 주목할 것입니다. 그리고 합격 기준을 완전히 바꿀 것입니다.

직장에 바로 진출하는 학생을 위한 직장 내 교육 프로그램, 직장 생활 후 대학 진학을 하는 학생을 위한 평생 대학진학제도가 개발될 것입니다. 가히 천지개벽에 가까운 변화입니다.

이는 별다른 주장이 아닙니다. 교육의 기본으로 돌아가자는 것입니다. 저마다 타고난 소질과 적성을 계발하는 것, 그것이 우리가 잊고 있는 교육의 기본입니다.

적성은 7:3일 수도 있고, 8:1:1일 수도 있다

Q 이것저것 다양한 분야에 관심과 소질이 있는 사람들도 있습니다. 이런 사람들은 어떻게 해야 진정한 적성을 찾을 수 있을까요? 특별한 비법이라도 있나요?

많은 사람들, 특히 학부모님들이 가장 궁금해하는 부분입니다. 적성 검사를 했더니 문과 적성, 이과 적성이 비슷하게 높게 나오니 어떻게 해야 할지 모르겠다는 말씀을 하십니다. 어떤 적성도 두드러지지 않는다고 걱정하는 분들도 있습니다. 이는 약간의 오해에서 비롯된 것입니다.

　이제부터 적성을 찾아가는 4가지 단계를 설명해드리려고 하는데, 저는 이를 '적성 방정식'이라고 이름 붙여봤습니다. 각각의 단계를 확인하면 자신이나 자녀의 적성이 무엇인지 머릿속에 그림이 그려질 것입니다.

★

나만의 타고난 적성 찾기 4단계

✽ 1단계 : 나의 적성이 모두 몇 개인지 확인하라.

많은 분들이 인간의 적성이 한 가지라고 생각합니다. 이것은 완전한 오해입니다. 인간은 여러 가지 적성을 타고납니다. 두 가지, 세 가지,

네 가지, 심지어 다섯 가지 이상을 타고나기도 합니다. 예를 들어 어떤 이는 축구를 잘하고, 말을 잘하고, 사업 수완이 있습니다. 이 사람은 자신의 세 가지 적성을 모두 발휘할 때, 가장 완벽하게 적성을 실현한 사람이 됩니다. 모든 인간이 한 가지 적성만을 타고난다면, 세상에 그 많은 직업이 존재하기 힘들 겁니다. 또 세상이 참 재미없을 겁니다.

적성 찾기의 첫 번째 단계는 자신의 적성 모두를 차근차근 찾아내는 것입니다.

✽ 2단계 : 각각의 적성이 차지하는 비중을 따져라.

자신이 가진 여러 가지 적성은 자기 안에서 각각이 차지하는 비중이 다릅니다. 즉 어떤 이가 두 가지 적성을 가지고 있다고 할 때, 두 적성이 반드시 50%씩 같은 비율로 섞여 있는 것이 아니란 말입니다.

위 세 가지 적성을 가진 사례의 경우에도 축구를 잘하는 적성이 90%, 말을 잘하는 적성이 5%, 사업적 적성이 5%인 사람이 있는 반면, 축구를 잘하는 적성이 60%, 말을 잘하는 적성이 30%, 사업적 적성이

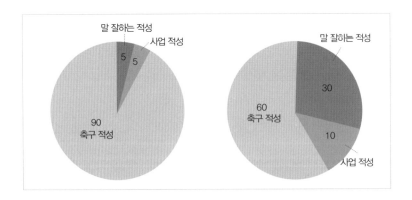

10%인 사람이 있을 수 있습니다. 1단계에서 찾아낸 자신의 적성을 쭉 나열해놓고 각각의 비중이 몇 퍼센트 정도인지 체크해보십시오.

정확할 수는 없지만 정도의 차이를 발견할 수 있습니다.

✱ 3단계 : 각 적성의 수준을 점검하라.

사람이 갖고 있는 각각의 적성은 인간이 발휘할 수 있는 최고 수준에 비해 차이가 있습니다. 예컨대 축구 적성이 똑같이 90%인 두 사람이 있다고 해봅시다. 축구 적성의 최고 수준을 100으로 봤을 때 한 사람의 수준은 80에 이르고 한 사람의 수준은 20에 불과합니다.

이 경우는 어떤 차이가 있을까요? 앞의 사람은 축구 선수로 활약할 가능성이 많습니다. 뒤의 사람은 축구 해설가 등 축구와 관련된 다른 일을 할 가능성이 높습니다.

수준이 낮다고 해서 나쁜 것이 아닙니다. 세상에는 낮은 수준의 적성들이 해야 할 일들이 있고, 그 수준의 적성을 발휘할 때 본인은 가장 행복합니다.

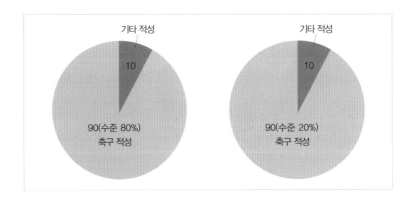

✽ 4단계 : 각 적성의 비중과 수준에 맞춰 적성을 융합하라.

여러 적성을 똑같은 비중으로 가지고 있고, 각 적성마다 수준이 똑같다 해도 그것을 융합하는 방식이 또한 모두 다릅니다. 예컨대 세 명의 사람이 축구 적성이 60%, 지도자 적성이 30%, 사업적 적성이 10%로 똑같다고 합시다. 또 각 적성마다 잘하는 정도도 똑같이 70, 70, 70이라고 합시다.

그러면 세 사람이 똑같은 직업을 가지게 될까요? 그렇지 않습니다. 한 사람은 축구단 관계자가 되고, 다른 사람은 축구 코치가 되고, 또 다른 사람은 어린이 축구 교실을 운영합니다. 각 적성을 어떻게 융합하느냐에 따라 수많은 가지 치기가 가능합니다.

또 적성은 직업으로만 발현되는 것이 아닙니다. 어떤 적성은 직업으로, 어떤 적성은 취미로도 나타납니다. 일부 적성은 융합하여 직업으로, 다른 일부 적성은 융합하여 취미로 나타나기도 하고, 모든 적성이 부분적으로 융합하여 직업이나 취미나 봉사활동이나 부업으로 나타날 수도 있습니다.

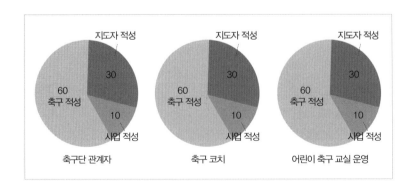

★

과거 심리학계는 하나의 지능, 즉 IQ만을 가지고 사람을 평가했습니다. 또 홀랜드를 비롯한 수많은 학자들이 적성의 유형화를 시도했습니다. 하워드 가드너는 소위 '다중 지능'을 주장했는데 인간의 지능을 언어 지능, 논리 · 수학 지능, 시각 · 공간 지능, 음악 지능, 신체 · 운동 지능, 자연 지능, 대인 지능, 자기 이해 지능 등 총 8가지로 분류했습니다.

그러나 사람의 지능은 그보다 훨씬 다양한 것이어서 굳이 분류를 해야 한다면 훨씬 더 세분할 수도 있습니다. 그저 용도상 몇 가지로 분류한 것에 불과하다는 것이 저의 생각입니다.

사람은 자신에게 주어진 여러 가지 적성을 모두 발견하고 모두 발휘할 때 가장 행복합니다. 지나치게 이상적인 경우라고 할 수 있을지 모르나, 그것이 최선입니다.

젊은이 여러분들은 부디 자신의 모든 적성을 빠짐없이 찾아보려고 노력하십시오.
그것들을 잘 융합했을 때 어떤 그림이 그려질지 궁금하지 않습니까? 자신의 적성을 계속 찾고 융합하는 것을 삶의 가장 큰 숙제로 삼으십시오.

적성검사가 가르쳐주지 않는 것들

Q 최근 초중고생들을 대상으로 적성검사를 많이 하고 있습니다. 그런데 그 결과를 어떻게 읽어야 할지, 적성검사가 과연 개개인의 적성을 꼭 집어 주는지 궁금합니다.

그렇습니다. 적성검사를 많이 해보지만, 그 결과가 도무지 무슨 소리인지 모르겠다는 분들이 많습니다. 적성검사는 그 의미를 잘 새겨 받아들여야 합니다. 우리나라에 나와 있는 많은 적성검사 및 흥미검사 중에서 노동부 산하의 한국고용정보원에서 사용하는 '직업선호도 검사'를 예로 들어보겠습니다.

이 검사는 흥미검사, 성격검사, 생활사검사로 구성되어 있는데, 이것들이 종합적으로 검토되어야 한다고 권고합니다.

그중에서 흥미검사는 일반흥미유형과 기초흥미유형의 흥미수준을 검사하는데, 그 경우에도 자신감검사와 비교해보고, 또 이 흥미검사에 응답할 때 자신의 성격을 사회적으로 바람직하게 보이도록 왜곡했는지, 문항을 건성으로 읽고 성실하게 답하지 않았을 가능성은 없는지 등에 대해서도 다방면으로 고려하라고 권고합니다.

여기에서 일반흥미유형이란 미국의 심리학자 홀랜드의 직업성격유형 이론에 근거하여 개인의 흥미를 6가지 유형으로 구분한 것입니다.

기초흥미유형은 일과 관련된 여러 분야 중 특정 분야에 대한 흥미가 어느 정도인지를 측정하는 것입니다. 홀랜드가 제안한 6가지 흥미 유형과 각각의 특성은 다음과 같습니다.

흥미유형	특성	대표 분야	대표직업
현실형(R)	실행/사물 지향	기계 분야	전기기사, 소방관, 중장비기사, 목수, 농부, 군인, 경찰, 프로 운동선수, 운전사
탐구형(I)	사고/아이디어 지향	연구 분야	언어학자, 심리학자, 물리학자, 생물학자, 시장조사분석가, 경영분석가, 번역가
예술형(A)	창조/아이디어 지향	예술 분야	음악가, 화가, 디자이너, 시인, 카피라이터, 영화/연극배우
사회형(S)	자선/사람 지향	상담 분야	사회사업가, 상담가, 간호사, 교사, 성직자
진취형(E)	관리/과제 지향	경영 분야	기업대표, 고위관리자, 변호사, 영업사원
관습형(C)	동조/자료 지향	회계 분야	회계사, 경리사무원, 의무기록사, 비서, 은행사무원

저는 위 표를 볼 때마다 무척 황당하다는 느낌을 받습니다. 예컨대 자신이 현실형(R)이라고 할 때 그 대표 직업에는 목수도 있고 군인도 있고 농부도 있고 프로 운동선수도 있습니다.

그렇다면 도대체 그중 어떤 직업을 선택하라는 것입니까? 그 범위 가 이렇게 넓으니 어떡하라는 것이냐는 것입니다. 이렇게 광범위한 직업들을 한 묶음으로 평가한다는 것이 실로 황당하지 않을 수 없는 것입니다.

그러니 이런 검사는 그저 참고용일 뿐입니다. 유형화에 따라 그런 특성이 있다는 의미일 뿐이지, 결코 자신의 소질을 발휘할 최적의 분야를 꼭 찍어주지는 않습니다.

여기 한 젊은이의 사례를 보겠습니다. 이 젊은이의 일반흥미유형(개인의 흥미경향성을 유형화한 것)과 기초흥미유형(구체적인 분야에서 수행하는 일의 내용과 관련한 흥미정도를 유형한 것)의 검사 결과를 보면 다음과 같습니다.

흥미유형	기초흥미 분야	흥미수준
R(30)	기계 · 기술 사회 안전	최하(35) 최하(34) 최하(32)
I(34)	과학 · 연구	최하(35)
A(66)	음악 미술 문학	최상(73) 중상(53) 중상(56)
S(53)	교육 사회서비스	중상(52) 중상(50)
E(53)	관리 · 경영 언론 판매	상(60) 하(42) 하(37)
C(32)	사무회계	최하(33)

이 젊은이의 경우에 '최상'으로 나온 분야는 〈음악〉이고, '상'으로 나온 분야는 〈관리 · 경영〉입니다. 그리고 '중상'으로 나온 분야는 〈미술〉, 〈문학〉, 〈교육〉, 〈사회서비스〉, 나머지는 '하'나 '최하'입니다. 여기서도 마찬가지입니다. 그 유형화의 범위가 너무 넓어서 구체적으로 무엇을, 어떻게 하라는 것인지 별로 시사해주는 바가 없습니다. 또 흥미수준이 낮은 분야에 관한 의미는 전혀 전해주지 못합니다.

예컨대, 이 젊은이의 검사 결과를 두고 혹자는 이 젊은이의 유망 직업을 '음악가'라고 판단할지 모릅니다. 그러나 그것은 매우 성급한 판단입니다.

우선 표준점수가 73으로서 '최상'의 수준을 보인 〈음악〉은 분명히 최상의 흥미 분야일 것입니다. 그렇다면 표준점수 60으로 '상'의 수준을 보인 〈관리·경영〉능력은 어떤 의미인가요? 또 '중상'의 수준을 보인 여러 분야들은 모조리 무시되어도 좋다는 것인가요?

적성검사를 잘 읽어야 합니다. 그 모든 것들을 잘 융합해야 한다는 사실을 명심해야 합니다.

여러 적성의 융합은 나만이 할 수 있다

Q 여러 적성을 융합해야 한다는 말씀은 처음 듣습니다. 만일 그렇게 된다면 이 세상의 모든 사람이 각각 다른 적성을 가질 수도 있겠네요.

맞습니다. 그래서 이 세상의 모든 사람은 각각 다릅니다. 똑같은 전기 기사라 하더라도 공통점 이외에 반드시 상이점이 있는 이유입니다. 지금 지구 상에 나와 있는 모든 검사지들은 '유형화'를 전제로 하고 있습니다.

유형화는 그 외에도 여러 분야에서 시도되고 있습니다. 뇌과학자는 뇌 발달 부위에 따라 유형을 분류하고, 어떤 이들은 혈액형이나 지문에 따라 분류합니다. 역학자들은 태생으로 분류하고, 한의학자들은 4상이나 8상으로 분류합니다. 아무튼 그것들은 모두 그 유형들의 범위 내에서만 의미 있다는 사실을 유의해야 합니다.

그것들이 결코 자신의 앞길을 꼭 집어서 인도해줄 것이라 믿어서는 안 됩니다.

젊은이들은 무엇보다 자신의 모든 적성 분야와 각 분야에 관한 적성수준을 정확하게 파악해야 합니다. 그래서 자신의 적성들을 잘 융합해야 합니다. 음악이 '최상'의 적성 분야라고 해서 음악가가 적성이라고 싸잡아 판단해서는 안 됩니다.

'상'이나 '중상'에 해당하는 다른 적성 분야와의 융합을 시도해야 합니다. 그래야 자신이 가장 잘할 수 있는 일거리가 무엇인지, 또 그것들을 어떻게 활용할 수 있는지를 찾을 수 있게 됩니다.

음악에 적성이 있는 사람은 연주에 탁월한 기량을 보이는 이가 있는가 하면, 연주도 잘하지만 교육이나 지휘 쪽에 기량을 보이는 이도 있습니다. 그래서 똑같은 음대 교수라 해도 잘 가르치는 교수가 있는가 하면, 자신은 비록 실력이 출중하지만 교육은 잘 못하는 교수도 있습니다. 또 음악을 하더라도 공연 기획이나 연출 쪽에도 기량이 있는 사람이 있는가 하면, 지휘나 관리 · 경영 쪽에 기량이 있는 사람도 있습니다. 천차만별입니다. 제 적성을 잘 융합해서 자신의 길을 만들어 내야 하는 것입니다.

적성은 직업에만 관련된 것이 아닙니다. 적성은 직업으로 나타나는 경우가 많고, 적성에 맞는 직업을 찾으면 행복해집니다. 하지만 적성이 꼭 직업으로만 나타나는 것은 아닙니다. 일부 적성은 직업으로, 일부 적성은 취미로 나타나는 수도 있습니다. 예컨대 과학자로 활동하면서 취미로 바이올린을 연주하는 것과 같습니다.

주업과 부업으로 나타날 수도 있고, 생업과 봉사활동으로 나타날 수도 있습니다. 또 그것들 사이를 오갈 수도 있습니다.

어떤 이는 회사에 다니면서 테니스를 취미로 삼았습니다. 그러다 테니스공을 만드는 사업을 해보자는 제안을 받고 회사를 그만두었습니다. 그는 테니스도 가까이하고 사업도 잘하는 사람으로 변신해 너무 만족스럽다고 싱글벙글입니다.

회사를 그만두는 이들 중에 이런 이들이 의외로 많습니다. 제 적성에 맞지 않는 일을 하다가 뒤늦게 찾아가는 것이지요.

적성은 한꺼번에 모두 찾아지지 않는 경우도 많습니다. 아무리 찾으려 애써도 인생에서 그 적성을 체험해볼 기회가 늦게 나타날 수도 있기 때문입니다. 꾸준히 항시적으로 찾아야 합니다. 그렇게 꾸준히 찾고 융합하다 보면 자신도 상상하지 못했던 절묘한 자신만의 길이 계속 창조됩니다. 이 세상에 똑같은 사람이 단 한 사람도 없듯, 그런 유일무이(唯一無二)한 자신만의 길이 만들어집니다.

그래서 적성을 탐색·계발하는 과정에서도 섣불리 "나는 기술자다, 공무원이다, 화가다" 하고 한 가지로 못 박지 말라고 권고합니다. "한 우물을 파라"는 말이 있는데, 이 말도 조심스럽게 새겨들어야 합니다. 무조건 한 가지 일만 하라는 소리로만 알아들으면 안 됩니다. 꾸준히 제 적성을 찾아 계속 발전시키고, 또 변화가 필요한 시점에서는 변해야 합니다.

그동안 이 나라 젊은이들이 제 적성을 찾지 못한 것을 젊은이들만의 책임이라고 할 수는 없습니다. 우리 사회가 이 중차대한 문제에 대해서 제대로 인식하지도 못했고, 적용하지도 못했기 때문입니다. 오히려 눈에 보이는 출세주의에 빠져 돈, 돈하거나 권력·지위·인기 등에 혈안이 되어왔습니다.

이제 우리 사회는 '적성 중심'의 사회구조로 바뀌어야 합니다. 사회개혁과 교육개혁이 가차 없이 이루어져야 합니다.

그러나 우리 젊은이들은 사회 전체의 변화를 기다릴 시간이 없습니다. 더군다나 나의 적성은 결코 남이 찾아주지 않습니다. 또 남이 찾아줄 수도 없습니다.

그 어떤 검사나 유형화가 나 자신의 길을 꼭 집어서 가르쳐주지도 못합니다. 내 적성은 결국 내 자신이 찾아야 합니다. 특히 적성의 융합은 전적으로 나 자신만이 할 수 있는 일입니다. 남이 나의 삶을 대신 살아줄 수는 없지 않습니까?

중요한 점은 내가 내 적성을 스스로 찾아야 한다는 절체절명의 과제를 믿는 것입니다. 그리고 도전하는 것입니다.

자신의 타고난 적성에 도전하십시오. 도전할 대상은 돈이나 권력이나 출세나 부귀영화가 아닙니다. 나 자신의 적성 찾기에 도전하고, 또 도전해야 합니다. 결국 나의 길은 내가 찾습니다.

질문하라! 체험하라! '왠지'가 중요하다

Q 특별히 잘하는 것도 없고, 하고 싶은 것도 없다는 아이들은 어떡해야 합니까? 그 아이들은 왜 그런 걸까요? 그런 아이들에게도 적성을 찾아줄 수 있을까요?

많은 이들에게 "당신의 적성이 무엇이냐?"고 물으면 선뜻 대답을 못합니다. 청소년들은 더합니다. "나는 특별히 잘하는 게 없는데……"라고 말하는 경우가 많습니다. 그러나 그런 청소년들에겐 적성이 없다고 속단하지 마십시오.

분명히 말씀드리지만, 세상에 적성이 없는 사람은 없습니다. 아직 자신의 타고난 적성을 발견하고 계발하지 못했을 뿐입니다. 적성이라는 보물상자가 아직 열리지 않은 것이라 이해하면 됩니다.

청소년들 스스로 탐색해보지 않았고, 또 어른들이 그렇게 이끌어주지 않았기 때문입니다.

그렇다면 자신의 적성을 어떻게 발견할 수 있을까요? 의외로 간단합니다. 첫째, 자기 스스로에게 내가 하고 싶은 일, 잘할 수 있는 일이 무엇인지 시도 때도 없이 질문해보는 것입니다.

우리나라 어른들이 학생들에게 가장 많이 하는 질문은 "공부 잘하냐, 몇 등 하냐?"입니다. 이제 그 질문을 바꾸어야 합니다. "넌 뭘 좋아하니, 넌 뭐를 제일 잘하니?" 등등의 질문을 해야 합니다.

"What's your favorites?" 이런 질문을 받은 아이들은 머릿속에서 계속 프로그래밍을 합니다. "어른들이 왜 그걸 묻지?" 하며 답변을 궁리하게 됩니다.

우리 젊은이들은 어른들이 질문을 하기 전에 스스로에게 계속 질문해야 합니다. 그것은 곧 스스로에게 자기 탐색의 자극을 주고 자신에게 가장 긴요한 숙제가 되게 하여 기어코 해답을 찾아내도록 만듭니다.

둘째, 많은 체험을 해야 합니다. 책을 통해 간접 체험을 하는 방법도 있지만 가장 좋은 것은 직접 체험을 해보는 것입니다. 신발 공장에도 가보고 방송국에도 가봅니다. 고층 빌딩에도 올라가 보고, 과수원에도 가봅니다.

인턴도 해보고, 자원봉사도 해보고, 잔심부름도 해봅니다. 현장에서 의문점이 생기면 물어보고, 호기심이 생기면 실습을 해봅니다.

이처럼 다양한 체험을 해보면 '왠지' 마음에 드는 것이 있습니다. 그

"공부 잘하냐, 몇 등 하냐?"
아이들에게 이렇게 묻지 말고
"넌 뭘 좋아하니, 넌 뭘 제일 잘하니?"
라고 물어보십시오.
이것이 적성 찾기의 시작입니다.

'왠지'가 중요합니다. 어떤 특별한 이유나 사연이 없음에도 불구하고 막연히 내 마음에 드는 것이 있는데, 이것을 놓쳐서는 안 됩니다. 바로 자신의 적성을 발견하는 결정적 단서가 됩니다.

물론 적성검사니, 흥미검사니 하는 여러 가지 검사 도구들이 발달해 있습니다. 그것들도 많은 도움이 됩니다. 그러나 그것은 어디까지나 아주 크게 분류된 성향을 파악하는 것에 불과합니다.

아무리 컴퓨터 프로그래밍 기술이 발달했다 하더라도 그 성향을 억 단위로 나눌 수는 없습니다. 그것들은 어디까지나 개략적인 분석일 뿐이므로 참고자료로 활용하면 됩니다. 실제적으로 나의 길을 찾는 것은 직접직 체험을 토대로 자신과의 수많은 교김을 하는 가운데 이루어집니다.

자녀 스스로 도전하게 해야

Q 체험이 부족하면 적성을 찾을 수 없다는 말씀에 약간의 죄책감을 느낍니다. 시간적, 경제적 여유가 없어 아이들에게 체험의 기회를 제공하지 못하는 부모들은 어떻게 해야 할까요?

시간이 많고 돈이 많아야 자녀들에게 더 풍부한 체험을 시킬 수 있다는 생각은 잘못된 것입니다. 여유보다는 생각이 더 중요합니다. 꼭 부모들이 체험을 주도해야 하는 것도 아닙니다.

아이들 스스로 체험할 직업과 현장을 탐색하도록 해보십시오. 지금 대부분의 아이들은 일주일 내내 영어, 수학학원에 논술학원까지 전전하지 않습니까? 학원에 쏟아붓는 그 시간과 비용을 적성을 찾는 데 쓰면 얼마나 좋겠습니까? 지금 당장 아이에게 제일 가보고 싶은 곳을 찾아보라 하십시오.

아이가 방송국에 가고 싶다 하면, 각 방송국 홈페이지에 들어가 견학 프로그램이 있나 확인해보십시오. 아이가 장수벌레가 보고 싶다고 하면 곤충 박물관에도 데리고 가고, 주말 농장에도 등록하십시오. 아이가 가수가 되고 싶다고 하면, 좋아하는 가수의 콘서트도 가게 해주고, 기획사의 오디션도 보게 해주십시오. 크게 어려운 일이 아닙니다.

만약 그 일에 진짜 적성이 있는 아이라면 그것을 기회로 더 확장시켜나갈 방법을 찾을 것입니다. 저절로 그렇게 됩니다. 그러나 유행이나 세태에 휩쓸려 그런 생각을 가진 것이라면 스스로 정리할 것입니다.

아이들은 어른이 생각하는 것만큼 판단력이 없지 않습니다. 자신이 할 수 있는 일과, 해도 안 되는 일은 본능적으로 구분할 줄 압니다.

단 여기서 명심해야 할 것이 있습니다. 부모는 이 모든 과정에서 정원사의 역할만 해야 한다는 것입니다. 자녀들은 정원의 나무들입니다. 부모가 나서서 "이거 해라, 저거 해라" 강요하면 안 됩니다. 부모가 보앉을 때 좀 더 좋은 적성이라 판단되는 쪽으로 유도해서도 안 됩니다.

안타까워하지도 말고, 답답해하지도 말아야 합니다. 그저 지켜만 보십시오. 부모 입장에서는 혼란이나 방황처럼 보이겠지만, 자녀들에게는 그것 모두가 적성 찾기의 훌륭한 과정입니다.

"맞벌이라 시간이 없는데, 가정 형편이 어려워서 힘드는데……"라며 핑계 대지 마십시오. 적성 찾기에 영어나 수학 과목만큼의 관심만 기울인다면, 대한민국의 모든 청소년들이 일찌감치 적성을 찾았을 것입니다.

적성이 없다고 대답하는 자녀들이 아니라 그런 체험 지도를 못 하고 있는 부모들이 문제입니다.

적성에 따른 사회 진출 : 대학을 거부하라

Q 고교 졸업 무렵까지 적성 찾기가 완료되면, 그다음에는 바로 사회에 진출하면 되나요? 사회생활을 하기에는 너무 어린 나이가 아닐까요?

우리는 그동안 대학을 졸업해야 비로소 사회에 진출한다고 생각해왔지만, 그것은 잘못된 생각입니다. 일단 고등학교를 졸업하면 이미 사회에 진출할 시기가 된 것이고 그 이후의 삶은 사회생활이라고 보아야 합니다. 따라서 먼저 대학에 대한 관념부터 바꿔야 합니다. 우리나라는 아직도 대학 시기를 사회 진출을 준비하는 시기로 생각하는 경향이 있습니다. 대학을 졸업해야 사회 초년병이 된다고 생각하는 것입니다. 그러나 아닙니다. 대학 생활은 이미 사회생활의 시작입니다.

우리나라는 지금 심각한 '대학병'에 걸려 있습니다. 80% 이상이 대학에 갑니다. 이는 세계에 유례가 없는 수치입니다. 선진국에서는 고작해야 30%~40%가 대학에 갑니다. 미국을 비롯한 일부 국가에서는 50~60%가 대학에 진학하는데, 그것은 최근 나타난 현상으로 그 역시 문제점을 안고 있습니다. 대학 진학률이 높은 만큼 젊은이들의 사회 진출이 늦어지는 것입니다. 이는 사회적으로 발달지체현상을 초래하며, 국가적으로도 엄청난 낭비입니다.

앞에서 누누이 말했듯 10대 후반, 고교를 졸업할 즈음은 뇌세포가 절정에 달하는 시기입니다. 그리고 이 시기는 사회 진출을 위한 준비를 끝낸 시기입니다. '고교를 졸업하면 곧바로 사회 진출을 하는 것'이란 발상의 전환이 필요합니다.

근본적으로 젊은이들이 일찌감치 사회에 진출하는 풍토를 만들어야 합니다. 그리고 사회에 진출해서 자신의 적성을 마음껏 발휘할 수 있도록 해주어야 합니다. 바로 '적성에 따른 사회 진출'입니다.

예컨대 예체능계처럼 조기에 적성이 발견되는 분야에 있어서 대학은 정말로 아무런 의미가 없습니다. 박세리, 박지성, 김연아, 박태환

선수를 보면 이해가 빠를 것입니다.

이 밖에 많은 문화예술가들을 보세요. 대학이 그들의 적성을 발휘시켜주었습니까? 아닙니다. 또한 요리사, 엔지니어 등 기술 특기를 가진 사람들을 보세요. 그들은 정말 대학 갈 필요가 없는 이들입니다.

오히려 조기에 사회에 진출해 현장에서 경험을 쌓고 기량을 쌓는 것이 훨씬 효율적입니다. 대학은 나중에 추가 지식이 필요한 경우에 평생교육 차원에서 얼마든지 다녀도 되는 곳입니다. '적성취업'입니다.

그렇다면 대학은 어떤 학생들이 가야 할까요? 첫째, 학문 연구에 적성이 맞는 학생입니다. 둘째, 이론적 전문 지식이 더 필요한 분야에서 일하고자 하는 학생입니다. 이처럼 대학은 누구나 반드시 가야 하는 곳이 아닙니다. 적성에 따라 학자가 된다든가, 이론이 더 필요한 학생들이 가면 되는 곳입니다. '적성진학'입니다.

요컨대 고교 졸업 후 적성에 따라 과감하게 취업을 하든지, 대학 진학을 하든지, 선택하자는 것입니다. 그것이 '적성취업', '적성진학'입니다.

직장을 잡든, 대학엘 가든, 이때는 이미 부모로부터 독립을 해야 할 시기입니다. 우리나라는 아직도 부모가 자식들을 심하게 과잉보호하는 경향이 있습니다. 대학 입학뿐 아니라 결혼할 때까지도 품 안의 자식처럼 뒷바라지를 하고, 심지어 결혼 후에도 자식들을 위해 애프터서비스를 해야 한다는 웃지 못할 말까지 있습니다.

이는 세계 어느 나라에서도 보기 힘든 잘못된 풍조입니다. 자녀들은 일찍일찍 독립시켜야 합니다.

적성에 맞는 일이면 무보수라도 붙잡아라

Q 청년 실업이 큰 사회문제가 되고 있습니다. 취업이 어려운 상황에서 적성에 맞는 일자리를 찾는다는 것이 배부른 소리로 들릴 수도 있습니다.

그렇지 않습니다. 오히려 취업이 어려울수록 적성에 맞는 일을 찾아야 합니다. 그래야 보람을 느낄 수 있으며, 자신의 역량을 더 크게 발휘할 수 있는 또 다른 기회를 잡을 수 있습니다.

취업이 어렵다고 대충 조건에 맞춰 일을 선택하면 반드시 낭패를 당합니다. 자신의 적성에 맞지 않기에 능력을 발휘할 수 없고, 하루하루가 재미없어서 더 이상 견디지 못합니다. 빨리 가려다 오히려 더 늦는 경우입니다.

젊은이들은 자신의 적성을 찾아서 그 적성을 더 연마해나갈 수 있는 '일거리'를 구해야 합니다. 저는 여기에서 '일자리'가 아닌 '일거리'라는 표현을 썼습니다. 지금 젊은이들에게는 '일거리'가 중요하지, '일자리'가 중요한 것이 아니기 때문입니다.

일자리의 여러 조건들을 따지기보다 무조건 일을 하는 것이 중요합니다. 취업을 하든, 창업을 하든, 아르바이트를 하든, 자원봉사를 하든 자신의 적성을 연마할 수만 있다면 그 일을 하면서 내일을 도모하자는 것입니다. 무엇보다 내 적성을 발전시킬 수 있는 일거리를 찾아야 합니다. 이것이 '적성취업'입니다.

이름난 대기업만 선호하는 것도 정말 우스꽝스러운 세태입니다. 대기업에서는 조직의 일부밖에 경험하지 못하지만, 중소기업에서는 다방면에 걸쳐 다양한 경험을 쌓을 수 있습니다.

자기 적성에 맞다면 기업의 규모나 명성, 위상과 상관없이 덥석 물어야 합니다.

적성에 맞는다면 창업도 생각해야 합니다. '적성창업'입니다. 고교 졸업 후 바로 창업하기가 어렵다면, 일단 유사한 중소기업이나 자영업체에서 경험을 쌓은 후 창업을 시도하는 것도 바람직한 방법입니다. 어느 정도 여건이 허락된다면 더 철저히 준비해서 도전하는 것도 좋습니다.

아르바이트나 비정규직도 마다할 일이 아닙니다. 설사 '무보수'라 하더라도 괜찮습니다. 지금의 여건은 무시해도 좋습니다. 내 적성에 맞지 않는 화려한 '일자리'보다 화려하지 않지만 내 적성에 맞는 '일거리'를 찾아야 합니다.

이 말이 쉽게 이해되지 않을 수도 있습니다. "그래도 일을 했는데 돈을 벌어야지, 무보수라니요? 알바라니요?" 하고 의문을 제기할 수 있습니다. "혹시 먹고살 걱정 없는 부유한 집 자녀들을 위한 배부른 소리 아닐까?" 하고 생각할 수도 있습니다. 그러나 그것이 바로 고정 관념입니다.

지금 젊은이들에게 중요한 것은 자신의 적성을 사랑하는 것입니다. 당장 월급 받고 번듯하게 직장 생활하는 것이 아닙니다. 삶이 돈보다 먼저입니다. 극단적인 표현이긴 하지만 "자신이 하고 싶은 일을 할 수만 있다면 굶어도 좋다"는 말의 의미를 새겨들어야 합니다.

그러나 오해는 하지 마십시오. 지금 우리나라의 못된 고용 풍토와 노동 현실을 그대로 수용하자는 것은 결코 아닙니다. 탐욕적 경제 주체들에 의해 비정규직이 양산되고 초과 근로, 연장 근로가 관행적으로 이루어지고, 심지어 아르바이트 학생들의 기본적인 노임까지 착취 당하는 현실은 반드시 뜯어고쳐야 하는 사회적 과제입니다.

다만 이런 현실을 개선해나가는 것이 사회적 과제임은 확실하지만, 나 자신을 계발해나가는 것 또한 엄중한 과제라는 사실입니다. 일거 리를 통해 자신을 연마하면 그만큼 자신이 성장합니다. 실력도 늘고 자신감도 커집니다. 그리고 주변의 인정도 받게 됩니다.

이렇게 신 나게 일하다 보면, 어느 날 예상치 못했던 미지(未知)의 세계가 성큼 다가옵니다. 제 적성에 맞는 일을 하니 행복하고, 그 행복감이 수많은 행복한 생각들을 불러오기 때문입니다. 그래서 길이 길을 열어줍니다.

이런 적성취업은 시간이 지날수록 효과가 드러납니다. 안정된 직장이라고 덜컥 취업해서, 어느 정도 맞춰가며 일할 수도 있습니다. 그러나 시간이 갈수록 적응이 어려워지고 다른 생각이 나기 시작합니다.

처음부터 제 적성에 맞는 일거리를 찾은 젊은이와 도중에 길을 바꾸는 사람을 비교해봅시다. 10년 후 그들은 어떤 길을 가고 있을까요? 그 차이는 엄청납니다. 헛수고하지 말고 일찍부터 제 적성을 찾아가야 합니다. 처음엔 느린 길처럼 보이지만, 사실은 가장 빠르고 확실한 길입니다.

적성 찾기에 경제적, 시간적 여유가 필요하나?

Q 적성을 찾는 일은 정말 중요하지만, 쉬운 일은 아닐 것 같습니다. 아무래도 경제적, 시간적 여유가 있는 사람들이 더 유리하지 않을까요?

그렇지 않습니다. 경제적 여유는 적성 찾기와 아무런 관련이 없습니다. 부모로부터 큰 건물을 물려받은 사람들을 예로 들어보겠습니다.

그들에겐 평생 풍족하게 쓸 돈이 보장되어 있습니다. 그래서 특별히 많은 일을 하지 않아도 먹고살 수 있습니다. 그러면 그런 사람들은 모두 행복합니까? 행복한 사람도 있고, 그렇지 못한 사람도 있습니다.

행복한 사람은 평생 임대업자로 사는 삶이 자신의 적성에 맞는 사람입니다. 하지만 그런 일이 적성에 맞지 않는 사람은 늘 사고를 칩니다. 견디지를 못하는 것입니다. 재벌 2세 중에 심심찮게 그런 사람들을 볼 수 있습니다.

복잡한 지하철을 타고 출퇴근하며, 하루 종일 고된 업무에 시달려야 하는 직장인들도 마찬가지입니다. 자신의 일이 적성에 맞는 사람도 있고 맞지 않는 사람도 있습니다.

경제적 여유는 적성 찾기와 행복의 필요조건도 아니고, 충분조건도 아닙니다. 경제적으로 풍족하지 못해도 적성을 찾아 행복할 수 있지만, 경제적으로 풍족하다고 저절로 적성이 찾아지고 행복해지지는 않습니다.

적성 찾기는 본인의 의지가 중요합니다. 어떤 사람들은 돈이 많아서 놀고먹으면 좋겠다고 말합니다. 그러나 대부분의 사람은 석 달만 놀고먹으면 질려서 두 손을 들고 말 겁니다.

사람은 태생적으로 일을 하게 되어 있습니다. 사람이 일을 하지 아니하고 목석처럼 평생을 살아간다는 것은 상상할 수 없습니다. 그래서 사람을 동물(動物)이라고 합니다. 동물 중에서도 고등동물이지요. 다른 짐승들과는 다르지 않습니까?

사람에게는 편안하게 지내고 싶은 욕구도 있지만, 어떤 형태로든 움직이고자 하는 욕구와 성취욕구가 있습니다. 문제는 그 모든 것이 저마다 다르다는 것입니다.

적성 찾기는 시간적 여유와도 관련이 없습니다.

한 젊은이는 기자입니다. 그 어렵다는 언론고시에 합격해 몇 손가락 안에 드는 큰 신문사에 들어갔습니다. 그런데 도무지 마음이 편치 않습니다. 국문학과 출신인 그는 요즘도 작가를 꿈꾸고 있습니다. 특히 동화나 판타지를 좋아합니다.

그런데 기자생활을 하다 보니, 작가의 꿈이 멀어져가는 것 같다고 했습니다. 제가 물었습니다.

"아니, 기자나 작가나 모두 글 쓰는 직업 아니에요?"

그는 아니라고 했습니다. 기자는 기사, 즉 논픽션을 써야 하는데, 자신이 원하는 글쓰기는 픽션이라고 했습니다.

"힘드냐"는 물음에 "너무 힘들다"는 답이 돌아왔습니다. 일단 "그 마음 이해한다"고 말해준 다음 다시 물었습니다.

"작가는 혼자 글 쓰는 것 아니에요? 그렇다면 지금 당장 밤중에라도 혼자서 얼마든지 작품을 써도 되는 거잖아요? 그런데 왜 안 써요?"

그는 아차 싶은 듯한 표정을 지었습니다. 한마디 덧붙였습니다.

"지금 기자 생활 하는 것이 작품 쓰는 데 도움이 되는 점은 없나요?"

그는 답이 없었습니다.

한참 후 만났을 때, 그는 지금 시간 날 때마다 작품을 쓰기 시작했다고 했습니다. 그런데 그 시간이 너무 행복하고, 기다려진다고 했습니다. 또 낮에 기자 생활 하는 것도 생업일 뿐 아니라 작품에 도움이 될 거라는 마음가짐으로 임한다고 했습니다. 저는 "계속 그렇게 해보라"고 격려해주었습니다. 그러다 보면 어떤 계기로든, 어떤 형태로든 그 작품들을 세상에 내놓을 길이 열릴 것이라고.

여유가 있어야 적성을 찾을 수 있을 것이라는 생각은 핑계입니다. 어떤 여건에서든지, 지금 당장 적성에 맞는 일거리를 찾으십시오. 그러면 즉시 행복해지는 기적이 일어납니다.

적성취업, 사교육비 · 대학 등록금까지 싹 없앤다

Q 적성에 따라 일거리를 찾는 젊은이들이 많아진다면 세상도 많이 달라질 것 같습니다. 어떤 변화가 일어날까요?

젊은이들의 의식이 바뀜에 따라 사회 시스템도 상호작용을 하면서 발전해나가게 됩니다. 여기에서 저는 우리 사회의 고졸자 일자리와 관련하여 잘못된 풍토를 규탄하지 않을 수 없습니다.

정부나 기업, 사회단체에서는 고졸자를 최우선적으로 채용해서 적재적소에 활용해야 합니다. 그리고 4년간 대학 다니는 것보다도 더 우수한 실무 교육을 해야 합니다. 또 우대해야 합니다. 무턱대고 대졸자를 우선적으로 채용하는 것은 '바보짓'입니다.

생각해보십시오. 두뇌 회전이 빠르고 고정관념이 없어 아이디어가 반짝이는 고졸 젊은이들을 대거 채용해서 직접 실무 교육을 시키는 편이 낫겠습니까? 대학에서 4년 동안 이론 공부만 한 졸업생들을 뒤늦게 채용하는 편이 낫겠습니까?

우리에겐 발상의 전환이 필요합니다. 특히 노동집약적인 제조업이나 최첨단 실무 기술을 요하는 산업일수록 고교 졸업자의 젊은 가능성이 더 절실히 요구됩니다. 사회는 고졸자에게 대폭적으로 일자리를 제공해야 합니다.

이렇게 고등학교를 졸업하고 곧바로 사회에 진출하는 것이 보편화되면 가계경제 및 국가경제에도 엄청난 변화가 일어납니다. 무엇보다 학생들 스스로 등록금 버느라 온갖 아르바이트를 하지 않아도 되고, 학자금 대출로 신용불량자가 되는 일도 사라집니다.

나아가 젊은이들이 일찍 자립해 스스로 돈벌이를 하게 되면 부모님들의 대학 등록금 부담은 완전히 없어지고, 오히려 부모님들께 용돈을 드릴 수 있게 됩니다. 또한 부모님들은 일찍부터 대학 등록금 부담이 싹 사라져 본인의 노후 준비를 할 수 있게 됩니다.

중·고등학교 시절의 사교육비 부담이 없어지는 것까지 고려하면 그 규모는 훨씬 커집니다. 이처럼 가처분 소득이 늘어나면 국가의 내수 경제가 활성화됩니다.

청년들의 이른 사회 진출로 제조업을 비롯한 노동집약적 산업도 발달하게 됩니다. 현재 노동 인력을 구하지 못하는 노동집약적 업종에 젊은 인력이 공급됨으로써 소위 '미스 매치 현상'이 줄어들고, 관련 산업이 활성화됩니다.

사회의식에도 큰 변화가 일어납니다. 소위 '학력 차별'이 없어지고 오로지 실력에 의해 평가받는 실력사회로의 대변혁이 이루어집니다. 적성취업은 놀라운 경제혁명, 사회혁명을 가져옵니다. 적성취업은 우리 사회에 좋은 폭탄과 같은 파급효과를 가져옵니다.

결혼과 군생활도 적성 찾기

Ⓠ 고교 졸업, 취업이라는 과정을 거쳐온 젊은이들 앞에는 결혼, 군대와 같은 또 다른 관문이 있습니다. 이런 과제들도 적성과 관련이 있습니까?

결혼에 대해서 사실 저는 파격적인 주장을 하는 사람입니다. 결혼 적령기는 20세 전후가 맞다고 봅니다. 엄청난 '조혼(早婚)'을 주장하는 것인데, 현대 사회에서 실현 가능성이 거의 없다는 것도 잘 알고 있습니다. 다만 그 이유가 무엇인지는 밝혀두고자 합니다.

인간의 뇌세포를 비롯해서 세포의 절정기는 20세 전후입니다. 이때는 신체적 성숙이 완성된 때이고 임신·출산의 기능이 완벽하게 갖추어진 때입니다. 그 이후로는 모든 기능이 쇠퇴하는 국면에 들어섭니다. 따라서 임신·출산도 이때이거나 그 직후가 가장 이상적이라고 보는 것입니다. 아주 오래된 이야기지만,『탈무드』는 남자는 18세에 결혼하는 것이 가장 좋다고 가르쳤습니다.

물론 개인에 따라 다를 수 있습니다. 일반적으로 그렇다는 것입니다.

적어도 지금과 같은 만혼(晩婚) 현상은 바람직하지 않습니다. 결혼적령기로부터 10년 이상의 간격이 생깁니다. 기본적으로 사회 분위기는 만혼을 지양하는 쪽으로 가야 한다고 생각합니다.

지금의 젊은이들이 결혼을 늦게 하려고 해서 늦는 것이 아닙니다. 취업도 되지 않고 여러 조건들이 충족되지 않으니 늦어지는 것입니다. 그래서 사회적으로 취업난 해소, 출산·보육 지원 등 여러 가지 조치가 취해져야 합니다. 다만 우리 젊은이들에게 당부하고 싶은 것은 사랑하는 상대가 나타나면 이런저런 조건 따지지 말고 용기를 내라는 것입니다.

사랑이 중요합니다. 단순한 에로스적 사랑에 그치는 것이 아니라 아가페적 사랑까지 가능한지를 서로 탐색하고 조율하는 과정이 필요합니다. 만일 사랑하게 되었다면 무슨 조건이 필요합니까? 출신, 직장, 직위, 연봉, 지역, 부모가 무슨 조건이 될 수 있습니까? 배우자를 선택할 때도 자신의 적성에 맞는지 살펴보기 바랍니다.

남자의 경우, 군복무 기간을 헛된 시간이라고 생각하는 경향이 있습니다. 그러나 이는 잘못입니다.

일반적으로 고교 졸업 후, 혹은 대학 재학 중이거나 졸업 후에 군대에 갑니다. 많은 청년들이 이 기간을 공백기라 여기고 군대를 마친 후에야 비로소 사회에 진출한다고 생각합니다. 그러나 군 입대도 이미 사회 진출입니다.

군대는 대학과 똑같은 이치로, 자신의 적성을 연마하는 기회입니다. 군에서 어떤 임무를 부여받는다 해도 그 안에서 자기 적성을 연마한다는 자세로 임하면 헛된 시간이 아니라 유익한 시간이 됩니다.

특히 군에서는 학생 신분으로는 경험하지 못하는 강렬한 체험을 할 수 있고 그 분야도 수없이 많습니다. 운전병, 취사병에서부터 시작하여 다양한 보직이 있습니다. 크게는 육 · 해 · 공군과 해병대, 그중에서도 예컨대 육군의 보병, 포병, 병참과 같이 각 군마다 전혀 다른 병과들이 있습니다.

이는 오로지 자신이 어떻게 받아들이느냐에 따라 효과가 달라집니다. 군 생활이 자신에게 피가 되고 살이 될 수 있습니다. 한마디로 군복무기간을 적성을 연마하는 기간으로 활용하자는 것입니다.

마이 웨이, 적성에 따라 선택하라

Q 젊은 시절에 자신의 적성을 찾는다 해도 살다 보면 삶의 행로가 많이 바뀝니다. 인생이 원래 그런 것인가요? 아니면 적성이 바뀌는 것인가요?

숲에는 길이 많습니다.

인간의 삶은 숲 속에서 아무도 가지 않는 길을 혼자서 헤쳐가는 것과 같습니다. 숲 속에는 잘 닦인 길이 있는가 하면, 사람의 왕래가 적어 닦이지 않은 길도 있습니다. 그런가 하면 길인지 아닌지 구별도 되지 않아 스스로 헤쳐나가야 하는 길도 있습니다.

수목이 울창해서 걷기 힘든 길도 있고, 뻥 뚫려 전망이 좋은 길도 있습니다. 돌길도, 가시밭길도, 나뭇잎이 덮여 푹신한 길도 있습니다. 숲이 무성해서 깜깜한 곳도 있고, 환하게 햇살이 비치는 곳도 있습니다.

우리는 대체로 부모와 함께 출발합니다. 그러나 부모가 일찍 떠나는 수도 있고, 또 일찍 독립해야 할 경우도 있습니다. 가다가 배우자를 만나기도 하고, 2세를 생산하기도 합니다. 그 외에도 수많은 사람들과 만났다 헤어집니다. 하지만 숲 속에 들어선 사람들은 각자가 숲을 헤쳐나가야 합니다. 모든 것을 혼자서 해야 합니다. 간혹 옆 사람과 상의도 하고 다른 사람들의 이야기도 듣지만 결국은 혼자입니다.

처음부터 끝까지 똑같은 길은 없습니다. 길은 없어졌다 나타났

하고, 어두워졌다 밝아졌다 하고, 막혔다 뚫렸다 합니다. 계속 변합니다. 자의로든, 타의로든 계속 바뀝니다. 한 치 앞도 예상할 수 없습니다. 전체의 일정표도, 계획서도 없습니다.

회사에 갓 입사한 청년이 언제 어디에서 어떤 일을 맡을지, 어디까지 승진할지, 언제 퇴사할지 아무도 모릅니다.

잘나간다는 공무원이나 판·검사도 마찬가지입니다. 다들 시작할 때는 장관이나 대법원장이나 검찰총장을 하리라 생각할지 모릅니다. 그러나 어느 직위에까지 올라갈지, 어느 지역에 가서 일할지, 언제 사표를 쓸지, 그 후에 무슨 일을 할지 아무도 모릅니다.

사업가도 언제까지 처음 시작한 업종을 계속할지, 언제 사업을 다각화할지, 또 언제 어떻게 회사가 성장하고 언제 어떻게 망할지 모릅니다.

줄곧 궤도 수정이 되는 것처럼 보입니다. 혼란스럽다 할 수 있습니다. 적성이 변하는 것이 아니냐는 사람도 있습니다. 그러나 적성이 변하는 것이 아닙니다. 미처 몰랐던, 잠자고 있던 적성이 일깨워지는 것입니다. 상황이 계속 바뀝니다. 인생은 〈변화〉입니다.

비슷한 길을 가는 사람은 있어도 평생 똑같은 길을 가는 사람은 없습니다. 사람이 가는 길은 모두 다릅니다. 사람들은 오른쪽을 향할지 왼쪽을 향할지, 걸어갈지 뛰어갈지, 잘 닦인 길을 갈지 길이 아닌 길을 갈지, 수시로 선택해야 합니다. 인생은 〈선택〉입니다.

그리고 그 선택의 기준은 적성입니다. 제 적성에 맞는 길을 선택한 사람은 행복합니다. 걷기를 잘하는지, 땅파기를 잘하는지, 나무 베기를 잘하는지, 거기에 따라 달라집니다. 그때그때 적성을 잘 발휘할 수 있는 길을 찾아야 합니다. 평생 적성을 찾아야 합니다. 인생은 〈적성〉입니다.

적성의 길을 찾았다고 해서 모든 길이 훌륭한 것은 아닙니다. 아무리 적성을 찾았다 해도 욕심을 부려서는 안 됩니다. 자신을 과신해서도 안 되고, 오만해서도 안 됩니다. 지나치지도 않고 부족하지도 않은 적정(適正)의 길을 찾아야 합니다. 인생은 〈적정〉입니다.

잠시 실수했다 하더라도 지나치게 상처받아서도 안 됩니다. 숲 속의 수많은 이들에게 피해를 주어서도 안 되고, 오히려 그들에게 이로움을 나눌 수 있어야 합니다. 홍익(弘益)적 노력을 통해 자신과 타자에게 사랑과 자비를 베풀어야 합니다. 인생은 〈홍익〉입니다.

그때그때 자신의 길을 잘 선택한 사람은 행복하고, 그렇지 못한 사람은 불행합니다. 순간순간 어떤 길이 옳은 길인지를 판단해야 합니다. 기기에는 지혜가 필요합니다. 설사 실수나 실패가 있었다 하더라도 그것은 지혜를 낳게 합니다. 낙망할 일이 아닙니다. 인생은 〈지혜〉입니다.

인생은 나만의 적성을 따라 뚜벅뚜벅 걸어가는 나만의 길입니다. 인생은 〈마이 웨이〉입니다.

2부

꿈은
사랑과 자비를
향한다

자신과 남을 모두 사랑해야 하는 이유,
홍익적 삶의 길

chapter 01

'꿈들의 꿈'이 있다

꿈, 꿈, 꿈······

Q 요즘 젊은이들에게 꿈이 무엇이냐고 물으면 돈 많이 벌고 안정적인 직업, 혹은 권력이나 명성이 따르는 직업을 얘기합니다. 꿈이란 무엇인가요? 어떤 것이어야 하나요?

꿈이란 말은 매우 다양하게 쓰입니다. 간혹 어린이들에게 "꿈이 무엇이냐"고 물으면 대체로 직업과 관련된 답변을 많이 합니다. 요즘 어린이들의 답변 중에는 연예인이 제일 많습니다. 그다음이 선생님입니다. 왜 그런가 생각해보았더니, 아이들이 가장 많이 접하는 이들이 그들이기 때문이었습니다.

매일매일 TV에서 연예인을 보고, 학교에서 선생님을 만납니다. 그래서 그들이 가장 멋있는 사람들이라 생각하는 것이지요. 그중에는 "대통령이오!"라고 대답하는 아이도 있습니다. 또 "소방관이오, 간호사, 화가, 요리사, 수학자, 선장이오!"라고 대답하는 아이들도 있습니다.

한 아이는 부자가 되겠다고 했습니다. 그동안 가난의 설움이 너무 컸기에 장차 큰 부자가 되어 내로라하는 삶을 살아야겠다는 것이었습니다.

조금 큰 아이들에게 질문을 던지면 좀 더 차원 높은 답변이 나오긴 합니다. "슈바이처처럼 아프리카에 가서 가난한 사람들을 돕고 싶어요"라고 한다든가, "빌 게이츠처럼 돈을 많이 벌어서 좋은 데 쓰고 싶어요" 하는 식입니다.

그런데 이런 답변 역시 수행하는 직업이나 일, 활동과 관련된 것들입니다. 다만 거기에 의미와 가치를 담고 있다는 점이 다를 뿐입니다.

장래 직업 외에도 다양한 꿈들을 가질 수 있습니다. 한 아이의 꿈은 너무나 고생하시는 어머니를 하루라도 편히 쉬시게 하는 것이었습니다. 한 학생의 꿈은 돈을 많이 벌어 엄마, 아빠에게 새 집을 사드리고 싶다는 것이었습니다.

회사의 성장, 나라의 발전, 인류의 평화 등 보다 큰 꿈을 설정한 이들도 있습니다. 세상의 변화를 바라는 꿈 중에는 아름다운 꿈들도 많습니다.

꿈이 무어냐고 묻는데
왜 장래 직업을 말합니까?
그 직업을 가지면, 혹은 돈과 권력을 가지면
꿈이 다 이루어지고 행복해지는 겁니까?

122 •

꿈이 시점에 따라 다를 수도 있습니다. 바로 눈앞에 놓인 목표를 꿈이라고 하는 경우도 있습니다. 좀 더 시간을 두고 장차 어느 시점에 이루어지기를 바라는 꿈도 있습니다. 아예 저 먼 장래의 꿈, 또는 세상에서의 마지막 날을 떠올리며 그때 이루어졌으면 좋겠다는 꿈도 있습니다.

미래의 꿈만이 아닙니다. 지금 당장 이 순간의 꿈에 대해서도 생각할 수 있습니다. 어쩌면 가장 무시되지만 가장 중요할 수도 있는 꿈입니다. 또 꿈은 여러 가지일 수 있습니다. 또 고정되어 있는 것이 아니라 살아가면서 바뀌거나, 사라지거나, 덧붙여지기도 합니다.

"꿈이 무엇이냐"고 물을 때 "모르겠는데요" 하거나 "꿈 같은 거 없는데요" 하는 친구들이 있습니다. 꿈에 대해서 생각해보지 않은 것입니다. 꿈이란 어떤 것이어야 하는지에 대해서도 생각해보지 않은 것입니다. 꿈이 없는 삶은 이정표가 없는 삶입니다. 흔들리는 삶, 갈팡질팡 헤매는 삶이 됩니다.

우리는 대체로 자신에게 가장 소중하다고 생각되는 희망사항을 꿈이라고 합니다. 그리고 그것을 위해 노력합니다. 따라서 꿈이란 말이 다양하게 쓰이는 것은 당연합니다. 그것들 모두 훌륭한 꿈일 수 있습니다.

다만 그 다양한 꿈들도 꿈이지만 우리의 삶에 있어서 '궁극적 꿈'이 무엇인가가 가장 우선적으로 설정되어야 합니다. '궁극적인 꿈'은 우리 삶의 '궁극적인 목표'이기 때문입니다.

꿈들의 꿈, '지금 여기'의 행복

Q '궁극적 꿈'이란 것이 너무 철학적인 개념인 것 같습니다. 그런 꿈이나 목표가 우리들이 실제로 살아가는 데 꼭 필요한 걸까요?

당연히 필요하지요. 우리는 하루하루를 살아가면서 우리가 왜 사는지, 어떻게 살아야 하는지를 곧잘 잊어버리고 삽니다. 그저 눈앞에 보이는 목표를 달성하는 것이 최선인 줄 알고 거기에 온 힘을 쏟는 것이지요.

대입 준비생에게는 당장의 시험 합격이 시급한 목표가 될 것입니다. 그런데 그 시험공부를 하는 지금 이 순간, 어떤 마음으로 공부해야 하는지를 생각해보지 않습니다. 대통령에 입후보하는 사람은 투표일에 당선되는 것이 목표가 되겠지요. 그런데 그 과정에서 순간순간 어떤 자세를 가져야 하는지를 생각해보지 않습니다.

'궁극적인 꿈'이란 먼 훗날이나 미래의 어느 날에 달성되기를 바라는 목표가 아닙니다. 지금 이 순간을 포함해 우리가 살아 있는 모든 순간에 지향해야 할 궁극적인 목표가 무엇이냐는 것입니다.

우리네 삶의 가장 궁극적인 꿈, 궁극적인 목표는 무엇일까요?

바로 '행복'입니다. 아리스토텔레스를 비롯해 수많은 철학자들은 이구동성으로 그렇게 말해왔습니다. 삶의 최고선은 행복이라고. 비록 표현은 다를지언정 수많은 종교 역시 모두 행복을 가르쳐왔습니다. 역설

적이게도 우리네 인간들은 그만큼 행복하기가 어렵기 때문입니다.

행복도 그냥 행복이 아닙니다. '지금 여기'의 행복입니다. '지금'의 행복이란 앞으로 다가올 모든 순간의 행복입니다. '여기'의 행복이란 자신이 처하게 될 모든 상황에서의 행복입니다. 그렇게 모든 순간, 모든 상황에서 행복해야 합니다.

그런데 여러분은 지금 행복하십니까? 행복하기란 정말 어렵습니다. 일시적으로 행복하기도 어렵거니와, 항상 행복하기란 정말 어렵습니다. 우리 모두가 행복하다면 왜 인상을 찌푸리고 짜증을 내고 화를 내겠습니까? 왜 싸움박질을 하고 전쟁을 하겠습니까? 왜 사람을 죽이고, 스스로 목숨을 끊겠습니까?

인간의 삶은 본래 고통의 삶이라고도 합니다. 고해(苦海)라는 말이 그래서 나왔습니다. 기독교적으로 원죄(原罪)라 하든, 불교적으로 업보(業報)라 하든, 인간은 고통을 타고난 측면이 있습니다.

그러나 거꾸로 그 말은 우리의 삶이 고통을 극복하고 행복을 찾아가는 여정이란 말과 같습니다. 우리는 "고통 속에서 행복을 찾으라"는 소명을 띠고 태어났는지도 모릅니다. 순간순간의 고통을 순간순간의 행복으로 바꾸어가는 것이 우리네 삶의 가치인 것입니다.

우리는 보통 먹고살기 위해 직업을 갖고 일을 한다고 말합니다. 당연합니다. 그래서 먹고사는 것도 꿈이 되고, 직업을 갖고 일을 하는 것도 꿈이 됩니다. 그러나 이런 것들이 궁극적인 꿈은 아닙니다. 오히려 궁극적인 꿈을 이루기 위해, 즉 행복하기 위해 이런 일들을 하는 것입니다.

그래서 우리에게 "삶의 궁극적인 꿈이 무엇이냐"고 묻는다면 한 마디로 '행복'이라고 말해야 합니다. 그저 눈앞에 보이는 욕구나 성취, 직업이나 소유물들을 궁극적인 꿈이라고 착각해서는 안 됩니다. 우리는 의식을 하든 안 하든 행복을 꿈꾸고 있습니다.

다양한 꿈들도 꿈이지만, 그중에서 가장 궁극적인 꿈은 '행복'임을 늘 신념처럼 새기고 또 새겨야 합니다.

우리는 젊은이들에게 "꿈을 가지라"고 말합니다. 그러나 막연하게 꿈을 가지라고만 말할 뿐, 구체적으로 꿈을 어디서, 어떻게 찾아야 할지를 가르쳐주지 않았습니다. 궁극적인 꿈은 누구에게나 행복에 있음을 가르쳐주어야 합니다.

특히 직업이나 일·활동과 관련된 꿈은 바로 내 자신의 적성 안에서 찾아야 함을 가르쳐주어야 합니다. 꿈을 멀리서 찾을 것이 아니라 나의 타고난 적성 안에서 찾고, 그 적성을 찾았을 때 가장 행복하다는 사실을 가르쳐주어야 합니다.

스티브 잡스처럼 살지 말라

Q 많은 사람들이 오늘은 좀 힘들고 고통스럽더라도 내일의 행복을 꿈꾸며 열심히 공부하고 일하는 것이 바람직하다고 생각합니다. 이런 견해에 동의하시는지요?

저는 동의할 수 없습니다. 우리는 곧잘 먼 훗날의 행복을 꿈꿉니다. 그래서 내일의 행복을 위해 오늘의 행복을 희생하는 경우가 많습니다.

오늘은 분명 불행한데 그 불행을 참고 견디는 것이 미덕이라고 생각하는 것입니다. 내일의 행복을 위해 오늘을 담보로 제공하고, 오늘의 고통을 감수하는 것입니다.

이는 정말 잘못입니다.

행복은 우리네 삶의 한 순간 한 순간에 실현되어야 합니다. 내일이 아니라 '오늘, 지금 이 순간' '이 자리에서'부터 행복해야 합니다. 행복은 "here and now!"입니다. 행복은 전 생애에 거쳐 매 순간 충족되어야 합니다.

그것이 바로 진정하고 지속적인 행복입니다.

10대 후반에 대학 입시가 마치 인생의 최종 목표인 것처럼 모든 것을 걸고 올인하는 청소년들, 지금 이 순간이 고통이라고 생각하면서도 할 수 없이 끙끙 앓고 공부합니다. 이는 잘못입니다. 오히려 이 시기에 자신의 역량을 찾기 위해 행복한 마음으로 공부해나간다면 그는 행복한 입시생입니다.

또 대학 생활을 마치 미래를 위한 준비라고만 생각하고 순간순간을 고통 속에서 보내는 학생들, 또 각종 고시나 취업을 위해 처참할 정도로 자신을 고통 속에 내모는 젊은이들이 많습니다. 또 미래에 집 한 채를 마련하기 위해 지금 허리띠를 동여매는 이들도 많습니다. 그러나 거기서 행복을 느끼지 못한다면 이것도 잘못입니다.

지금의 노력을 행복하게 수행해나가는 이들이 진정 행복을 맞이할 자격이 있는 이들입니다. 행복은 '순간순간'입니다. 이것은 찰나주의가 아닙니다. 쾌락은 찰나적으로 스쳐가고 말지만, 행복은 순간순간 습관이 되어 지속적으로 이어집니다.

고 스티브 잡스가 2005년 스탠퍼드대학 졸업식 축사에서 "꿈을 이루기에 시간이 너무 부족하다"며 "항상 갈망하며 우직하게 매일을 인생의 마지막처럼 살아가라"는 말을 했다고 합니다.

저는 이 말을 듣고 깜짝 놀랐습니다. 저는 이 대목에서 사랑하는 젊은이들에게 결코 "스티브 잡스처럼 살지 말라"고 말하고 싶습니다. 저는 매일매일이 인생의 마지막이 아니라, 매일매일이 바로 '남은 인생의 첫날'이라고 말하고 싶습니다.

오늘 이 순간을 행복하게 받아들이고 내일에 대한 희망을 놓치지 말라는 뜻입니다. 만약 나에게 죽음이 다가왔다 해도, 오늘 이 순간을 행복하게 받아들이자는 뜻입니다. 그래야 스피노자의 말처럼 "내일 세상의 종말이 온다 해도 오늘 한 그루의 사과나무를 심을 수 있게" 됩니다.

내일을 위해 계획을 세우거나 목표를 설정하지 말라는 뜻이 아닙니다. 오히려 목표를 정하되, 그 목표를 달성하기 위해 오늘 이 순간부터 행복하고, 그 목표를 향해가는 모든 순간도 행복하자는 것입니다.

오늘 행복해야 내일도, 30년 후도 행복하다

Q 지금 이 순간 행복하라고 하셨는데, 솔직히 말해 내일의 삶이 너무 불안합니다. 내일에 대한 생각 없이 그저 오늘 행복하기만 하면 되는 건지 의심이 됩니다.

내일 부자가 되기 위해 오늘 열심히 일하며 근검절약하는 것은 미덕입니다. 그런데 그것을 행복한 마음으로 하는 사람과 행복하지 않은 마음으로 하는 사람 사이에는 큰 차이가 있습니다.

진정으로 내일 부자가 되려면, 지금 이 순간 여기에서부터 행복한 마음으로 일해야 합니다. 그래서 오늘 이 순간 행복한 사람은 내일도 행복합니다. 그런데 오늘 힘들고 짜증 나고 괴로운 마음으로 일하고 괴로운 마음으로 절약하는 사람에게는 내일의 행복도 도망가버립니다.

행복은 자신이 불러오는 것입니다. 오늘 행복한 사람이 내일도 행복합니다. 지금 이 순간부터 행복합시다. 행복은 '습관'입니다.

저는 젊은이들에게 나중에 어떤 인물이 될 것인가를 꿈꾸는 것은 좋지만 섣불리 고정시키지는 말라고 권합니다. '평생 플랜' 같은 것을 써보는 것은 좋지만, "이것이다" 하고 함부로 못 박지는 말라고 권합니다. '어떤 꿈을 갖는 것'과 '삶이 구체적으로 어떻게 진행되느냐'는 전혀 별개의 문제입니다. 내일 당장 무슨 일이 일어날지는 아무도 모릅니다. 어느 날 갑자기 누구에게서 어떤 좋은 소식이 올지, 언제 어디에서 이떤 장애물에 부딪칠지 아무도 모릅니다.

어떤 이는 불우한 이웃들을 위해 헌신적으로 일했습니다. 그는 그 일이 너무 행복했습니다. 그러다 그의 선행이 우연히 매스컴에 알려졌습니다. 알리려고 해서 알려진 것이 아니라 우연히 그 현장을 지켜본 사람에 의해 뜻하지 않게 알려진 것입니다.

그다음이 더 놀라웠습니다. 그는 몇 년 후에 느닷없이 한 정당으로부터 국회의원이 되어달라는 요청을 받았습니다. 꿈에도 생각해보지 못한 변화들이었습니다. 그는 그 모든 일들을 순간순간 행복한 마음으로 했을 뿐이었습니다.

장애를 가진 한 젊은이가 있었습니다. 그는 장애에도 불구하고 하루하루를 너무 행복한 마음으로 생활했습니다. 자신을 보조해주는 모든 분들께 감사하다는 말을 빼먹은 적이 없었습니다.

그러다 자신을 돕던 한 여성이 천사처럼 다가왔습니다. 그가 계획했던 일이 아니었습니다. 결혼을 했습니다. 가진 것이 별로 없었지만 역시 행복했습니다. 그러던 어느 날 그들의 행복한 모습을 오랫동안 관찰해오던 한 영화감독이 영화를 찍자고 제안해왔습니다. 그는 영화에도 행복하게 출연했습니다.

농촌 출신의 한 중소기업가는 입버릇처럼 말합니다. 어려서 처음 정미소에 취직했을 때는 지금과 같은 탄탄한 회사를 이룰지 상상도 못했다고. 자신은 그저 행복하게 일했을 뿐이라고. 세상 변하는 대로 신지식을 배워가며 일하다 보니 이렇게 되었다고.

또 나이 60을 넘긴 택시 기사 한 분은 이렇게 말했습니다.

"나이 50이 될 때까지 참 행복하게 직장 생활을 했다.

그런데도 IMF 위기 때 회사가 망해 실직을 당하는 일이 생기더라. 나도 사람인지라 잠시 실의에 빠졌었다. 그러다 우연히 친지의 이야기를 듣고 택시 영업을 시작했다. 그런데 이 일은 더 행복하다. 다른 기사들처럼 아등바등하지 않고 내 형편에 맞게 시간 조절을 하며 일할 수 있어서 너무 좋다."

이들은 모두 자신이 꿈꾸고 계획했던 일을 해낸 사람들이 아닙니다. 오히려 전혀 상상해본 적도 없는 우연한 일들이 느닷없이 다가온 경우입니다. 뜻하지 않게 자신의 직업과 활동을 선택하게 된 사람들입니다.

그들은 매스컴에 알려지는 것, 국회의원이 되는 것, 아내를 만나는 것, 영화를 찍는 것, 신지식을 배우는 것, 실직한 후 택시 운전대를 잡는 것들을 상상해보거나 계획 세웠던 적이 없었습니다. 그저 하루하루를 행복하게 일했고, 그러다 보니 계속 행복할 수 있었던 것입니다.

예기치 못한 장애나 고난이 찾아오는 수가 있습니다. 한때 실직을 당한 택시 기사처럼 갑자기 경제적으로 위기에 몰리거나 사고를 당하는 수도 있습니다. 문제는 그 일들을 어떻게 행복하게 맞이하느냐입니다. 지금 이 순간을 얼마나 행복하게 맞이하느냐에 따라 내일의 행복도 달라지게 됩니다.

내일에 대한 꿈을 꾸고 여러 가지 설계를 하면서도 지금 당장 중요한 것은 지금 이 순간 나는 최선을 다하고 있는가, 행복한가입니다. 지금 최선을 다하고 지금 행복하다면 그것이 습관이 되어 내일도 최선을 다하고 내일도 행복하게 됩니다.

이런 사람은 늘 웃음을 잃지 않습니다. 항상 미소 띤 얼굴에 여유와 넉넉함이 느껴집니다.

우리는 수시로 자기 자신에게 "지금 이 순간 여기에서 행복한가?" 하고 질문해야 합니다. 그리고 "지금 이 순간 여기에서부터 행복하다" 고 자기 암시를 해야 합니다.

마치 자기 최면을 걸듯, 나 스스로 행복함을 인정하면 다음 순간, 그 다음순간에도 미지(未知)의 행복한 세계가 이어집니다.

돈 · 권력 · 지위 · 명성 · 인기를 꿈꾼다면……

Q 궁극적 꿈이 '지금 여기'의 행복이란 말씀은 잘 알아들었습니다. 하지만 돈이나 권력 등을 일부러 배척할 필요가 있을까요? 행복의 기본조건이 경제적 풍요로움이라 생각하는 사람들도 많은데요.

좋은 질문입니다. 우리는 앞서 직업이나 일, 활동과 관련된 꿈도 꿈이지만, 우리네 삶의 궁극적인 꿈은 아니라고 이야기했습니다. 굳이 구분하자면 궁극적인 꿈에 다가가기 위한 '과정상의 꿈' 또는 '중간적인 꿈'이라고 할 수 있겠지요. 다른 말로 표현하면 그것들은 결코 궁극적인 목표가 아니라 그것들을 위한 '수단과 방법'에 불과하다고 할 수 있습니다.

직업이나 일, 활동을 통해 얻어지는 돈이나 권력, 지위, 명성, 인기와 같은 사회적 성과물도 마찬가지입니다. 그것들도 역시 더 큰 목표를 위한 수단과 방법에 불과한 것이지, 궁극적인 목표는 아니라는 것입니다.

그런데 우리는 곧잘 착각을 합니다. 목표와 수단·방법을 혼동하는 것이지요.

예컨대 대통령이나 부자, 선생님, 연예인과 같이 어떤 직업이나 돈, 권력, 지위, 명성, 인기 같은 사회적 성과물을 삶의 목표로 삼는 것입니다. 그것들의 유혹은 큽니다. '힘'을 가지고 있기 때문입니다. 수직적임 힘, 지배적인 힘, 권력적 힘입니다.

그러나 그것들을 궁극적인 꿈이라 한다면, 그것을 이룬 사람은 성공자가 되고 못 이룬 사람은 실패자가 됩니다. 그러면 세상의 99%는 실패자가 될 것입니다. 이는 너무 슬픈 일입니다. 또 이처럼 수단과 방법에 불과한 것을 목표로 삼으면 사고를 치기 마련입니다. 권력을 마구 휘두르거나, 돈을 펑펑 쓰거나, 지위·명성·인기를 잘못 누리는 병폐를 야기합니다.

그러면 그것들을 성취한 사람들은 과연 행복한가를 살펴봅시다. 아마 그런 사람들도 있겠지만 그렇지 못한 사람들이 오히려 더 많을 것입니다. 왜 재벌이 스스로 목숨을 끊고, 교수가, 의사가, 연예인이 자살을 할까요? 왜 전직 대통령이, 전직 대법원장이, 전직 국회의원이 자살을 할까요? 그것들이 행복을 가져다주었다면 왜 그랬을까요?

직업이나 일, 활동 또는 그로부터 획득된 돈, 권력, 지위, 명성, 인기 같은 사회적 성과물이 곧바로 행복을 가져다주지 않습니다. 오히려 행복이라는 복덩어리를 걷어차게 하는 수가 많습니다.

우리는 자신의 직업과 일, 활동 자체를 삶의 궁극적인 목표로 삼을 것이 아니라 그것들을 수행하는 순간순간 어떻게 행복할 것인가를 생각해야 합니다.

'한단지몽(邯鄲之夢)'이라는 고사성어가 있습니다.

한단지몽은 당나라 때 심기제의 소설 『침중기』에 나오는 이야기입니다. 한단(邯鄲) 땅의 한 주막에서 노생이라는 청년이 도사 여옹의 베개를 빌려서 잠시 꿈을 꾸었답니다. 노생은 명가의 딸을 아내로 맞아 출세를 하고 재상까지 지내며 부귀영화를 누렸습니다.

그러나 잠시 후 눈을 뜨자 여전히 자기는 도사의 베개를 베고 있었으며, 곁에는 도사가 앉아 있고 잠들기 전에 끓던 황량(黃粱)은 여전히 끓고 있었다는 것입니다. 그래서 황량지몽(黃粱之夢)이라고도 합니다. 일장화서몽(一場華胥夢)이란 말도 있는데, 황제가 낮잠 중에 무위자연의 나라 화서에서 노니는 꿈을 꾸었다는 이야기입니다.

이런 말들에는 꿈꾸는 것이란 죄다 그 모양 그 꼴이요, 세상사 모든 일이 꿈과 같다는 만사개여몽(萬事皆如夢)의 의미가 담겨 있습니다. 이 세상에 사람으로 태어나 고작 그런 부질없는 것들만 꿈꿀까 하는 씁쓸함도 남습니다. 이처럼 명가의 딸에게 장가가는 것, 출세하는 것, 재상이 되는 것, 부귀영화 누리는 것 등이 우리네 삶의 궁극적인 꿈이 될 수 있을까요?

돈이 많고, 벼슬이 높고, 명성을 날리는 것과 행복은 별개의 문제입니다. 그것들을 얻기 위해 투쟁하고 경쟁하고 약육강식의 싸움을 하다 보면, 정반대의 경우가 오히려 많습니다.

궁극적인 꿈은 그것들의 획득에 있는 것이 아니라 그것들을 통해 진정한 행복을 찾는 데 있습니다.

성공학 책을 덮어라

Q 지금까지 꿈과 행복에 대해 말씀하셨습니다. 그런데 세상 사람들이 좋아하는 말 중에 '성공'이 있습니다. 서점에는 수많은 성공학 책이 널려 있는데, 이들의 주장은 옳은 걸까요?

사실 저는 '성공'이라는 말을 별로 좋아하지 않습니다. 성공이라고 하면 주로 사회적, 물질적, 외면적 성공을 생각하기 때문입니다. 겉으로 보이는 돈, 권력, 지위, 명성, 인기 같은 것을 획득하는 것, 즉 출세나 영달이나 입신양명을 생각합니다. 일류, 일등, 최고만을 제일의 가치로 추구합니다.

주로 사회적 성과물을 기준으로 성공한 사람과 성공하지 못한 사람을 차별하는 것입니다. 그러나 그것들은 우리네 삶의 궁극적 목표인 행복을 찾기 위한 수단과 방법에 불과합니다. 완전한 성공이 아니라 불완전한 성공입니다.

저는 지금까지 우리의 궁극적인 꿈은 행복에 있다고 이야기했습니다.

행복을 찾은 이들이 바로 '진정한 성공인', '완전한 성공인'입니다. 행복이라는 더 큰 목표를 이루었기 때문입니다. 정신적 성공, 심리적 성공, 내면적 성공까지 이루어야 진정한 성공입니다. 드물긴 하지만 사회적 성공, 물질적 성공, 외면적 성공을 전혀 원하지 않는 이들도 있습니다. 또 양자를 모두 성취한 이들도 있습니다.

저는 신분 상승이니, 엘리트니, 리더니 하는 말들도 좋아하지 않습니다. 불완전한 성공만을 부추기는 느낌을 받기 때문입니다.

또 유행처럼 쏟아져 나온 수많은 성공학 책들에 대해서도 다소 우려하는 마음을 가지고 있습니다. 대부분 이런 책들은 "목표를 세워라", "도전하라", "열정을 다하라", "포기하지 마라"고 강조합니다.

다들 좋은 말들입니다. 그러나 이런 충고들이 혹시나 앞에서 이야기한 사회적, 물질적, 외면적 성공을 목표로 한 것은 아닌지, 또 그것들을 위한 욕망적 발상에서 도전하라고 한 것은 아닌지를 냉철하게 판단해야 합니다.

이런 충고들이 자칫 동물적 경쟁사회에서 이기기 위한, 또는 살아남기 위한 덕목으로 주어졌다면 신중한 성찰이 필요합니다. 그것이 욕망이나 욕심을 부추기는 경향이 있다면 이는 잘못입니다. 욕망과 욕심을 내려놓고 최선을 다하라는 뜻으로 이해한다면 그나마 다행이라 하겠습니다.

수많은 성공학 책들이 왜 자신의 적성을 찾는 것이 성공의 결정적 지름길이요, 적성을 찾아야 비로소 행복하다는 사실을 놓치고 있는지 안타깝습니다. 열심히만 한다고 되는 것이 아닙니다. 적성에 맞는 일을 열심히 할 때 성취도 있고 행복도 있습니다.

성공의 1단계는 적성 찾기입니다. 그렇게 되면 열정, 도전의식, 성실성 등 성공의 제반 조건들이 잇달아 충족됩니다. 그렇지 아니하고 잘못된 목표를 향해 열정을 발휘하거나 욕망을 향해 도전을 계속하면 성공은커녕 불행이 찾아옵니다.

성공의 키워드는 바로 적성 찾기입니다. 저마다 타고난 적성을 찾아야 합니다. 타고난 석성 찾기를 위해 목표를 세우고 도전하고 열정을 발휘해야 합니다.

행복은 사랑과 자비 · 애기애타(愛己愛他)에서 온다

Q 그렇다면 행복이란 무엇일까요? 바보 같은 질문이지만, 우리 모두 너무 오랫동안 행복보다는 성공을 위해 살아왔기에 행복해지는 방법이 무엇일까 막연하기만 합니다.

행복감을 어떻게 표현할 수 있을까요? 저 멀리 잔잔한 바다를 바라볼 때 느껴지는 고요하고 편안한 마음? 어떤 일을 이루었을 때 느껴지는 뿌듯하고 넉넉한 마음? '지나치지 않을 정도로' 기쁘고 즐거운 마음?

그런데 이런 마음은 어디에서 나올까요? 저는 바로 사랑(愛)과 자비(慈悲)에서 나온다고 생각합니다. 누구에 대한 사랑일까요? 연인에 대한 사랑일까요? 나의 멋진 미래에 대한 사랑일까요? 아닙니다. 나를 사랑하고 남을 사랑하는 마음입니다. 애기애타(愛己愛他)의 마음입니다.

이러한 사랑은 외형적이고, 물질적이며, 사회적인 결과물을 가져다주는 사랑만을 의미하지 않습니다. 사랑은 눈에 보이는 것뿐 아니라 보이지 않는 것까지 포함하는 것입니다.

나에 대한 사랑은 나를 행복하게 해줍니다. 또 남에 대한 사랑은 남을 행복하게 해줄 뿐 아니라 나의 행복까지 더 크게 해줍니다. 나와 남에 대한 사랑은 나와 남을 행복하게 해주는 것입니다.

내가 나를 사랑한다는 것은 당연한 것 같지만 실제로는 그렇지 못한 경우가 많습니다. 자신에게 좋은 일이 생기면 자신이 자랑스러워지지만 좋지 않은 일이 생기면 자신이 싫고 미워집니다. 실제로 자신을 사랑하기는커녕 자신을 학대하고 비하하고 우울해하는 경우가 얼마나 많습니까?

자신을 사랑한다는 것은 자신의 모든 것을 사랑하는 것을 의미합니다. 자신을 '있는 그대로' 사랑하는 것이지요.

사랑이 자기 자신에게만 한정될 때는 애기(愛己)가 아니라 이기(利己)에 가까운 경우가 많습니다. 그러나 실제로 우리네 삶에서 우리의 일거수일투족이 전적으로 이기적이라고 말해야 할 경우는 거의 없습니다.

예컨대 시장에서 합당한 값을 주고 국밥 한 그릇을 사 먹은 경우 나는 제값을 주었으므로 특별히 주인에게 이익을 준 것이 없다고 생각할 수 있습니다. 하지만 아무리 대가 관계였다 하더라도 그 국밥 주인에게는 매출을 올려준 혜택을 준 것입니다.

반대로 돈 1,000원을 받고 붕어빵 3개를 팔았다고 할 때에도 우리는 분명한 대가를 주고받았으므로 아무에게도 특별한 이로움을 준 것이 없다고 생각할 수 있습니다. 하지만 아닙니다. 내가 붕어빵을 팔아서 그 아이의 배고픔을 달래주었을 뿐 아니라, 밀가루를 공급해준 상인들을 비롯해 많은 이들에게 연쇄적으로 이로움을 준 것입니다.

겉으로 보기에는 등가적이지만, 그 거래 자체가 혜택인 것입니다. 이처럼 우리는 이미 '애타적'입니다.

다만 여기에서 우리는 더 나아가 눈에 보이는 등가적인 관계를 넘어 더 보탬을 주는 관계를 만들어가야 한다는 것입니다. 그것이 봉사와 기부, 즉 나눔입니다.

주고받는 것보다 주는 일에 더 많이 나서는 것입니다. 우리네 삶에 있어서 애기만큼 애타가 중요합니다. 애타의 범위가 어디까지 확장되느냐에 따라 행복의 크기가 달라지기 때문입니다.

행복은 '사랑'입니다. 행복의 크기는 사랑의 크기입니다. 사랑과 자비는 우리들 가슴속 깊은 곳에 내재되어 있습니다. 안 보여서 없는 듯하지만, 있습니다. 우물샘을 파는 것과 같습니다. 파면 나옵니다. 파면, 안 나오던 샘물도 솟습니다. 사랑은 그렇게 나옵니다.

이것이 '애기애타(愛己愛他)의 셀프리더십'입니다. 생소하게 들릴지 모르겠지만 사랑을 파서 외연을 넓혀나가는 셀프리더십이라고 이해하면 좋겠습니다.

저는 심지어 개인뿐만 아니라 국가나 기업이나 단체도 '애기애타의 국가', '애기애타의 기업', '애기애타의 단체'가 되어야 한다고 주장합니다. 자본주의도 '애기애타 자본주의'가 되어야 한다고 주장합니다. 앞으로 더욱 많은 연구가 이루어지기를 기대합니다.

애기애타의 삶은 홍익적 삶을 향한다

🅠 애기애타란 말은 관점에 따라 여러 가지로 해석될 수 있을 듯합니다. 이해하기 쉽게 설명해주시기 바랍니다.

'애기애타'는 도산 안창호 선생님이 쓰신 말씀인데, 사실 이에 관해서는 여러 가지 해석이 있습니다.

나를 사랑하듯이 남을 사랑하라. 즉 "네 이웃을 네 몸과 같이 사랑하라"는 기독교 성경의 말씀(愛人如己)으로 해석하여, 남을 사랑하는 '정도'가 그냥 사랑하는 것이 아니라 소중한 '나'를 사랑하는 정도로 그렇게 사랑하라는 뜻으로 해석하는 입장이 있습니다.

또 나보다는 남을, 그보다는 하나님을 더 사랑하라는 뜻(愛己愛他而愛天)으로 해석하기도 합니다. 그런가 하면 나를 사랑하는 동시에 남을 사랑하라는 의미라는 입장이 있고, 또 나를 먼저 사랑하고 남을 사랑하라거나, 이기(利己)가 아닌 애기(愛己)를 애타(愛他)보다 우선하라는 뜻이라는 사람들도 있습니다. 나를 사랑할 줄 아는 사람만이 남을 사랑할 수 있음이라고 역설하는 측도 있습니다.

도산 스스로가 어떤 뜻으로 사용하였는지는 본인의 설명이 없으므로 더 깊게 확인할 수는 없습니다. 다만 자신과 남에 대한 사랑과 자비의 문제에 대한 저의 견해는 이러합니다.

첫째, 나를 사랑하고 남을 사랑해야 한다.

둘째, 나를 사랑하지 않는 상태에서 남을 사랑할 수 있으나, 거기에는 나에 대한 사랑이 빠져 있고, 남에 대한 사랑도 불완전하다.

셋째, 나를 진정으로 사랑하면 남에 대한 사랑은 저절로 나타난다. 즉, 나를 자학하지 아니하고 상처를 극복하고 욕망을 내려놓으면 그만큼 사랑과 자비가 충만하고 남도 사랑하게 된다.

넷째, 나를 사랑하는 것은 이기적인 것이 아니라 그 자체가 이미 남을 사랑하는 것이다.

저는 도산의 애기애타라는 표현을 아주 좋아해서 도산의 진의와 관계없이 그대로 인용해 나름대로 해석하고 있습니다.

불교적 용어에 의하면 자리이타(自利利他), 자리이인(自利利人), 자익익타(自益益他), 자행화타(自行化他)라고 할 수 있습니다. 대승불교에서 자신을 위한 정진수도 공덕만이 아니라 다른 이, 모든 중생의 구제를 위한 공덕도 강조하는 가르침입니다.

저는 자애(自愛)와 타애(他愛)라는 말도 자주 씁니다.

사랑과 자비, 즉 애기애타는 넓고 클수록 훌륭합니다. 그렇다면 가장 넓은 사랑은 무엇일까요?

저는 홍익(弘益)이라고 생각합니다. 널리 이롭게 하는 것이지요. '홍익적 삶', 그것이야말로 우리네 인간이 꿈꿀 수 있는 가장 넓은 꿈이 아닌가 합니다. 한 사람 한 사람 모두 홍익적 삶을 향해 노력해야 한다고 생각합니다.

사랑의 범위가 나를 넘어 남의 범위까지 넓어질 때 홍익에 점점 가까워진다고 할 것입니다. 그리고 그것은 국가나 기업이나 단체도 마찬가지입니다. 자본주의도 '홍익자본주의'라면 가장 확장된 사랑의 자본주의라 할 것입니다.

국가에도 꿈이 있어야! 홍익국가의 꿈

Q 한 사람 한 사람이 홍익적 삶을 향해 노력해야 한다는 말씀이 인상적입니다. 세상의 모든 사람들이 그렇게 산다면 세상이 살 만해질 것 같습니다.

홍익(弘益)이란 환국의 이념으로, 환인이 처음 하늘과 땅을 열면서 빛으로 온 누리를 밝히고 사람을 널리 이롭게 하겠다고 한 데서 출발한 것입니다. 『삼국유사』 고조선조에는 환웅이 삼위태백을 둘러보고 가히 홍익인간을 할 만하다 하여 천부인 3개를 받아 무리 3,000을 이끌고 태백산 신당수로 내려와 '신시'를 세우고 환웅천왕이 되었다고 하지 않습니까?

홍익은 이처럼 세상의 생성원리이자 건국이념 등으로 해석됩니다. 하지만 홍익은 개개인에게도 가치규범이자 행동강령이 될 수 있다고 생각합니다. 또한 개인뿐 아니라 단체 · 기업 · 국가 할 것 없이 모든 개체에게 실천규범이 될 수 있다고 생각합니다.

예컨대, '나'라는 존재가 자신을 위해 존재하고 활동하지만, 나의 존재가 타자에게 조금이라도 보탬이 되어야지, 그렇지 아니하고 부당한 방법으로 피해를 주는 존재라면 그것은 좀 곤란하다는 생각을 하게 됩니다.

그런데 알고 보면 우리네 인간들은 이미 '홍익적'입니다. 반대급부를 주고받는 대가적 관계가 많은 탓으로 특별히 의식하지 못하고 있을 뿐입니다. 다만 홍익의 수준을 이 정도에 그치지 아니하고 좀 더 높여서 좀 더 널리 홍익적이 되고자 하는 것입니다. 애타의 수준을 더욱 넓혀야 한다는 것이지요. 물론 애타가 되기 위해서는 애기가 먼저 되어야 하겠지요.

모름지기 우리는 좀 더 넓게 '홍익적 인간'이 되어야 합니다. 홍익적 삶을 살아야 합니다. 인간의 생명과 존엄, 공동체의 안정과 평화를 위해 '홍익'에서 길을 찾아야 합니다.

저는 여기서 한 걸음 더 나아가 국가도 '홍익적 국가'가 되어야 한다고 생각합니다. 자국애(自國愛)에만 그칠 것이 아니라 타국애(他國愛)도 갖추어야 한다는 것입니다. 인류 역사상 자국 이기주의에 빠져 세계평화를 위협하는 몹쓸 짓을 한 국가들이 얼마나 많았습니까? 침략과 약탈은 복수와 증오를 가져왔습니다. 상극의 역사였습니다.

이제 그간의 서세동점(西勢東占) 기운은 동양의 가치와 새롭게 만나야 할 시대가 되었습니다. 특히 한반도는 그 한가운데 위치하고 있습니다. 동양과 서양, 대륙과 해양의 한가운데 위치하고, 하필이면 남과 북까지 극한 대치를 하고 있습니다.

우리는 여기에서 새로운 길을 찾아야 합니다. 우리가 어떤 역사를 쓸 것인가는 우리 손에 달려 있습니다. 특히 이 나라에서 지금 자라나고 있는 소남(少男), 소녀(少女)들의 손에 달려 있습니다. 또다시 상극의 역사를 써서는 안 됩니다.

국가에도 꿈이 있어야 합니다. '홍익국가의 꿈'이 그것입니다. 세계 평화와 번영을 위해 '홍익의 강국(強國)', '사랑과 자비의 강국'이 되어야 합니다. '자국애와 타국애의 강국'이 되어야 합니다. 자국의 상처를 극복하고 자존감을 높이며 욕망을 절제하고 타국에 사랑의 손길을 내미는 국가가 되어야 합니다.

그래야 인류에게 희망의 등불이 될 수 있습니다. 통일도 '홍익적 통일'을 이루어야 합니다.

기업이나 단체도 홍익적이어야

Q 홍익의 정신은 국가나 기업이나 단체도 마찬가지라고 하셨습니다. 기업이나 단체가 어떤 이념으로 어떻게 행동해야 하는 걸까요?

기업에 대해서 보겠습니다. 기업은 이윤을 추구하는 존재이지만, 자신의 이익을 추구하는 한편 남에게 피해를 주어서는 안 됩니다. 나아가 남을 이롭게 해주어야 합니다.

소비자에게 피해를 주는 제품을 팔아 돈을 버는 기업은 나쁜 기업입니다. 먹거리 한 가지, 전자제품 한 가지, 석유제품 한 가지라도 그것이 소비자에게 해로운 부분이 있다면 그 행위는 죄악입니다. 그 제품 가격을 도둑질하는 것에 그치지 않고 해를 끼친 부분까지 응분의 책임을 져야 합니다.

폭리를 취하는 것도 마찬가지입니다. 100원의 가격이 적정한 물건을 120원에 팔았다면 20원을 도둑질한 것과 같습니다.

유통업자가 중간 마진을 지나치게 많이 떼는 것도 마찬가지입니다.

돈놀이하는 금융기관이 지나친 이자를 요구하는 것도 도둑입니다.

도둑이 따로 없습니다. 타자에게 알게 모르게 피해를 입히면 그것이 법률적으로 사기, 횡령, 배임에 해당하지 않는다 해도 죄다 도둑입니다.

나쁜 짓을 해서 돈을 벌어서는 안 됩니다. 천벌을 받을 나쁜 짓이 따로 있는 것이 아닙니다. 기업은 적정한 이윤을 남기고 좋은 제품을 만들어 팔고 그 제품을 통해 소비자에게 이로움을 주어야 합니다. 그래야 좋은 기업이고, 그렇지 않으면 악덕기업입니다.

기업은 자기 이윤의 극대화를 위해 타자에게 피해를 주고 있지 않은지, 지금 하는 사업이 타자에게 이로움을 주고 있는지를 늘 성찰해야 합니다.

유럽에서는 기업의 '사회적 책임'이, 미국에서는 기업의 '윤리적 경영'이 강조되어왔습니다. OECD에서는 사회적 측면뿐 아니라 환경적, 경제적 측면까지도 포함해 넓게 '기업의 책임'이라는 용어도 사용합니다. 우리나라에서는 소위 사회공헌이라고 하여 주로 기부 측면을 강조해왔는데, 사실 기업의 책임은 훨씬 광범위합니다.

예컨대 부패, 탈세 등을 하지 않는 준법적, 윤리적 경영을 하며, 외형 누락, 은닉 등을 하지 아니하고 거래의 투명성을 확보하며, 폭리나 과다 이익을 취하지 아니하고 공정한 가격을 책정하며, 불량한 제품을 판매하지 않는 등 소비자를 보호하고, 근로자 인권이나 환경을 지키는 등 광범위한 법적, 윤리적 과제들을 포함하고 있습니다.

최근에는 '착한 기업', '사랑받는 기업', '존경받는 기업'에 대해 활발한 논의가 진행되고 있습니다. 중요한 것은 기업이 스스로의 발전도 도모하면서 세상에 보탬이 되어야 한다는 것입니다.

그런 기업을 우리는 '애기애타의 기업', '홍익적 기업'이라 할 수 있습니다. 노조를 비롯한 여러 경제 주체들도 마찬가지입니다. '애기애타의 노조', '홍익적 노조' 등등이 되어야 합니다. 그래야 '홍익 경제'가 이루어질 수 있습니다.

홍익 자본주의가 세계를 구한다

Q 홍익자본주의란 말은 처음 듣는 말입니다. 이윤의 극대화를 추구하는 자본주의의 속성상 그것이 과연 가능할까요?

요즘 '자본주의' 앞에 수식어를 붙이는 게 유행이지 않습니까? 무슨 무슨 자본주의 하는 식입니다. 아니면 뒤에 붙이기도 합니다. 2.0, 4.0 하는 식입니다. 자본주의라는 말 자체로는 위험성이 너무 크니 자본주의의 병폐를 개선하고 나아갈 방향을 모색하기 위해 이런저런 시도들을 한다고 볼 수 있습니다.

자본주의란 가만두면 사고를 칩니다. 그래서 적절하게 통제, 관리되어야 합니다. 적절하게 수정 · 조절되어야 자본주의의 가치가 살아납니다.

자본주의도 나만을 사랑하는 자본주의가 되어서는 안 됩니다. 나를 사랑하되, 남도 사랑하는 자본주의가 되어야 합니다. 자본은 나의 이익을 도모하되, 남의 이익까지 배려해주어야 합니다. '갑(甲)'과 '을(乙)'이 상생해야 합니다. 나도 살고 너도 사는 '상생 자본주의', '애기애타 자본주의', '봉사 자본주의'가 되어야 합니다.

그렇게 하려면 스스로의 이익을 챙기려는 자본의 욕망을 절제해야 합니다. 자본은 욕망 그 자체입니다. 자본은 가만 놔두면 욕망을 향해 치달립니다. 욕망은 욕망을 낳고 욕망과 욕망은 서로 충돌합니다. 그것은 곧 짐승들의 욕망과 같습니다.

욕망은 절제되어야 합니다. 절제되지 않은 자본주의는 '욕망 자본주의'입니다. 곧 '짐승 자본주의'요, '버러지 자본주의'입니다. 욕망이 절제된 자본주의가 '절제 자본주의'입니다.

내 이익만을 도모하는 자본주의는 '좁쌀 자본주의'입니다. 나의 범위를 점점 더 확대해 더 많은 타자의 이익을 도모할 때 '더 넓은 자본주의'가 됩니다. '홍익(弘益) 자본주의'입니다. 널리 사람들을 유익하게 하는 자본주의입니다.

사회주의와 공산주의가 몰락한 지금, 자본주의가 어떻게 변화할 것인가가 시대적 과제입니다. 홍익 자본주의가 그 방향이 될 수 있지 않을까 합니다. 신자본주의 같은 병폐도 해결하고, 동시에 자본주의 자체의 몰락도 막을 수 있는 지혜가 필요하기 때문입니다.

　서양의 자본주의가 한반도에 이르러 홍익을 만나는 것입니다. 이는 자본주의 원리를 무시하는 것이 아닙니다. 오히려 자본주의 원리를 비뚤어지게 만든 사람들에게 자본주의의 올바른 방향을 일깨워주는 것입니다.

　홍익 자본주의가 세계경제를 구하고 세계평화를 이루어줄 것입니다.

chapter 02

애기(愛己) · 자애(自愛) :
나, 있는 그대로 사랑하기

자기 사랑 1 : 가지지 못한 것 사랑하기

Q 자신을 사랑하자는 말씀에는 공감하는데, 그것이 어떤 의미이며 어떻게 실행해야 할지는 잘 모르겠습니다.

사랑 중에 가장 기초적인 사랑은 나 자신에 대한 사랑입니다. 내가 나를 사랑한다는 것은 당연한 것 같지만, 실제로 자신을 제대로 사랑하는 일은 그리 쉬운 일이 아닙니다. "자신을 사랑한다"는 말 자체도 아주 쉬운 듯하면서도 무척 어려운 말입니다.

"여러분은 여러분 자신을 사랑합니까?"라고 물으면 대부분 "네"라고 대답합니다. 아마도 자기 자신이 잘되었으면 하는 생각에서 모두

다 "네"라고 대답하는지도 모릅니다. 그러나 한 발짝 더 나아가서 "여러분의 그 못생긴 얼굴도 사랑합니까? 여러분의 그 짜리몽땅한 몸매도 사랑합니까? 여러분의 그 못된 성질도 사랑합니까?"라고 물으면 순간 머쓱해합니다.

심지어 매일같이 한탄하고 지내는 자신의 가정 형편, 경제적 어려움, 사회적 실패도 사랑하느냐고 물으면 선뜻 "네"라고 대답하지 못합니다.

그러나 자신을 사랑한다는 것은 바로 부족한 자신을 사랑하는 것을 말합니다. 자기 자신을 '있는 그대로' 사랑하는 것을 말합니다. 자기 자신의 여러 가지 어려운 사정까지도 '있는 그대로' 사랑하는 것입니다. 자신이 장애를 가지고 있다면 그 장애까지도 사랑하는 것입니다. 내가 앞으로 잘되었으면 좋겠다는 뜻에서 나를 사랑한다면 그것은 자신의 막연한 희망사항을 말하는 것에 불과합니다.

조물주는 인간에게 5복을 다 주지 않는다고 합니다. 그래서 그런지 사람에게는 누구나 '가진 것'이 있고 '가지지 못한 것'이 있습니다. 재력은 가졌으나 건강을 갖지 못한 사람이 있는가 하면, 학식은 가졌으나 재력을 가지지 못한 사람도 있습니다.

자신이 '가진 것'에 대해 만족하거나 자랑스럽게 생각하는 것은 아주 쉬운 일입니다. 그러나 자신이 '가지지 못한 것'까지 사랑하는 것은 매우 어렵습니다.

이때 자신이 '가진 것'만 사랑하고, '가지지 못한 것'을 사랑하지 않는 것은 온전한 사랑이 아닙니다. 자신이 가지지 못한 것까지도 사랑하는 것이 진정한 사랑입니다. 자신을 '있는 그대로' 사랑한다는 것은 바로 자신이 '가지지 못한 것'까지 사랑하는 것을 의미합니다. 가난, 멸시, 학대, 실패, 실연, 이혼, 왕따, 폭력, 질병, 장애, 애착 부족 등등…… 이런 것들까지 사랑할 수 있어야 합니다.

자신을 사랑하는(自愛) 사람은 자신을 존중합니다(自尊). 자신에 대해 긍지를 가지고(自矜), 자신을 자랑스럽게 생각합니다(自負). 스스로 족함을 느끼고(自足, 自滿), 스스로를 소중하게 여깁니다(自重). 또 스스로를 신뢰합니다(自信).

자신에 대한 사랑(自愛)은 부족하지도 지나치지도 않은 사랑을 말합니다. 균형 잡힌 사랑, 이성과 감성이 조화된 사랑, 성숙한 사랑을 가리킵니다.

그래서 한편으로 스스로를 비웃거나(自嘲), 멸시하거나(自蔑) 업신여기거나(自侮) 비하하지(自己卑下) 않습니다. 심하게 자책하지도(自責) 않습니다. 제풀에 질리거나(自怯) 자격지심에 빠지지도(自激之心) 않습니다. 스스로를 부끄럽게 생각하거나(自愧) 혐오하지(自己嫌惡) 않습니다. 자학하지(自虐) 않고, 자포자기하지(自暴自棄) 않고, 자상(自傷), 자해(自

154 •

害), 자폭(自爆)하지도 않고, 스스로 목숨을 거두거나(自殺, 自決, 自盡) 스스로 멸망의 길을 선택하지도(自滅) 않습니다.

반대로 자기애가 지나쳐 나르시스처럼 자기도취(自己陶醉)에 빠지지도 않습니다. 또 지나치게 자만하여 우쭐하지(自慢) 않습니다. 자신을 지나치게 뽐내려 하지도(自己誇示) 않습니다.

이웃을 사랑하라고 합니다. 그러나 이웃을 사랑하기 위해서는 우선 나 자신부터 사랑할 수 있어야 합니다. 자신을 사랑하지 못하는 사람이 어떻게 남을 사랑할 수 있겠습니까?

나 자신부터 '있는 그대로' 사랑하는 것이 바로 행복으로 가는 첫걸음입니다.

개인적 상처

Q 자신이나 자신의 가정에 문제가 있어 피해와 상처를 받은 사람들에게 자신을 사랑하라는 얘기는 잔인할 수도 있습니다. 그래도 자신을 사랑해야 합니까?

사람들은 살아가면서 수없이 많은 상처를 받습니다. 여기에서 말하는 상처는, 정신적 상처입니다. '트라우마(trauma)'입니다.

우리 개개인의 삶을 '상처'라는 프레임에서 보면, '상처의 역사'라고도 할 수 있습니다. 심지어 태어나기 전에 어머니 배 속에서 부모의 상처를 전해 받기도 합니다. 우리는 태어나기 전부터 죽을 때까지 끊임없이 상처를 받는 셈입니다.

그런데 이 정신적 상처는 신체적 상처와 결정적으로 다른 점이 있습니다. 신체적 상처는 객관적으로 확인이 가능합니다. 누가 보더라도 상처이고 본인이 부인하더라도 상처입니다.

그러나 정신적 상처는 그렇지 않습니다. '본인이 상처라고 받아들일 때' 비로소 상처입니다. 남들이 아무리 상처가 클 것이라 호들갑을 떨어도 본인이 아니면 아닙니다. 이처럼 상처는 철저하게 주관적입니다.

사람들은 대체로 '가지지 못한 것'으로 인해 상처를 받습니다. 건강하지 못하거나, 사랑받지 못하는 등 개인적인 사정으로 상처를 받습니다. 또 돈·권력·지위·명성·인기 같은 사회적 성과물의 많고 적음에서 상처를 받습니다.

이미 고인이 된 한 유명 탤런트의 경우입니다. 그녀는 대중들이 보기에 경제적 여유와 인기 등, 모든 것을 다 가진 사람처럼 보였습니다. 그러나 스스로는 그렇게 생각하지 않았습니다. 그녀는 제게 죽고 싶다고 했습니다. 인터넷 악플 때문에 견디기 힘들어했던 것입니다. 그녀의 어머니는 제게 부탁했습니다. 제발 그녀에게 "잠 좀 자라"고 말해달라고. 그녀는 자신이 갖지 못한 것을 너무 크게 생각한 나머지 상처를 받았습니다. 결국 극단적인 선택을 했습니다.

반대로 '가진 것'으로 인해서 상처를 받는 경우도 있습니다. 예컨대 권력을 가진 사람이 자신의 지위가 도전받았다고 생각할 때 상처 받습니다. 가진 것이 적은 쪽으로부터 도발이나 저항을 받는다고 생각해 상처를 받는 것입니다. 이것은 수직적 욕구, 권력적 욕구 또는 지배적 욕구의 소산입니다.

직장 내에서 상하 관계는 물론 부자간, 부부간, 심지어 친구 간에서도 지배적 욕구를 가진 사람들이 많습니다. 자신의 말 한마디에 상대방이 무조건 "예스"해주기를 기대하는 것입니다.

그런데 그것이 자기 마음대로 되지 않으면 상처로 받아들입니다. 돈이나 권력 등을 충분히 가졌더라도 존경, 대우, 대접 등을 받지 못하면 또 상처를 받는 것입니다. 이처럼 사람들은 유형적인 것뿐만 아니라, 무형적인 것을 가지지 못해도 상처를 받곤 합니다.

사람에 대한 수직적, 권력적, 지배적 욕구는 무서운 결과를 가져오는 경우가 많습니다. 수평적, 공감적, 설득적 욕구와 조화를 이루어야 합니다. 그래야 상처를 덜 받게 됩니다.

집단적 상처

Q 정신적 상처, 즉 트라우마는 대부분 개인이 직접 체험한 피해에서 온다고 생각합니다. 그렇지 아니하고 직접 체험하지 않은 경우에도 상처를 받을 수 있을까요?

물론입니다. 트라우마는 대부분 개인이 직접 체험한 피해에서 오지만, 타인의 고통스러운 장면을 목격했거나, 자신이 속한 조직이나 집단을 통해 간접적으로 체험한 피해에서도 옵니다. 집단적 트라우마라고 할 수 있습니다.

우리의 지난 100년 역사를 돌아봅시다. 일제 침략자들에 의해 이 땅이 강점되었을 때, 우리 선조들은 얼마나 많은 상처를 받았겠습니까? 나라를 빼앗겼을 때 일제 침략자들이 자행한 악랄한 행위들은 우리 선조들의 가슴에 못을 박았습니다.

갑자기 문서 쪽지를 들이대며 토지를 마구 수탈해가는가 하면, 청년들을 징발해서 전쟁터로 내몰았고, 소녀들을 군부대 위안부로 끌고 가서 채 피지도 못한 꽃들을 짓밟았습니다. 또 독립운동을 한 선조들에게 얼마나 많은 고통과 핍박을 자행했습니까?

이런 피해를 직접 당한 한 분 한 분의 상처는 이루 형용할 수 없는 상처입니다. 그런데 직접 피해를 입은 분들이 아니라 해도 침략을 당한 민족 모두가 똑같은 피해의식을 느낍니다.

그런 트라우마는 후손들에게도 전해집니다. 한·일 축구전이 열릴 때 보십시오. 우리나라 사람들은 다른 어떤 나라에는 지더라도 일본에게는 꼭 이겨야 한다는 생각에서 한마음이 됩니다. 아직도 집단적 트라우마가 남아 있다는 징표이지요.

이후 광복의 기쁨도 잠시, 남북 간에 6.25전쟁이 터졌습니다. 이때 또 얼마나 많은 이들이 무참하게 죽음을 당했습니까? 구덩이 속에 생사람을 집어넣고 죽창으로 마구 찔러 죽인 처참한 살상극이 얼마나 많이 일어났습니까? 세상을 억울하게 하직한 이들의 고통도 물론이거니와 또한 살아남은 자들의 트라우마는 얼마나 컸겠습니까?

그뿐만이 아닙니다. 우리는 얼마나 가난했습니까? 입에 풀칠하기조차 어려운 채 보릿고개를 넘어야 했던 슬픈 역사를 가지고 있습니다. 아이들은 태어나자마자 영양실조로 죽어가고 제때에 치료받지 못해 쓰러져간 이들이 얼마나 많았습니까? 이것들은 우리에게 엄청난 트라우마로 작용했습니다.

이후 잘살아보자며 새벽같이 일어나 경제개발에 박차를 가했고 우리는 '한강의 기적'이라는 역사상 보기 드문 성취를 이루었습니다. 그러나 그 과정에서도 많은 상처를 양산했습니다.
예컨대 지역적 혜택의 차별로 인한 트라우마를 봅시다. 호남인들은 과거 군사독재정권 시절에 영남 위주의 개발정책으로 엄청난 차별을 받았다는 피해의식을 가지고 있습니다. 호남 '푸대접론'입니다.

충청인들도 마찬가지입니다. 충청은 푸대접이 아니라 '무대접'이라고 주장합니다. 이른바 '핫바지' 이야기입니다. 어디 그뿐입니까? 강원인들도 들고일어납니다. 아예 '홀대'라는 것이지요. 이 모두가 트라우마 때문입니다.

또 한편으로는 무자비한 독재 치하, 어두운 지하 방에서 고문을 당하는 등 민주화 과정에서 또 수많은 이들이 고통을 받았습니다.

지금 우리나라는 경제발전과 민주화라는 두 마리 토끼를 모두 잡은 나라가 되었습니다. 세계에 유례가 없는 성취임에 틀림없습니다. 그렇다고 지금은 상처를 주고받는 일이 없습니까?

지금 이 나라에서는 온갖 대립과 반목, 갈등과 투쟁이 하늘을 찌르고 있습니다. 이념 간, 계층 간, 지역 간, 세대 간, 남녀 간의 대립과 갈등은 그 어느 때보다도 극심합니다. 이로 인해 또 얼마나 많은 국민들이 상처를 받고 있습니까?

그런 점에서 우리 국민들은 참으로 불쌍한 국민들입니다. 너무도 많은 트라우마로 고통 받고 있습니다. 우리는 이것을 이겨내야 합니다. 이것이야말로 새 시대의 과제가 아닌가 싶습니다.

상처는 순기능도 있으나 역기능은 인간성을 괴멸시킨다

Q 상처는 사람들을 피폐하게 만들기도 하지만, 사람들의 성취 욕구를 불러일으켜 더 큰 발전을 이루게 하는 면도 있지 않을까요?

사실 모든 상처들은 그것을 상처로 받아들임으로써 상처가 되는 것입니다. 가장 좋은 방법은 상처를 상처로 받아들이지 않는 것입니다. 그런데 그것은 보통 어려운 일이 아닙니다. 그래서 다음 단계로 기왕에 상처로 받아들여진 경우에 어떻게 극복할 것인가를 생각하게 됩니다.

상처엔 두 가지 기능이 있습니다. 한 가지는 순기능으로서, 상처를 긍정적으로 극복하면 발전의 욕구를 자극하는 계기가 된다는 것입니다.

예컨대 가난으로부터 상처를 받은 경우, 그 가난을 계기로 더 큰 성취의 욕구를 일깨우는 것과 같습니다. 왕따로 인해 상처를 받은 아이가 상처를 극복하고 더 큰 일을 해내는 경우도 있습니다. 또한 실연으로 상처를 받은 이가 그것이 계기가 되어 더 많은 사람들을 이해하게 되고 더 좋은 이성을 만나 행복해지는 경우도 있습니다.

반면에 상처를 긍정적으로 극복하지 못하면 엄청난 역기능을 초래합니다. 첫째로, 상처가 발전의 욕구를 자극하였지만, 그 욕구가 지나치게 커져서 나타나는 욕망입니다.

예컨대 가난으로부터 받은 상처 때문에 성취하고자 하는 욕구를 키웠는데, 그 욕구가 지나쳐서 돈, 돈하는 인물이 되는 경우와 같습니다. 수단과 방법을 가리지 않고 무작정 돈만 벌겠다고 생각하는 돈벌레 같은 인간이 되는 것입니다. 또 감투, 권력, 사회적 지위라면 혈안이 되는 사람, 명성·인기에 목매다는 사람 등이 그렇습니다. 부정과 부패, 편법과 반칙을 불사합니다.

그들은 약간의 성취를 얻었다고 생각하면 목에 힘주고 으스댑니다. 심지어 온갖 건방을 떨고 사람을 무시하는 성벽까지 보이기도 합니다. 자만과 오만의 모습을 보입니다. 사치벽이나 과시욕이 커지는 경우도 있습니다.

욕망적 인간, 탐욕적 인간, 이기적 인간을 만들어냅니다. 전쟁 같은 삶, 그것은 바로 상처로부터 비롯됩니다. 욕구를 적절하게 조절하고 욕망 내려놓기, 욕심 내려놓기를 시도해야 합니다.

둘째로, 온갖 소극적, 비관적, 부정적 사고를 낳습니다. 매사에 지나치게 소극적이며 비관적으로 접근하면 자칫 우울증이나 불안증에 빠질 우려가 높아집니다. 사람들은 곧잘 현실로부터의 탈출을 시도하지만 그것이 결코 쉽지가 않습니다. 이런 증상이 심해지면 자기 자신을 학대하게 됩니다.

자살이라는 극단적인 선택을 하기도 합니다. 따라서 사고를 적극적, 낙관적, 긍정적으로 바꿔야 합니다. 이런 사고를 가진 사람들은 마음이 넓고 넉넉합니다. 그래서 자학의 유혹에 빠질 가능성도 적어집니다.

셋째로, 상처는 불필요한 분노와 공격성으로 표출되는 경우가 많습니다. 그 공격성이 타인을 향할 때 폭력, 상해, 살인으로 나타나고, 자신을 향할 때 자해(自害), 자상(自傷), 자살(自殺)로 이어집니다.

세상에 이처럼 큰 불행이 어디에 있겠습니까? 처음에 상처로 느꼈던 작은 불행이 점점 더 커져서 타인을 살해하거나 자신을 살해하는 더 큰 불행을 초래합니다. 작은 불행이 큰 불행으로 커지는 것이지요.

쉽게 말해 '욱하는' 성질입니다. 과격하고 격정적인 성정, 저항적이고 반항적 성향을 보이는 경우도 있습니다.

이런 사람들에겐 분노 조절하기, 공격성 완화하기가 시급하게 필요합니다.

넷째로, 상처는 부정직하고, 불성실하며, 무책임하고 약속을 지키지 않는 인격파괴적 행동을 낳게 합니다. 거짓말을 하고, 속이고, 했던 말을 뒤집고, 자기 책임을 다하지 않습니다.

임기응변으로 둘러대고, 말을 바꾸고, 뒤통수를 치며, 뒤집어씌우기까지 합니다. 상처가 크면 클수록 그 정도가 심합니다. 순간적으로 살아남기 위해 그렇게 된다고 하지만 방향이 비뚤어졌습니다. 불신은 높아지고 신뢰는 무너집니다. 그리고 그 결과는 다시 자신을 향해 공격해옵니다.

정직성, 신뢰성, 성실성, 책임성을 훈련해야 합니다. 상처가 인격을 파괴하고 세상을 파괴하는 일을 막아야 합니다.

다섯째로, 상처는 편파적 사고를 낳습니다. 어느 한쪽만을 편파적으로 선호하게 만드는 것입니다. 갈등과 대립이 불을 보듯 뒤따릅니다. 욕설과 비방에 혈안이 됩니다. 과격한 성정을 나타냅니다.

예컨대 보수와 진보, 좌파와 우파 중 어느 하나만이 최고라고 생각합니다. 또 여성과 남성, 특정 지역이나 특정 세대에 대해 편파적 견해를 갖습니다. 수직적인 것과 수평적인 것 중에서 어느 한 가지만이 옳다고 주장합니다.

이런 편파성은 상대에 대한 배척, 억압, 승부욕 등의 욕망을 나타내게 합니다. 동지들을 불러모아 자기동조화와 편가르기에 나서게 합니다. 이렇게 개인의 편파성은 집단적 편파싱으로 확대됩니다.

우리나라 정치판을 보면 금방 알 수 있습니다. 여·야와 각 정파는 완전히 전쟁판입니다. '정치적 적개심'이 가득 차 극과 극의 대치가 그칠 줄 모릅니다. 거기에 '나팔수 지식인', '앞잡이 지식인'들까지 가세해 실로 목불인견입니다. 조화와 상생의 사고가 필요합니다.

수직성과 수평성, 획일성과 다양성, 남성성과 여성성, 문관성과 무관성을 비롯해 수많은 분야에서 균형과 조화를 이루어야 합니다. 편파성의 유혹을 이겨내야 합니다. 정의(正義)는 바로 여기에 있습니다. 시시비비(是是非非)를 가리는 기준도 여기에 있습니다.

여섯째로, 상처는 폐쇄적, 단절적, 불통적 사고를 낳게 합니다. 세상과의 소통을 거부하거나 상대와의 대화를 단절하게 하는 경우가 많습니다. 불통과 단절입니다.

욕망이 크면 클수록, 갈등과 대립이 크면 클수록, 상처가 크면 클수록 마음의 문은 닫히고 상대와의 벽은 높아집니다. 소통을 위해서는 '말하기'보다 귀를 열고 '경청하기'부터 시작해야 합니다. 그러나 경청을 위한 마음 열기가 쉽지 않습니다.

소통을 위해서는 상처 치유하기가 우선되어야 합니다.

자기 사랑 2 : 상처 극복하기

Q 사람이 살다 보면 상처를 입지 않을 수는 없습니다. 그러면 이런 상처를 입었을 때 극복할 수 있는 지혜로운 방법이 있다면 알려주십시오.

이런 트라우마를 극복하는 방법은, 딱 한 가지입니다. 자신이 따뜻한 '약손'이 되어 스스로를 따뜻하게 치유해주는 것입니다. 마치 손등에 상처가 났을 때 빨간약을 바르고 반창고를 붙이는 것처럼 자신의 마음을 치료해주면 됩니다.

내 자신의 상처를 따뜻하게 위로해주고 어루만져주어야 합니다. 아이가 다쳤을 때 어머니가 아이의 상처를 치료해주고 마음을 안정시켜주듯이, 내 자신의 상처에 대해 "괜찮아! 괜찮아!" 하며 위로해주는 것

스스로 따뜻한 약손이 되어
자신의 상처를 어루만져주어야 합니다.
내 상처에 대해 "괜찮아, 괜찮아"
라고 위로해주어야 합니다.

입니다.

문제는 이런 따뜻한 마음이 쉽게 나오질 않는다는 것입니다. 상처로 인한 아픔과 슬픔, 고통과 고난으로 스스로를 위로할 힘이 생기지 않습니다. 그렇다면 그 힘은 어디서 나올까요? 주어진 현실에서 '긍정적 의미'를 발견하는 데서 나옵니다.

상처는 자신에게 원인이 있는 경우도 있고, 자신과는 아무 상관없이 찾아오는 경우도 있습니다. 예컨대 사고로 인한 트라우마의 경우 본인의 실수나 잘못으로 발생할 수도, 타인의 잘못으로 발생할 수도 있습니다.

우리는 자신의 실수나 잘못에서 원인이 발견되는 경우에도 그것을 안타까워만 해서는 안 됩니다. 사실을 인정하고 반성하면서 이 실수나 잘못이 나에게 어떤 깨우침을 주는지, 어떤 새로운 기회를 만들어 주는지를 찾아내야 합니다.

더욱이 자신과 아무런 관련 없는 트라우마의 경우에는 인간이 알지 못할 그 어떤 의미가 있는 것인지 모릅니다. 언제 어떻게 전화위복이 될지도 모릅니다. 분명 자신에게 새로운 의미를 부여하기 위해 주어진 계기임은 틀림없습니다.

긍정적으로 받아들여야 합니다. 억울함, 괘씸함, 속상함에서는 따뜻함이 나오지 않습니다. 발전적으로 포기하고 체념하는 것도 지혜입니다. 욕망과 욕심을 내려놓으면 상처받는 일도 없어집니다.

용기를 갖고 상처를 극복한 사람만이 평정심을 되찾을 수 있습니다. 입가에 잃어버린 미소가 돌고 마음이 넉넉해집니다.

소크라테스의 죽음에 대해 여러 가지 주장이 있으나, 고통을 긍정적으로 받아들인 사례로도 볼 수 있습니다. 소크라테스는 억울한 누명을 쓰고 감옥에 갇힙니다. 철학을 포기하면 살려주겠다는 회유를 거부합니다. 제자들의 탈출하자는 제안도 거절합니다.

그는 제자들에게 '자신은 죄를 짓지 않았음'을 분명히 밝힙니다. 그러면서 "악법도 법이다"라는 말을 했다고 합니다. 그러나 악법은 이미 법이 아닙니다. 소크라테스는 독배의 고통을 긍징직으로 받아들이며, 이를 제자들에게 설득하기 위해 마음에도 없는 "악법도 법이니, 지금의 현실을 받아들이자"고 한 것으로 저는 해석합니다.

그는 고통을 '자신의 소신을 지키는 과정'으로 받아들인 것입니다.

성폭행을 당한 후 대인기피증에 시달리던 여학생이 있었습니다. 저는 그 여학생을 만나자마자 "네가 잘못한 게 뭐냐?"고 질문했습니다. 그 질문을 받은 여학생은 움찔했습니다. 저는 이어서 말했습니다.

"목욕탕 가서 목욕 한 번 하고 와라. 그러면 아무 흔적도 없는 거다."

그 여학생은 그날 이후 당당해졌습니다. 소송을 할 때도 부끄러워하지 않았습니다. "나는 잘못이 없다. 잘못한 놈은 그놈이다."라고 생각을 바꾼 것입니다.

또 왕따를 당해 전학을 보내달라고 부모를 조르는 아이가 있었습니다. 저는 그 아이에게도 같은 질문을 했습니다.

"그런데 네가 뭐 잘못한 게 있니? 왕따시킨 놈이 나쁘냐, 네가 나쁘냐? 넌 잘못한 게 없잖니?"

그 아이의 얼굴이 펴졌습니다. 저는 이어서 말했습니다.

"친구들 만나면 '너희는 나쁜 놈들이야!'라고 크게 소리를 질러라. 그래도 안 되면 내가 전학 보내줄게."

그 후 아이는 달라졌습니다. 용감한 아이의 행동에 반 친구들이 팬이 되었습니다. 그 아이는 나아가 다른 아이들을 왕따시키면 그것을 막아주는 정의의 사도가 되었습니다. 전학 갈 필요가 없어졌습니다.

상처를 정면으로 받아들이십시오. 감추거나 왜곡하려 하지 마십시오.

일시적으로 크게 울고 소리치고 글을 쓰고 말하는 것도 도움이 됩니다. 그러나 마무리는 긍정적이어야 합니다.

자신의 상처를 지나치게 크게 생각할 필요도 없습니다. 자신의 상처가 세상에서 가장 크고 도저히 어쩔 수 없는 것이라 생각될 때 상처는 점점 더 커집니다.

계곡이 깊을수록 산이 높습니다. 상처가 크면 클수록 상처를 극복하는 성취감과 행복감은 오히려 더 커집니다.

자신의 상처를 사랑하는 것이 내가 나를 사랑하는 지름길입니다.

상처로 우울하거나 분노가 솟구치면, 밖으로 나가보십시오. 그곳에서 밝고 따스한 햇살을 받아보십시오. 햇볕 아래에서 산보를 하면 마음이 따뜻해집니다. 마치 이부자리를 햇볕에 말리듯, 축축해진 내 마음도 상쾌하게 말려집니다.

그리고 숲 속을 거닐어보십시오. 숲 속의 피톤치드에서 자연의 생동감과 행복감을 느껴보십시오.

욕망은 늘 사고를 친다

Q 자신이 가지지 못한 것을 사랑하라고 말씀하셨습니다. 그렇다면 자신이 가지지 못한 것을 채우려는 것이 모두 잘못인가요? 가지지 못한 채 그냥 안주하는 것이 좋은 건가요?

인간은 자신이 가지지 못한 것으로부터 상처를 받습니다. 그것이 유형적(有形的)인 것이든, 무형적(無形的)인 것이든 마찬가지입니다. 조물주는 인간에게 5복을 다 주지 않음에도 불구하고 인간들은 그 부족한 것들을 채우려는 욕구가 있습니다.

그것이 나쁜 것은 아닙니다. 발전을 위한 욕구이기 때문입니다. 그런데 문제는 그 부족한 것을 채우는 것을 삶의 목표라고 생각하고 그것에 집착하는 것입니다.

우리는 돈이나 권력, 지위, 명성, 인기 같은 사회적 성과물을 획득하는 것을 삶의 목표라고 생각합니다. 사회적, 물질적, 외면적 성공에서 자신의 꿈을 찾습니다. 자기 적성과 아무런 관련이 없는 허황된 야망이나 사회적 평가에 매달리고, 한때의 유행이나 겉멋의 유혹에 빠지기도 합니다. 또 지나친 욕심에 빠져 본궤도에서 일탈하기도 합니다.

그러나 그것들은 삶의 수단이나 방법에 불과할 뿐, 목표가 아닙니다. 그것들은 그것들을 통해 무엇을 달성할 것인가를 생각할 때 비로소 가치가 있습니다. 그것들에 '집착'해서는 안 됩니다. 그것들에 집착하는 것, 그것이 바로 욕망입니다. 과도한 욕구, 즉 욕심입니다.

우리의 삶이 얼마나 욕망적인 삶이 되었는지, 일상생활에서의 병폐 현상을 몇 가지만 들어볼까요?

첫째로, 우리 국민들은 너무 일을 많이 합니다. 너나없이 일 중독자가 된 것 같습니다. 알게 모르게 과로사하는 분들이 너무 많습니다. 우리는 살기 위해 일을 합니까, 일을 하기 위해 삽니까?

둘째로, 잠을 푹 자지 않습니다. 인간의 삶에 있어서 잠이 얼마나 소중한지는 아는 사람은 다 압니다. 잠을 잘 때 성장 호르몬과 면역 호르몬이 나옵니다. 잠을 푹 자야 기억 자료들이 제대로 저장되고, 판단력, 의사결정력이 좋아집니다. 정서적으로도 안정되고, 쾌활해집니다. 그런데 왜들 이리 잠을 안 잡니까?

셋째로, 밥을 너무 빨리 먹습니다. 육식도 너무 많이 합니다. 술·담배도 너무 많이 합니다. 커피 등 카페인 제품도 너무 많이 합니다. 순간적 각성이 필요한 이유가 도대체 무엇이란 말입니까?

넷째, 성적 일탈도 너무 많습니다. 우리나라처럼 오밤중까지 유흥업소가 불야성을 이루는 나라는 세계적으로 드뭅니다. 성매매, 성폭력이 세계 최고 수준입니다. 육체의 욕구를 들어주면 영혼의 힘이 약해집니다. 현자들이 금욕한 이유가 있습니다. 욕구의 충족도 정상적이고 적절해야 합니다.

다섯째, 여유가 없습니다. 문화예술을 즐기지 못합니다. 사색하는시간이 없습니다. 운동도 부족합니다. 늘 쫓기듯 바쁘게 뛰어다닙니다. 인상 쓰고 다닙니다. 길거리에서 길을 묻기가 힘들 정도입니다.
심지어 여가를 즐기는 것도 숙제하듯이 합니다. 공연을 관람하거나등산을 하는 것도 마치 전쟁 치르듯이 합니다. 거기엔 여유도 없고 나도 없습니다.

그 외에도 많습니다. 자살률이 OECD 국가 중 1등입니다. 이런 비극적 현실이 바로 우리의 모습이고, 이 모든 것이 욕망의 산물입니다.

지금 우리 국민들 대부분이 행복하지 못합니다. 브레이크 없는 욕망에 빠져 허우적대고 있기 때문입니다.

이해되는 바가 없는 것은 아닙니다. 지난 세월, 침략과 가난과 멸시와 무시 속에서 살아온 나머지 '더 크게, 더 높이, 더 많이, 더 빨리'를 생활의 철칙으로 삼아왔습니다. 그것이 관성의 법칙에 의해 지금까지도 우리들 삶을 짓누르고 있습니다. 이는 잘못입니다.

욕망의 관성에 브레이크를 걸어야 합니다. 집착을 없애야 합니다.

자기 사랑 3 : 욕망 · 욕심 내려놓기

Q 많은 사람들이 브레이크 없는 욕망에 빠져 행복하지 못하다고 말씀하셨습니다. 욕망이나 욕심이 우리의 행복을 어떻게 가로막습니까?

욕망과 욕심은 반드시 사고를 치고 다양한 경로로 불행을 자초합니다.

첫째, 욕망은 우리들 삶을 무한경쟁, 약육강식, 적자생존, 승자독식의 정글 속으로 몰아넣습니다.

세상은 혼자 사는 것이 아니므로 이곳저곳에서 이해관계가 충돌합니다. 욕망의 충돌입니다. 그래서 무한경쟁이라는 말이 나왔습니다.

언젠가부터 우리 사회에서는 시도 때도 없이 '지금은 무한경쟁시대'라는 말을 써왔습니다. 정부의 공식문서는 물론 온 사회가 이구동성으로 외쳤습니다.

과연 세상은 그처럼 무한경쟁의 세상일까요? 아닙니다. 잘못 생각하여도 보통 잘못 생각한 것이 아닙니다. 욕망적 시각에서 보면 그럴 것입니다. 자신의 가슴속에 욕망이 가득 차 있으므로 그렇게 보이는 것입니다.

인간은 짐승이 아닙니다. 인간의 세상은 약육강식의 세상이 아닙니다. 타자와 경쟁은 하지만 패배한 타자도 존중받는 것이 사람의 세상입니다. 이 점이 패배한 타자를 잡아먹는 짐승들의 세상과 다른 점입니다.

그런데 왜 우리의 세상을 무한경쟁이라 못 박습니까? 이런 시각은 갈등과 대립을 부추깁니다. 시기와 질투를 가져오고 소통을 가로막고 불통과 단절을 가져옵니다.

둘째, 욕망의 유혹에 빠지면 성취를 위해 물불을 가리지 않게 됩니다. 수단 · 방법을 가리지 않게 됩니다. 눈을 벌겋게 부릅뜨고 돌진합니다. 부정과 부패, 편법과 반칙, 중상과 모략을 불사하게 됩니다. 부정한 청탁이 난무하게 됩니다.

욕망과 욕심이 크면 클수록 사고는 커집니다. 그렇게 해서 얻는다고 해보아야 그것들은 탁부(濁富), 탁권(濁權), 탁명(濁名)이 될 뿐입니다. 욕망과 욕심을 내려놓고 청렴(淸廉)한 방법으로 획득하는 것이 청부(淸富), 청권(淸權), 청명(淸名)입니다.

곧 청백(淸白)입니다.

셋째, 욕망은 사회적 성취를 얻은 사람을 타락하게 만들기 쉽습니다. 우리는 주위에서 돈 좀 벌었다든가, 꽤 높은 지위에 앉았다든가, 사회적으로 명성이나 인기를 얻었다는 사람들을 가까이서 볼 때가 있습니다. 그런데 그들을 만나보고 실망했다거나 오히려 불쾌했다는 느낌을 받을 때가 많습니다. 그들의 자만과 오만 때문입니다.

무척 가난했던 이가 오랜 고생 끝에 큰 부자가 되었습니다. 그는 배고플 때를 잊어버렸습니다. 돈의 위력으로 온갖 위세를 부리기 시작했습니다. 자신의 말 한마디에 쩔쩔매는 임직원들의 숫자가 늘어날수록 그는 오만해졌습니다. 눈을 내리깔고 사람을 쳐다보는 버릇까지 생겼습니다. 특히 경제적으로 없는 사람들을 쳐다보는 눈빛은 모욕적이었습니다.

한 관리는 오랜 공직 생활 끝에 장관직에 올랐습니다. 그가 장관 발령장을 받는 순간은 차관 때와 달랐습니다. 이제는 올라갈 데까지 다 올라갔음을 과시하는 느낌이었습니다. 말투부터 달라졌습니다. 한마디로 건방지다는 느낌 이외에 다른 것을 느낄 수 없었습니다.
더욱 웃긴 것은 그의 목이 달아난 다음이었습니다. 장관직에서 물러난 그는 언제 그랬느냐는 듯이 어깻죽지가 축 늘어졌습니다. 어제의 그가 아니었습니다.

심지어 종교인들도 마찬가지입니다. 소위 성직자란 사람들 중에서도 특별히 감화를 받을 만한 이들을 발견하는 것은 그리 쉽지 않습니다. 사회적 지위가 상당한 이들은 그만큼 대우를 받기 때문에 그들의 오만을 못 느낄지도 모릅니다. 하지만 경제적, 사회적으로 열등한 이들을 대하는 태도는 한마디로 안하무인인 경우가 많습니다.

세상이 사람을 오만하게 만드는 면도 있습니다. 한자리하는 사람들은 엘리베이터 앞에서 제 손으로 단추를 누르지 않습니다. 자동차 문도 제 손으로 열지를 않습니다. 그들은 손도 없나? 뭔가 사람을 타락시키는 요인들이 됩니다.

결국 이런 말을 하게 됩니다. "아서라! 돈·권력·지위·명성·인기는 저 하늘에 흘러가는 뜬구름 같은 것! 가지고 있을 때 조금만 더 겸손하게 쓸걸. 왜 진작 그것을 몰랐을까?"
정말 어려운 일입니다. 저 자신도 가장 많이 회개반성하는 것이 이 부분입니다. 자신도 모르는 사이에 나오는 자만과 오만의 모습은 없을까? 어찌하면 이 욕망으로부터, 오만의 유혹으로부터 벗어날 수 있을까를 반성하는 것입니다.

넷째, 사실 욕망을 뒤쫓을 때 사람은 그 자체로서 불안하고 초조합니다. 성취하기 위해 노심초사하게 됩니다. 그 자체가 이미 불행인 것이지요. 또 그것들을 성취한다고 해서 곧바로 행복해지는 것도 아닙니다.
행복은 더 깊은 곳에 있습니다. 행복은 욕망을 뒤쫓지 않을 때 시작됩니다. 집착을 버리고, 삼갈 줄 아는 데서 출발합니다.

이와 같이 욕망은 반드시 사고를 치고 불행을 낳습니다. 불행을 미연에 방지하기 위해 욕망을 내려놓고 마음을 비워나가야 합니다.

욕망과 욕심을 내려놓을 때 갈등과 대립, 불통과 단절, 부정과 부채, 편법과 반칙이 없어집니다. 또 자만과 오만, 불안과 초조가 없어집니다. 그 빈자리에 사랑과 자비가 채워집니다.

사랑과 자비의 첫 번째 상대는 바로 자신입니다. 그리고 그 사랑은 곧 남에 대한 사랑으로 나타납니다. 이처럼 욕망과 욕심을 내려놓는 것이 곧 나를 사랑하는 것입니다. 거꾸로 나를 사랑함으로써 욕망과 욕심을 내려놓게 됩니다.

그것이 곧 행복입니다.

무소유? 무작정 소유?

Q 욕망과 욕심을 내려놓자고 말씀하셨는데, 우리가 종교인도 아닌데 완전히 내려놓기는 어려울 것 같습니다. 그러면 어느 정도까지 내려놓아야 하나요?

지금까지 돈, 권력, 지위, 명성, 인기 등의 사회적 성과물은 수단과 방법에 불과한 것인데, 그것들을 목표로 삼으면 안 된다고 말했습니다.

왜냐하면 목표를 상실한 채 수단 방법에만 혈안이 되면 그 달콤함 때문에 실수를 저지르기 때문입니다. 그래서 욕망을 내려놓자고 제안했습니다.

그렇다면 그 달콤한 돈, 권력, 지위, 명성, 인기 같은 것들은 모두 포기해야 하나, 아니면 어느 정도만 소유해야 하나의 문제가 생깁니다.

무소유? 그것은 처음부터 불가능한 일입니다. 그것이 가능한 것은 공동생산, 공동분배의 원시 공산주의 사회뿐입니다. 개인의 차원에서도 마찬가지입니다.

사과 한 조각이 있다고 칩시다. 이 사과가 이전에 누구의 소유였든, 내 입속에 들어가는 순간 그것은 내 소유가 됩니다. 그러니 사람은 태어날 때부터 무소유로는 한 순간도 살 수가 없습니다.

성현들이나 법성 스님이 무소유를 가르친 것은 '무소유 정신'으로 살라는 것이지, 아무것도 먹지 않고 벌거벗고 살라고 가르친 것은 아닙니다. 무소유는 처음부터 존재할 수 없습니다.

그렇다면 무작정 소유? 무소유의 반대라면 무작정 소유라고 할 수 있겠는데, 이는 눈앞에 보이는 대로 수단 방법을 가리지 않고 무작정 소유하는 것입니다. 그러나 그것은 곧 이윤의 극대화를 위해서는 온갖 탐욕을 자행하라는 것밖에 되지 않습니다.

자본주의의 극단적 변형으로 나타나는 탐욕적 자본주의의 술책입니다. 그래서 성현들은 늘 탐욕에 사로잡혀서는 안 된다고 가르쳤습니다.

그렇다면 인간은 도대체 얼마를 소유하고, 얼마를 남기고 가야 하는가? 답은 간단합니다. 꼭 필요한 만큼만 소유하고 그 이상의 것은 절제하는 것입니다.

이를 저는 '적정소유'라고 부릅니다.

적절한 만큼 소유하고 그것이 넘치지 않도록 욕망을 절제하자는 것입니다.

우리는 대체로 무조건 더 많은 돈을 벌고 더 많은 권력을 차지하고 더 많은 지위, 명성, 인기를 누리려고 하는 경향이 있습니다. 그래서는 안 됩니다. 꼭 필요한 만큼만 벌고 꼭 필요한 만큼만 차지하고 꼭 필요한 만큼만 누리려고 노력해야 합니다.

자기 사랑 4 : 적정 소유하기

Q 적정한 소유라는 것이 너무 애매합니다. 사람에 따라 '적정한 수준'이라 생각하는 것이 하늘과 땅 차이 아닐까요?

물론 사람에 따라 차이가 있을 테지요. 어떤 이는 100억 원을 벌어야 적정하다고 생각하고 어떤 이는 1,000만 원만 벌어도 적정하다고 생각합니다. 그것은 필요에 대한 객관적 판단 차이일 수 있고, 욕망의 내려놓기에 대한 주관적 수준의 차이일 수도 있습니다.

문제는 이제야말로 '적정소유'에 대해 본격적으로 공론화해야 할 시점이 되었다는 것입니다. '소유의 극대화'가 아니라 구체적인 상황과 조건 속에서 어느 수준이 '최적(最適)의 소유'인가를 연구해야 하는 시대가 왔다고 주장하는 것입니다.

　경주 최부자는 1만 석 이상은 벌지 말라고 했다고 합니다. 그렇다면 왜 1만 석이라고 기준을 정했을까요? 그것은 그에게 적정한 수준이었을까요?

　또 흉년에는 땅을 사지 말라고 했다고 합니다. 그렇다면 그것은 적정한 수준이었을까요? 더 이상 벌 수 있는데도 거기에 멈추게 한 기준은 무엇일까를 연구해보아야 한다는 것입니다. 그리고 오늘의 시대는 어떤 기준을 세워야 할지를 연구해야 한다는 것입니다.

　'적정 수준'이란 사람마다 다를 것이고, 직종, 연령, 활동량에 따라 다를 것입니다. 이제 경제학을 다시 써야 합니다.

　획기적 발상의 전환이 일어나야 합니다. '어떻게 더 많이, 더 크게 획득할 것인가'에서 '어떻게 더 절제하고 더 버리고 더 비울 것인가'로 화두를 바꾸어야 합니다. '적정 경제학'을 써야 합니다.

　이는 실로 엄청난 반전입니다. 그동안 우리는 너무나 욕망적이고 동물적인 경쟁 속에서 살아왔습니다. 이제 거기에서 한발 빼서, 버리고 비우는 진정한 사람의 모습으로 돌아가야 합니다.

무욕(無慾)이란 아무것도 욕구하지 않는 것이 아니라고 생각합니다. 욕심을 내려놓고 욕심이 없는 상태에서 '최적의 소유'를 지키고자 하는 상태가 무욕이 아닐까 합니다.

최적이라 함은 과(過)하지도 아니하고 부족하지도 아니한, 바로 그런 상태일 것입니다.

플라톤은 "현명한 마부는 욕망과 복종이라는 두 마리 말을 균형 있게 다룰 줄 안다"고 했습니다. 욕망을 감성, 복종을 이성이라고 한다면 '지나친 욕망과 모험' 그리고 '지나친 경계나 자기보호' 사이에서 균형을 찾는 것이 현명하다는 뜻입니다.

감성과 이성의 심리적 균형이 위와 같은 '적정소유'를 가져올 것입니다. 이것이 최적의 균형입니다.

여기에서 유념해야 할 것이 있습니다. '남들과 비교하지 않기'입니다. 내가 나에게 적정하다고 생각하면, 그것이 기준입니다. 사사건건 남들과 비교하는 것은 자기를 상실하는 것입니다. 남들과 비교하는 순간 나는 온데간데없이 사라집니다. 남들이 나에게 쳐들어와 주인 행세를 하는 꼴이 됩니다.

나의 주인은 나입니다. 왜 내가 남의 기준에 따라 살아야 합니까? 사람은 모두 다릅니다. 따라서 스스로 적정하다고 생각하는 기준도 다릅니다. 다들 남들과 비교하지 말고 각자가 생각하는 기준대로 삽시다. 적정소유, 그것도 내 기준대로 삽시다.

비교가 가져오는 폐해는 너무 큽니다. 비교해서 자신이 많거나 크다고 생각되면 우쭐해지고 거만해지기 쉽습니다. 반면에 적거나 작다고 생각되면 열등감이나 패배감에 빠질 소지가 있습니다. 둘 다 '자살골'입니다.

주체성 없는 비교 습관은 자신을 파멸로 이끕니다. 자신을 사랑하지 않는 대표적인 사례입니다. '적정소유'의 수준을 찾고, 남들과 비교하지 않는 것이 자신을 사랑하는 길입니다. 부디 자신을 사랑합시다.

이와 같은 기본자세는 개인뿐 아니라, 기업이나 단체, 국가도 똑같이 해당된다는 것이 저의 주장입니다. 개인이 '적정소유'를 추구해야 하는 것처럼, 기업도 '적성소유의 기업'이 되어야 한다고 생각합니다.

이윤추구 조직인 기업에 대해 이렇게 말하면 쉽게 납득이 되지 않을지 모릅니다. 그러나 지속 가능하고 공동체의 일원인 기업이 되기 위해서는 발상의 전환이 필요합니다.

노조도 '적정소유의 노조'가 되어야 합니다. 심지어 국가도 '적정소유의 국가'가 되어야 한다고 생각합니다. 그래야 지속 가능한 국제적 번영과 세계평화를 이룩해나갈 수 있다고 보는 것입니다.

이것이 저의 '적정철학(適正哲學)'입니다.

chapter 03

애타(愛他)·타애(他愛) : 마음속 사랑을 꺼내기만 하면 된다

우리는 사랑 주기 위해 태어난 사람!

Q 우리는 실제로 다른 사람을 사랑하면서 살아가고 있습니다. 가족, 친구, 연인 등등이 그 대상입니다. 타자에 대한 사랑은 그 정도로서 족한 것인가요? 아니면 그 이상이어야 하나요?

자신을 사랑해주는 사람, 자신과 가까운 사람만이 아니라 자신과 인연 맺은 사람을 포함해 모든 사람을 사랑할 수 있다면 가장 큰 사랑이라고 할 수 있을 것입니다. 자신에 대한 사랑을 넘어 그 범위를 타자에게까지 확장해나갈 때 행복의 크기는 점점 더 커집니다.

톨스토이는 이렇게 말했습니다. "악기 다루는 법을 배워야 하듯이 사랑하는 법도 배워야 한다. 누군가를 사랑할 때 두려운 것도 더 바랄 것도 없어진다. 우리는 세상에 존재한 모든 것과 하나가 되는 것이다.

가장 중요한 일은 몸이 불편한 사람, 영혼이 가난한 사람, 비뚤어진 사람, 버림받은 사람, 오만한 사람까지도 모두 사랑하라. 참된 스승은 우리 삶에서 가장 중요한 것이 사랑임을 일깨워준다. 사랑은 영혼 속에 산다. '타인이 바로 자기 자신임을 깨닫는 일', 그것이 곧 사랑이다.

사람은 오직 '사랑하기 위해서' 이 세상에 태어났기 때문이다."

타자에 대한 사랑은 타자가 나의 확대선상에 있다고 생각할 때 가능합니다. 남의 일이 나와 동떨어진 일이 아니라고 생각할 때 가능한 것입니다. 가족, 친구, 연인의 경우에는 쉽게 사랑이 전해집니다.

하지만 거리가 멀수록 그만큼 사랑하기가 어렵습니다. 길 잃은 소녀, 가출한 청소년, 집 없는 노숙인, 돌봐줄 사람 없는 노인들에게까지 확대되기 위해서는 사랑의 크기를 각별하게 키워야 합니다.

타자라는 존재가 나에게 어떤 의미가 있는지, 톨스토이의 말처럼 타인이 바로 자기 자신임을 깨달을 정도에 이르려면 어떻게 해야 하는지를 탐구해야 합니다.

사랑은 참 좋은 것입니다. 사랑을 받아보면 압니다. 그러나 사랑받기를 원하는 것은 가만히 앉아서 불로소득이 생기기를 바라는 것과 같습니다. 사랑을 받기 위해서는 사랑을 주어야 합니다. 사랑은 '주는 것'입니다.

사랑과 자비는 서로 공명을 합니다. 사랑의 화살을 누군가에게 쏘면, 그 화살을 받은 사람에게서도 울림이 생겨납니다. 사랑의 화살은 공명을 일으켜 메아리가 되어 돌아옵니다. 사랑은 사랑을 일깨웁니다. 가슴 속에 사랑이 충만하면 충만할수록 그 공명의 크기는 커집니다.

사랑은 차별이 없습니다. 하늘의 태양이 그 무엇을 차별하지 않고 모든 사물을 비추듯이 우리의 사랑도 너 나를 가리지 않고 날아갈 수 있습니다.

어린아이가 누구에게나 사랑스러운 미소를 보내듯 사랑은 본래 무차별적인 것입니다. 그런데 우리는 사람인지라 눈앞의 이익에 가로막혀 그 사랑이 제한되기 일쑤입니다. 그래서 노력해야 합니다. 마음먹기에 따라 사랑은 얼마든지 넓혀질 수 있습니다.

사랑 중에 가장 큰 사랑은 어떤 사랑일까요? '촛불 같은 사랑'이 아닐까 합니다. 촛불은 자신을 태워 희생할 수 있습니다. 자신을 지극히 사랑하는 이들만이 자신을 태울 수 있습니다.

이것이야말로 위대한 사랑입니다.

우리는 이미 사랑하고 있다

Q 나를 넘어서 남과 이웃, 공동체를 사랑하자고 하셨는데 이는 종교인이나 사회활동가의 몫이 아닐까요? 보통 사람들도 이런 사랑을 실천해야 하나요?

당연히 실천해야 하지요. 하지만 그보다 먼저 알아둘 것이 있습니다. 우리는 이미 그런 사랑을 실천하고 있다는 사실입니다.

우리 모두는 자기실현을 위해 열심히 일하고 활동합니다. 그런데 그것이 과연 이기적인 면에 국한된 것인지, 아니면 어떤 형태로든 이타적인 면을 포함하고 있는지 살펴봐야 합니다. 사람들은 자신을 위해 일하는 것이 이기적이라고 생각하지만, 생각을 살짝 바꿔보면 그 자체로도 충분히 이타적이란 사실을 알 수 있습니다.

예컨대 어떤 이가 음식점을 경영할 때, 그 행위가 오로지 자신만의 잇속을 도모하는 결과를 가져온다고 할 수 있을까요?

아닙니다. 음식점 사업을 통해 이익을 획득한다는 점에서 보면 분명 이기적입니다. 그러나 다른 측면에서 보면 많은 이타적인 면을 발견할 수 있습니다. 식재료상의 물품을 구입해서 매출을 올려주었고, 종업원을 채용해 일자리를 창출했고, 배고픈 고객들에게 맛있는 음식을 제공한 것입니다.

또 100만 원짜리 원자재를 구입해 근로자들이 가공하고 거기에 이윤을 붙여서 120만 원에 판매했다고 합시다. 원자재 구입에 더 많은 돈을 주지 않았고, 근로자에게 필요 이상의 급여를 주지 않았고, 소비자에게 특별히 싸게 판매하지 않았으므로 특별히 도움을 준 것이 없다고 생각할 수 있습니다.

그러나 만일 우리가 100만 원짜리 원자재를 사주지 않았다면, 또 원자재를 가공하는 근로자들을 채용하지 않았다면, 제품을 생산해 팔지 않았다면 어떻게 됐을까요? 원자재상이, 근로자가, 소비자가 혜택을 얻을 수 있었을까요?

비록 장부상으로는 등가적인 관계이지만 우리의 삶은 이미 타인에게 많은 유익함을 주고 있다는 사실을 발견하게 됩니다.

물론 자신의 잇속을 채우기 위해 타인에게 해를 끼치는 경우도 많습니다. 노임을 착취하고 폭리를 취하고 구매자를 기만하는 것 등등이 그렇습니다. 우리가 규탄해야 할 부분은 바로 이런 비도덕적인 부분입니다.

이런 부당한 거래를 제외하면 대부분의 비즈니스에 이타적 행동이 포함되어 있음을 발견할 수 있습니다. 항상 대가적 관계에서 이루어지기 때문에 이타성이 특별히 부각되지 않고, 스스로도 의식하지 못할 뿐입니다.

이처럼 사람들은 자신의 직업이나 일·활동을 통해 어느 정도 이타적인 행동을 하고 있습니다. 심지어 우리가 먹고 자고 운동하는 행위 하나하나까지도 수많은 이타적인 결과들이 포함되어 있습니다. 그런 점에서 사람들은 태생적으로 도덕적입니다. 이미 남을 위한 선행을 하고 있는 것입니다.

이것은 마치 숲의 이치와 같습니다. 숲에는 큰 나무, 작은 나무, 넝쿨, 잡초에 이르기까지 수많은 식물들이 살아갑니다. 그들은 각자 자기의 생존을 위해 살지만 동시에 서로 혜택을 주고받으며 살고 있는 것입니다.

피해 안 주기에서 축복하기까지

Q 어떻게 남을 사랑할지 모르겠습니다. 봉사나 기부활동을 해야만 사랑하는 걸까요? 일상생활에서 어떻게 사랑을 실천해야 할까요?

남을 사랑하는 첫 번째 방법은 무엇보다 남에게 피해를 주지 않는 것입니다. 빼앗고 해치고 상처 주고 가슴에 못을 박고 정복하고 짓밟고 죽이고 하지 않는 것입니다. 의도적으로 피해를 주는 것은 물론, 무의식적으로 남에게 해를 끼치는 것도 미안한 일입니다. 내가 먹고사는 일로도 남에게 해를 끼쳐서는 안 됩니다.

이런 일 중에는 실정법으로 규제되어 법으로 처벌받는 경우도 있습니다. 그러나 법에 의해 처벌되지 않는다 해도 남에게 피해를 주는 행위는 잘못된 것입니다. 그것은 결국 또 다른 원죄나 업보를 만들지 모릅니다. 척지지 말라는 표현을 쓰기도 합니다. 우리는 자신도 모르게 수없이 남에게 피해를 주면서 살고 있는지 모릅니다.

그것들을 찾아서 깨닫는 것이 숙제입니다.

우리는 여름이 되면 에어컨을 씁니다. 그런데 이 에어컨이란 놈은 무척 이기적인 놈입니다. 에어컨을 틀고 방 안에 있으면 나는 시원합니다. 그러나 그 순간 뜨거운 공기를 밖으로 내보냅니다. 밖에 있는 사람들, 죽어라 죽어라 하는 것과 같습니다.

자동차는 어떻습니까? 우리가 차를 이용해 편익을 만끽하는 동안 차는 열심히 배기가스를 배출합니다. 밖에 있는 사람들뿐 아니라 온 하늘의 공기를 오염시킵니다.

문명의 이기도 타자에게 끼치는 피해를 최소화하며 누려야 합니다. 꼭 필요한 경우에 한해서 절제적으로 활용해야 합니다.

우리는 남에게 단순히 피해를 주지 않는 차원을 넘어서서 이롭게 해주어야 합니다. 내가 하는 일로 인해 도움을 줄 수 있다면 가장 이상적입니다. 서로가 서로를 이롭게 할 때 상생의 관계가 형성됩니다. 최소한 공존공생의 관계가 형성됩니다.

봉사하고 기부하고 나누는 것도 그 일환입니다. 그리고 항상 칭찬하고 격려하고 위로해주어야 합니다. 열린 마음으로 소통해야 합니다. 용서하고 화해하고 화합해야 합니다. 이 모든 것들이 '배려하기'입니다.

애타(愛他)의 최선은 '축복하기'입니다. 가깝고 친하고 사랑하는 사이에서 축복하는 것은 그리 어렵지 않습니다. 그러나 사이가 좋지 않거나 모욕이나 무시, 피해나 공격을 받은 사이에서 축복하기란 그리 쉬운 일이 아닙니다. 용서가 전제되어야 할 경우도 있고 구태여 축복까지 할 필요가 있느냐고 생각되는 경우도 있습니다.

그러나 축복은 애타의 크기와 관련된 것입니다. 애타의 마음이 크면 클수록 큰 축복을 보낼 수 있습니다. 기독교나 불교에서 사용하는 기도의 방식으로 할 수도 있습니다. 아니면 마음을 집중해서 마음의 화살을 쏠 수도 있습니다. 축복이 아니라 저주를 보내면 그 저주의 화살은 다시 자신에게로 되돌아옵니다. 자신을 더욱 큰 고통 속으로 몰아넣습니다.

예의도덕(禮儀道德)이나 윤리(倫理)가 따로 있다고 생각하지 않습니다. 그런 규범들도 모두 이런 애타(愛他)의 마음에서 나오는 것이 아닐까 합니다. 이웃을 사랑하는 것, 보시(布施)하는 것, 적선(積善)하는 것이 모두 애타(愛他)의 길입니다.

홍익인간(弘益人間)! 이보다 더 큰 감동이 있을까 합니다.

홍익적(弘益的)으로 사는 것, 좋은 일 하다 죽는 것, 얼마나 좋은 일입니까?

우리가 사랑해야 하는 이유

Q 왜 우리는 자신의 행복을 넘어 공동체의 행복에까지 기여해야 하나요? 왜 봉사와 기부의 삶을 살아야 하나요?

여러 가지로 설명할 수 있겠으나, 저는 4가지로 설명하고자 합니다.

첫째, 감성적·이성적 이유입니다. 세상에 기여하고자 하는 마음이 사람들에게 이성적으로 요구되는 것인지, 아니면 감성적으로 존재하는 것인지의 문제입니다.

저는 우리에게 감성적으로 애타(愛他)하는 마음이 내재해 있다고 생각합니다.

언젠가 대학생 몇 명이 인터뷰를 하러 와서 이런 질문을 했습니다.

"평소 힘없고 고통 받는 약자들을 위해 일을 많이 해야 한다고 하시는데 그 이유가 무엇인가요?"

무척 어려운 질문이었습니다. 그때 제 입에서 불쑥 나온 말이 있었습니다.

"그냥 미안해서요!"

그랬더니 재차 물었습니다.

"무엇이 미안하신데요?"

그래서 저는 이렇게 대답했습니다.

"돈이 많은 사람은 돈이 적은 사람을 보면 한편으로는 우쭐하지만,

다른 한편으론 왠지 미안한 마음이 듭니다. 또 튼튼한 체력을 가진 사람은 그렇지 못한 사람을 보면 한편으로는 으스대는 마음이 들지만 다른 한편으로는 왠지 미안한 마음이 듭니다. 그런 마음 아니겠습니까?"

맹자는 어린아이가 우물에 빠지는 것을 본 사람은 누구나 놀라고 걱정하고 불쌍한 마음이 든다고 했습니다. 자신과 아무런 관련이 없는 아이지만 그런 불행을 '차마 보지 못하는 마음'이 있다고 한 것입니다. 또 남에게 해를 끼치는 일을 '차마 하지 못하는 마음'도 있다고 했습니다.

맹자는 나아가 '측은지심'에 대해서도 얘기했습니다. 슬퍼하고 걱정하는 마음입니다. 측은지심은 누구에게나 가슴속 깊은 곳에 있는 '어질 인(仁)'의 본성입니다. 윗사람이 아랫사람에 대해 불쌍히 여기는 마음으로 오해해서는 안 됩니다.

그것이 곧 사랑과 자비(慈悲)의 마음입니다.

저는 우리들 마음속에는 누구나 사랑과 자비의 마음이 충분히 내재되어 있다고 생각합니다. 그런 마음들을 우리는 본래 타고났다고 생각하는 것입니다. 내재된 사랑과 자비의 마음이 늘 작용할 준비가 되어 있다는 것이지요.

문제는 이 잠자는 사랑과 자비의 마음을 일깨우는 것입니다. 그러면 그 마음은 화살이 되어 저 멀리 날아갑니다.

다만 이런 내재적 감성이 감성으로만 작용해서는 안 된다고 생각합니다. 모름지기 사랑도 감성과 이성이 조화된 사랑이라야 성숙한 사랑이라고 생각합니다. 성숙한 사랑에서 나오는 나눔, 감성과 이성이 잘 조화된 나눔이 지혜로운 나눔이자 최적(最適)의 나눔이라 생각합니다.

둘째로, 절제적 이유입니다. 내가 돈·권력 등 여러 가지 사회적 성과물들을 '도대체 얼마나 획득해야 최선이겠느냐'를 생각하는 것입니다. 다다익선(多多益善)일까요? 또 많이 획득했다 하더라도 그것을 어디에 어떻게 쓸 것인가의 문제가 대두됩니다.

그래서 꼭 필요한 만큼만 적절하게 획득하고 그보다 초과하는 부분에 대한 욕망과 욕심을 내려놓자는 생각을 하게 됩니다. 획득의 절제, 그리고 그 수준을 초과한 부분에 대해서는 타자를 위해 쓰는 것이 좋다고 생각합니다.
욕망을 절제한 만큼 그것들을 세상과 나누는 것입니다. 그것이 사랑과 자비의 마음입니다.

셋째로, 보은적인 이유입니다. 지금 나의 행복이 나 혼자만의 능력이나 노력에 의한 것이 아니라는 발상에서 비롯되는 것입니다. 확실히 세상의 모든 성취는 그 어느 것 하나 나 혼자만에 의해 이루어진 것이 없습니다.

　세상에 태어나 부모님의 은덕으로 성장하고 공부한 것부터 주변과 이웃, 그리고 공동체의 도움이 없이는 아무것도 이루어질 수 없는 것이 우리네 세상입니다.

　사업상의 거래를 두고 생각해보아도 그렇습니다. 내가 사업을 해서 돈을 많이 벌었다고 할 때, 그 모든 성취가 나의 노력에 의해서만 이루어졌는가?

　아닙니다. 내가 고용했던 종업원들, 원재료를 대준 납품업자들, 제품을 사준 소비자들을 비롯해서 공장을 지어준 사람들, 그 공장을 움직일 수 있도록 진기를 생신해준 이들, 시간을 거슬러 전기를 발견해냈던 역사적 인물에 이르기까지, 우리 인간은 정말 혼자서 잘난 체해서는 안 되는 존재인 것입니다.

　대가 없이 받은 혜택은 물론이고, 대가를 지불한 것이라 해도 마찬가지입니다. 간혹 대가를 지불할 수 없는 경우도 있습니다. 그 어떤 경우든 내가 받은 혜택에 대해 감사하는 마음을 가지고 보은을 해야 한다는 생각입니다.

선택이 아니라 의무

🅠 아직 한 가지 이유를 말씀하지 않았습니다. 봉사와 기부를 해야 할 또 다른 이유는 무엇입니까?

넷째는 현실적인 이유라 할 수 있습니다. 현실적으로 당연히 해야만 하는 것이란 의미입니다. 세상에는 자기만 행복하기도 벅차다고 생각하는 사람이 많습니다. 남의 행복까지 챙길 만한 여유가 어디 있느냐는 것입니다. 아마 대부분의 사람들이 그럴 것입니다.

그러나 내가 아무리 행복하다 하더라도 나의 가족이나 이웃들이 불행을 겪고 있으면, 자신도 썩 편치 않은 느낌을 받습니다. 자신은 행복하다고 느끼더라도, 자신과 가까운 곳에 있는 이들부터 멀리에 있는 이들까지 다 같이 행복하지 않으면 그 타인들의 불행이 자신에게 영향을 미치는 것을 느끼게 됩니다.

나아가 타자들의 불행이 현실적으로 나의 행복을 위협하는 요인이 되기도 합니다.

이처럼 자신의 적성을 찾아서 자기실현을 하고 있는 사람이라도, 그것이 자신만의 행복에 그칠 때, 그 행복의 크기는 제한적입니다. 이런 행복은 나만의 작은 행복에 불과합니다. 이기적 행복입니다. 자신만의 작은 행복은 완전한 행복이라고 할 수 없습니다.

사람마다 정도의 차이는 있지만 완전한 행복과는 거리가 있습니다. 우리는 좀 더 큰 행복을 찾아야 합니다. 이러한 현실적 이유로 공동체를 생각하게 됩니다. 공동체의 안녕과 복리를 위해 세금을 내고 회비를 내는 것이 대표적인 행동입니다. 공동체의 행복이 나의 행복에 보탬이 된다는 현실적 사고에서 공동체에 기여해야 하는 것입니다.

　공동체에 대한 의무의 근거로 '법'이 있습니다.
　국가는 개인에게 헌법상의 의무는 물론, 각종 법률로 수많은 책임과 의무를 부과하고 있습니다. 국민이라면 누구나 이 같은 법이 정한 책임을 솔선수범해 완수해야 합니다. 준법의무는 노블레스뿐 아니라 모든 국민에게 공통적으로 적용됩니다.
　그런데 현실에서는 돈, 권력 등 사회적 성과물을 많이 가진 사람들이 법을 더 안 지키는 경우가 많습니다. 또 탈세나 기업비리에 대해 법이 똑같은 잣대를 적용하지 않는 잘못을 저지르는 경우도 있습니다.
　사회적 성과물을 많이 소유한 자에게 오히려 관대한 경우입니다. 예를 들면 그동안에 있었던 재벌 관계자들에 대한 솜방망이 처분이 그렇습니다.

　법은 사회적 강자나 약자에게 똑같은 기준을 적용해야 합니다. 오히려 특정 분야에 개인적 특장(特長)을 가진 사람은 다른 사람보다 더 큰 부담을 져야 합니다. 소득세의 경우도 소득을 더 많이 얻은 사람이 더 높은 비율의 세금을 내도록 되어 있습니다. 그것이 공정한 과세라고 보는 것입니다. 세금은 '법에 의한 기부'라고 할 수 있습니다.

다음은 '도덕'입니다.

개인적 특장을 가진 사람의 봉사와 기부는 도덕적 의무라는 것입니다. 특히 개인적 특장을 더 많이 가진 사람은 더 큰 도덕적 의무를 부담해야 한다고 봅니다. 조물주가 인간에게 개인적 특장을 주었을 때는 그 특장을 잘 살려 자기실현을 하고, 기왕이면 함께 사는 공동체를 위해 선용하라는 뜻이 담겨 있다고 봅니다.

설사 대가를 주고받는 경우에도 무엇인가를 받으면 그것을 혜택이라고 할 수 있습니다.

여기에서 한 걸음 더 나아가 우리는 대가가 없는 선행에 주목해야 합니다. 이런 선행을 흔히 '봉사'나 '기부'라고 합니다. 이처럼 봉사나 기부는 주로 대가 없는 행위를 가리킵니다.

대가 없는 봉사와 기부는 선택이 아니라 의무입니다. 공동체를 영위하는 데 꼭 필요하다는 점에서 보면 법에 의한 봉사와 기부가 의무이듯, 도덕에 의한 봉사와 기부도 의무입니다.

이따금 신문·방송에 오르내리는 봉사와 기부 사례는 다소 특이한 경우이기 때문일 뿐, 우리의 삶 자체가 봉사와 기부입니다. 우리는 이미 봉사와 기부를 하고 있다는 자긍심을 바탕으로 그 범위를 점점 더 넓혀나가야 합니다.

소아(小我)에서 대아(大我)로!

Q 세상에는 수많은 사람들, 다시 말해 수없는 '남'들이 있습니다. 누구부터 어떤 방법으로 사랑해야 할지 모르겠습니다.

지구 상에는 70억 인구가 있습니다.

이 순간순간에도 수많은 사람이 떠나가고 또 태어납니다. 그런데 우리는 이 모든 이들과 보이게, 또는 보이지 않게 관계를 맺고 삽니다. 우리는 당장 눈앞에서 교류하는 사람들과만 관계가 있는 것으로 생각하지만 그것은 사실이 아닙니다.

예컨대, 우리나라가 아프리카의 한 국가와 관계를 맺어 경제 교류를 한다면 그 영향이 우리나라나 그 국가의 모든 국민들에게 영향을 미칩니다. 그러니 지구 상에 사는 우리 모두는 서로서로 관계를 맺고 사는 것입니다.

문제는 그것이 어떤 관계이냐에 있습니다. 상극적인 관계인지, 상생적인 관계인지, 무해무익한 관계인지 따져봐야 합니다.

상극적인 관계는 그것이 원죄든, 업보든 어차피 부딪쳐야 할 관계입니다. 하지만 그것은 극복해야 할 과제이지, 방치해둘 과제는 아닙니다. 우리는 그 누구와도 상생적인 관계를 만들어나갈 수 있어야 합니다. 그것이 이웃을 사랑하는 길이고 애타(愛他)의 길입니다.

상생까지는 못 가더라도 최소한 공존공생하는 정도에는 이르러야 합니다.

　그러나 현실적으로 남에 대한 사랑은 자기 주변의 접촉 가능한 범위에서부터 시작될 것입니다. 나 아닌 남에 대한 사랑의 가장 원초적인 형태는 자식 사랑입니다. 거의 무조건적인 사랑에 가깝습니다.

　다음은 부모님에 대한 보은적 사랑입니다. 우리가 부모님으로부터 받는 사랑을 '내리사랑'이라고 한다면, 우리가 그 은혜에 보답하는 사랑은 '치사랑'입니다. 즉 효(孝)입니다. 사랑의 범위는 부모 자식 간에서 가족으로 확대됩니다.

　스피노자가 말한 것처럼 '나'라는 존재 중 가장 작은 '나'는 오척단구인 내 몸뚱어리 하나입니다. 그러나 나의 범위를 점점 더 확대하면 나의 가족, 나의 이웃, 나의 국민, 나의 인류에까지 확대됩니다. '좁쌀 같은 나'에서 점점 '더 큰 나'로 '홍익적인 나'로 커져가는 것입니다.

　사랑이 점점 커지는 것이지요.

　그때마다 우리의 행복은 점점 더 커집니다.

　특히 사회적 약자에 대해서는 특별한 배려가 필요합니다. 어렵고 고통 받는 이들에게 사랑을 나누는 일은 시급하고 절박한 일입니다.

　일에도 순서가 있듯 사랑에도 순서가 있습니다. 사랑이 더 절실한 곳에 더 빠르게 사랑이 나누어져야 합니다. 당장에 살아가기가 힘들기 때문입니다. 소외된 이웃에 대한 사랑이 더 큰 사랑인 이유입니다.

그렇게 사랑이 커질수록 우리들의 행복도 커집니다.

　행복이 자신만의 행복에 그쳐 있을 때, 그것은 불완전한 행복입니다. 작은 나, 소아(小我)에서 점점 큰 나, 대아(大我)로 커져서 세상에 보탬이 되어야 합니다.

봉사와 기부도 적성에 맞게

Q 봉사와 기부를 하는 방법도 여러 가지가 있을 수 있습니다. 어떤 기준에서 그 방법을 선택해야 할지 알려주십시오.

우리 모두에겐 나름대로의 적성이 있습니다. 적성에 따라 능력의 차이도 있습니다. 그것이 개인적 특장입니다. 돈, 권력, 지위, 명성, 인기와 같은 사회적 성과물보다 더 중요한 것이 개인적 특장입니다.

　건강, 지식, 경험, 사람을 웃기는 능력, 노래를 잘하는 능력, 미적 능력, 직관력, 표현력, 친화력 등등 수많은 소양이 있습니다. 타고난 DNA의 영향이 가장 클 것이고, 또 꾸준히 개발함으로써 그 능력을 더욱 잘 발휘하게 된 것입니다.

　이처럼 자신의 특장을 발휘하다 보면 사회적 성과물은 뜬구름처럼 따라오는 수도 있고, 있다가 없어지기도 하고, 또다시 나타나기도 합니다.

이런 개인적 특장에 따라 봉사와 기부를 하면 스스로의 즐거움과 행복감이 훨씬 큽니다.

나에겐 특장 같은 것이 없다고 생각하지 마십시오. 이 같은 특장은 사람이면 '누구에게나' 각기 다른 형태로 있습니다.

학력이 낮거나, 가난한 사람들은 아무런 특장이 없는 것처럼 생각해버립니다. 보통 사람들은 특별한 일을 하지 못할 것이라 생각하기도 합니다. 그러나 천만의 말씀입니다. 물난리가 났을 때 튼튼한 몸으로 수십 명의 수재민을 구해낸 이가 있습니다. 신체의 일부에 장애를 가졌지만 또 다른 특장으로 세상을 놀라게 한 이들도 많습니다.

그런데도 우리는 이들의 훌륭한 특장들을 무시하거나 홀대하는 경향이 있습니다. 이는 잘못된 차별입니다.

모든 이들의 특장은 '힘'을 가지고 있습니다. 돈·권력·지위·명성·인기가 힘을 가지고 있듯이 모든 특장들은 힘을 가지고 있습니다. 그 힘을 선용하자는 것입니다. 그 힘을 남용하거나 함부로 휘두르는 것이 아니라 섬기고 헌신하는 데 활용하자는 것입니다. 우리 모두는 자신의 특장을 살려 언제든지 '솔선수범'할 수 있습니다.

'소수의 솔선수범'을 넘어 공동체 구성원 '전체의 솔선수범'은 훨씬 큰 변화를 일으킬 수 있는 위대한 힘을 가지고 있습니다.

시장의 아주머니가 배고픈 어린아이에게 주먹밥을 하나 쥐여줍니다. 이발소 아저씨가 공짜로 학생의 머리를 깎아줍니다. 이런 모습들은 오래전부터 우리 사회에서 쉽게 볼 수 있던 풍경들입니다.

이처럼 봉사와 기부는 개인적 특장을 가진 사람이 덜 가진 사람에게 행하는 것이 가장 바람직합니다. 책을 잘 읽는 사람이 못 읽는 사람을 위해 봉사하는 것, 노래를 잘하는 사람이 못하는 사람을 위해 봉사하는 것, 건강한 젊은이가 노인을 위해 봉사하는 것, 여유가 있는 사람이 궁핍한 사람을 위해 기부하는 것 등등입니다.

확실히 특장을 가진 사람들에게는 그에 따른 의무가 부여된다고 할 수 있습니다. 사람은 자신의 특장을 활용할 때 가장 신 나고 보람 있습니다. 또한 가장 쉽게 접근하고 쉽게 완수할 수 있습니다.

봉사와 기부는 전 생애적으로
- -

Q 봉사 · 기부 · 나눔은 언제부터 시작해야 하나요? 또 언제까지 해야 하나요?

봉사와 기부, 나눔은 선택이 아니라 의무입니다. 따라서 이런 활동은 전 생애에 걸쳐서 이루어져야 합니다.

인간의 행동을 '받는 것'과 '주는 것'으로 나눌 때, 받는 것은 '이기' 즉 자기에게 이득이 되는 것이고, 주는 것은 '이타' 즉 타인에게 이득이 되는 것입니다. 받는 것은 소유나 획득이 늘어나는 것이고, 주는 것은 나눔이나 분배가 늘어나는 것입니다.

인간이 가장 이기적일 때는 언제일까요?

갓난아기 때가 아닐까요? 더 나아가 엄마 배 속 양수에 둥둥 떠 있을 때가 아닐까요? 그때는 주는 것은 없고 받기만 합니다. 갓난아기들은 배가 고프면 무조건 울어댑니다. 엄마가 어떤 상태에 있든지 상관없이 마냥 울어댑니다. 먹을 것을 달라는 겁니다. 그러면 엄마는 무슨 수를 써서라도 먹을 것을 찾아 먹입니다.

배가 고픈데, 엄마가 지금 바쁘거나 다른 사정이 생겼으니 엄마를 배려해 조금 기다렸다가 울어야겠다고 생각하는 갓난아기가 있을까요? 그런 아기는 없습니다. 어린 시절에는 그저 받는 존재일 뿐, 나누어주는 것이 없습니다. 그래서 이기적이라면 이기적인 시기입니다.

그러다가 좀 더 자라면 학교에 다니고 공부를 합니다. 이때는 누구 덕으로 학교에 다닙니까? 역시 부모님이나 보호자의 도움이 절대적입니다. 중학교까지는 의무교육이므로 우리 사회 전체가 도움을 줍니다.

0세부터 10대 후반까지의 인생 1단계, 즉 미래의 삶을 준비하는 과정에서는 주는 것보다 받는 것이 더 많습니다. 이것은 평생의 빚이 됩니다.

우리의 삶은 태생적으로 빚을 지고 시작하는 것입니다. 부모님께 효도하라는 것도 이 때문입니다. 다른 이들의 은혜에 보답하는 훈련도 아동기부터 시작해 청소년기에도 지속되어야 합니다.

인생 1단계는 나눔을 배우는 시기입니다. 학교에서 지식을 배우듯 나눔도 배워야 합니다.

인생 2단계, 20대와 30대에 들어서면 주고받는 이치를 깨닫게 됩니다. 돈을 주고 물건을 사고, 직장에 취직해 일을 하고 그에 상응하는 보수를 받는 것과 같이, 세상의 대가적인 이치를 깨닫습니다.

더 나아가 인생 3단계인 40대와 50대가 되면 성취의 욕구가 강해집니다. 자식들을 양육해야 하는 책임이 커짐에 따라 욕망도 커집니다. 그래서 주고받는 대가의 관계 속에서도 자신의 욕심을 더 채우려는 이기적인 행동이 나오기 쉽습니다.

예긴대 백 원짜리 물건을 사 와서 20원의 이윤을 남기고 120원에 파는 것이 적절한데, 욕심이 생기면 130원에 팔려고 합니다. 또 하루 8시간 일하고 200만 원의 봉급을 받는 사람이 1시간 게으름을 피우고 200만 원의 봉급을 그대로 받는다면 이 역시 1시간만큼의 이기적인 행동을 한 것입니다.

인생 4단계인 60세를 넘어서서도 끝없이 이기적인 욕망에 빠지는 경우가 많습니다. 이를 두고 노욕(老慾)이라고 합니다.

이처럼 전 생애를 살펴볼 때 우리는 태어날 때부터 빚을 지고 태어났고, 또 그 후에도 줄곧 주는 것보다 받는 것이 더 많은 구조라는 것을 알 수 있습니다. 그래서 우리는 그때그때 봉사하고 기부하고 나누는 일을 병행해나가야 합니다.

단순히 주고받는 것만으로는 부족합니다.

주는 일에 더 비중을 두어야 합니다. 그리고 이 일은 전 생애적으로 해야 합니다. 나이 들어서도 활동이 가능한 시기까지는 해야 한다고 생각합니다. 그래야 어린 시절에 받았던 은혜들을 조금이라도 갚게 됩니다. '보은의 잔치'입니다.

연령대별로 살펴보더라도 나눔은 선택이 아니라 의무이고 보은입니다.

붕어빵 할머니, 욕심을 내려놓은 빈자리에……

Q 봉사하고 기부하고 싶어도 마음뿐이지 선뜻 나서지지 않는 경우가 많습니다. 그 이유는 무엇이고 어떻게 해야 행동으로 옮길 수 있을까요?

우리는 흔히 "나누면 행복하다"고 말합니다. 그런데 내 주머니에서 돈이 빠져나가는데 그것을 마냥 행복하다고 느낄 수 있을까요? 오히려 아깝다는 생각이 더 많이 들지 않을까요? 그렇다면 나누면 행복하다는 말은 어디에서 나왔을까요?

그것은 나누기 위해서 욕심을 내려놓았다면, 욕심을 내려놓은 그만큼 행복하다는 의미입니다. 만일 욕심을 내려놓지 않은 상태에서 남들의 눈치 때문에 반강제로 나눔을 행한다면 결코 행복하지 않을 것입니다.

단순히 나누어서 행복한 것이라기보다는 내가 욕심을 내려놓았기 때문에 행복한 것입니다.

붕어빵 할머니를 예로 들어보겠습니다. 예나 지금이나 아이들이 방과 후 지나다니는 길에서 붕어빵 할머니를 만날 수 있습니다. 요즘 돈 1,000원이면 붕어빵 3개 정도를 줍니다. 그런데 한 아이가 돈은 없고 붕어빵은 먹고 싶어 물끄러미 쳐다봅니다.

할머니가 붕어빵 하나를 건네자, 아이는 덥석 받아들더니 호호 불면서 맛있게 먹어치웁니다. 이 작은 에피소드에서 우리가 발견할 수 있는 것은 무엇일까요?

할머니가 1개에 약 330원 하는 붕어빵을 공짜로 주는 마음은 어디에서 나온 것일까요? 다름 아닌 돈 330원을 받아야겠다는 마음을 내려놓았기 때문입니다. 돈 330원에 대한 욕심을 내려놓은 것입니다.

욕심을 내려놓은 만큼 나눠줄 수 있었고, 그만큼 흐뭇하고 행복해진 것입니다. 우리에게는 전통적으로 덤을 얹어주는 문화가 있었습니다. 참 아름다운 전통입니다. 우리는 덤을 주는 만큼 욕심을 내려놓는 연습을 많이 한 민족입니다.

경주 최씨 부자는 1만 석 이상은 벌지 말라고 했다고 합니다. 돈이 많아서 2만 석이고 3만 석을 더 벌 수 있는데 왜 1만 석 이상은 벌지 말라고 했을까요? 그것은 2만 석, 3만 석을 벌 수 있는 욕망을 버리라는 뜻입니다.

또 흉년에는 땅을 사지 말라고 했다고 합니다. 흉년에 값싸게 나온 땅들을 사들인다면 나중에 더 큰 부자가 될 수 있습니다. 그런데 그것을 하지 말라는 것입니다. 흉년기에 형편이 어려워 할 수 없이 땅을 내놓은 사람들 가슴에 못 박는 일을 하지 말라는 의미입니다. 말하자면 싼 값에 사들이고자 하는 욕망을 내려놓으라는 것입니다.

카네기는 부자로 죽는 것은 부끄럽다고 말했습니다. 삶의 전반기에는 부를 획득하고 후반기에는 부를 분배하라고 했습니다. 인생 후반기에는 돈을 더 많이 획득할 수 있는데 왜 분배하라고 했을까요? 그것은 곧 욕망을 절제하라는 의미일 것입니다.

'노블레스'만 '오블리주' 하나?

Q 요즘 '노블레스 오블리주'라는 말을 많이 들을 수 있습니다. 사회 지도층의 솔선수범을 강조하는 말인데 바람직한 현상이라고 할 수 있겠죠?

사실 저는 '노블레스 오블리주'란 말을 그리 좋아하지 않습니다. '노블레스'는 '귀족', '오블리주'는 '책임지다', '의무를 지우다'라는 의미인데 지금 시대에는 더 이상 노블레스가 존재하지 않습니다.

요즘은 '높은 사회적 신분에 따른 도덕적 의무' 정도로 해석하는 경향이 있는데, 도대체 그 '높은 사회적 신분'은 또 무엇이랍니까?

우리가 자주 쓰는 '사회 지도층'이라는 말이 있습니다. 저는 이 말 또한 마음에 들지 않습니다. 지금과 같은 사회에서 도대체 누가 높은 신분이고, 누가 누구를 '지도'한다는 것입니까? 또 어디까지가 사회 지도층이냐는 논란이 있을 수 있습니다. '현대판 귀족 계층'이 아니냐는 말도 나올 수 있습니다.

세상에는 돈, 권력, 지위, 명성, 인기 등등을 얻은 사람과 얻지 못한 사람을 구별하는 경향이 여전합니다. 우리가 자신의 적성에 따라 활동하다 보면 위와 같은 사회적 성과물을 얻기도 하고 못 얻기도 합니다. 그런데 사회적 성과물을 얻은 사람은 그만큼 '힘'을 행사하게 됩니다.

예컨대, 돈에는 '힘'이 따릅니다. 돈으로는 물건을 살 수 있을 뿐 아니라 사람도 살 수 있습니다. 이를 금력(金力)이라 합니다. 권력(權力), 세력(勢力) 등등의 영향력도 마찬가지입니다.

사실 이 같은 '힘'은 마구 휘두르라고 주어진 것이 아닙니다. 남용하거나 횡포를 부려서는 안 됩니다. 오히려 섬기고 헌신하고 선용(善用)하라고 주어진 것입니다. 그래서 이런 힘을 가진 사람들이 솔선수범해야 한다는 주장이 나오게 됩니다. 이들이 솔선수범하면 더 큰 파급

효과가 나올 것이라는 생각입니다.

그런데 과연 그럴까요? '힘'을 가진 이들이 그 '힘'을 선용해야 한다는 말은 옳지만, 그런 생각의 밑바탕에는 변형된 귀족의식이나 소수의 엘리트 의식이 자리 잡고 있지는 않은지 의문입니다. 그 같은 사회적 성과물을 얻은 사람들은 매우 특별한 사람인 것처럼 생각하는 경향이 있지 않느냐는 것입니다.

세상에는 그 같은 사회적 성과물 외에도 많은 가치 있는 것들이 있습니다. 그런데 유독 그것들만을 강조하는 것은 오해의 소지가 있습니다.

또 파급효과 면에서도 그렇습니다. 예컨대, 김밥 할머니가 1,000만 원을 내놓는 것이 재벌이 1조 원을 내놓는 것보다 훨씬 더 큰 감동으로 다가옵니다.

저는 세상에서 '솔선수범'할 자가 누구인지에 대해 새로운 접근을 해야 한다고 생각합니다. 과거에는 노블레스와 같은 '사회적 성과물을 얻은 소수'에게 솔선수범을 강조하였다면, 새로운 시대에는 '모든 이'들의 솔선수범을 강조해야 한다고 보는 것입니다.

이제 특별한 신분이나 지위는 없습니다. '만인의 만인에 대한 투쟁'이 아니라 '만인의 만인에 대한 선행'으로 방향을 바꿔야 합니다. '다수를 위한 소수의 솔선수범'이 아니라 '만인의 만인을 위한 솔선수범'이 강조되어야 한다고 생각합니다.

인생 2막 : 받은 것을 나누는 축제의 시간

❓ 은퇴 후나 인생 2막을 준비하는 분들에게 특별히 어떤 말씀을 해주시겠습니까?

개인의 삶을 인생 1막과 2막으로 나눌 경우, 그 시점은 언제로 보는 것이 좋을까요? 한 생물학자는 50세 전후라고 합니다. 아마 여성의 폐경기를 기준으로 본 것이라 짐작됩니다.

그러나 사회 경제적으로 보면 55세에서 65세에 퇴직하는 사람들이 많으므로 이때를 기준으로 볼 수 있습니다. 또 1갑자(甲子)를 논하는 이들은 60세를 기준으로 합니다. 아무튼 사람은 이 시기를 전후해서 인생 2막을 맞이합니다.

사실 인생 1막은 정말 일벌레처럼 일하고, 가족을 부양하기 위해 돈을 벌어야 했습니다.

그러자면 아무래도 눈앞의 이익에 매달려 앞만 보고 내달리기 쉽고, 그러다 보면 다분히 이기적인 면이 앞설 수밖에 없습니다. 그러니 가장 이기적이라고 할 수 있는 갓난아기 때부터 시작해 인생 1막은 전체적으로 이기적인 측면이 많다고 볼 수 있습니다.

그런데 인생 2막에는 새로운 과제가 주어집니다.
'벌충'을 해야 하는 것입니다. 인생 1막이 아무래도 이기적일 수밖에 없는 구조였다면 인생 2막에서는 이타적인 삶으로 벌충을 해야 하지 않겠느냐고 생각해보는 것입니다. '받은 것'보다 '주는 것'이 적었으므로 '주는 것'을 더 많이 해야겠다고 생각하는 것입니다.

혹시 우리가 죽어서 누군가에게 심판을 받게 된다는 생각을 해본 적이 있습니까?

굳이 종교적 견해가 아니더라도, 이런 생각은 바람직한 삶을 위해 유익할 수 있습니다. 이타적으로 살았다는 평가를 받지는 못할지라도, 최소한 이기적인 삶과 이타적인 삶이 비슷한 정도라도 되면 좋겠다고 생각을 하게 됩니다.

'받은 것'에 대해 '보은'을 해야 한다는 과제도 있습니다. 1막에서는 너무 바빠서 챙기지 못했던 세상에 대한 감사하는 마음을 나누는 것입니다.

인생 2막은 이처럼 '벌충'하고 '보은'하기 위해 받은 것을 나누는 축제의 시간입니다. 능력껏 봉사하고 기부하고 나누는 일에 관심을 가질 일입니다.

인생 2막의 봉사, 역시 자신의 적성에 따라 하는 것이 가장 바람직하다고 생각합니다. 능력도 발휘할 수 있고 행복감도 높아집니다.

무엇보다 후진을 돕고 격려해주는 일에 자신의 적성을 발휘하는 것이 좋을 듯합니다. 특히 젊은이들에게 말 한마디라도 자신의 경륜을 전해줄 수 있다면 더없이 좋을 것입니다. 회사 생활에 대해, 자영업 노하우에 대해, 기술 연구에 대해, 농촌개발에 대해…… 자신의 평생 노하우와 지혜를 후진들에게 전달해 조금이라도 보탬이 된다면 얼마나 좋겠습니까?

일찍부터 "나는 나이 들어서 어떤 적성에 맞는 봉사활동을 할 수 있을까" 구상해놓는 것이 좋을 듯합니다. 늙어서 움직일 수 있을 때까지 일거리를 놓지 않는 것이 좋습니다. 다만 돈벌이를 위한 일거리보다 봉사할 수 있는 일거리였으면 좋겠습니다.

여기에서 인생 2막의 먹고사는 문제가 대두됩니다. 그래서 젊은 시절부터 노후 대비도 하고, 최소한 안정적인 병원비라도 확보할 수 있도록 보험에 가입하는 등의 노력이 필요합니다.

정말 생활 형편이 어려운 이들에게는 복지차원에서 기본적인 생활을 보장해주어야 합니다. 쪽방촌의 어려우신 고령자들을 방문해보면 우리나라가 아직 이 방면에 너무 소홀하다는 생각을 절실하게 하게 됩니다.

그리고 한 가지 꼭 착안해보아야 할 것이 있습니다.

만일 인생 2막에 이르러서도 계속 소유와 획득에 몰두한다면 그 결과가 어떻게 될지 생각해보자는 것입니다.

우리나라 사람들의 평생 과제 중 하나가 자기 집을 소유하는 것입니다. 그래서 50대가 지나면 70~80%가 크든 작든 집 1채를 보유하게 된다고 합니다. 그런데 집 한 채를 가졌어도 당장의 생활비가 없어서 계속 돈벌이를 해야 하는 이들이 많습니다.

만약 인생 2막에 이른 이들이 계속 돈벌이를 한다면, 그 수입에서 부부의 생활비를 제외하고 남는 돈은 나중에 누구에게 돌아갈까요? 그리고 끝까지 남은 집 한 채는 누구에게 돌아갈까요? 결국 자식들에게 갈 것입니다.

그렇다면 이들은 결국 자식들에게 더 많은 재산을 남겨주기 위해 돈벌이를 계속하는 것밖에 되지 않습니다.

특히 우리나라의 많은 부모님들은 자녀들에게 집 한 채라도 남겨줘야 한다는 강박관념을 가지고 있습니다. 이것이 마치 괜찮은 부모의 전형이고 그렇지 못한 경우에는 부족한 부모로 생각하는 경향이 있습니다. 이것이 과연 바람직한 일일까요?

저는 청소년 운동에 몸담은 이래 수없이 이야기해왔습니다. 10대 후반에 이른 청소년들은 가능하면 빨리 사회에 진출하고 독립하라고. 일찍이 독립해서 스스로의 삶을 개척했을 때 그 삶이 가치 있는 삶이 된다고.

그런 점에서 자녀들에게 더 많은 재산을 남겨주기 위해 노년에 돈벌이를 계속하는 것은 바람직한 모습이 아니라고 생각합니다.

분명한 것은 자식의 삶은 자식이 살아야 한다는 것입니다. 부모가 대신 살아주는 것이 아닙니다. 부모가 지나치게 과잉보호하면 자식의 자립심을 파괴하는 결과를 낳습니다.

카네기는 자식에게 많은 재산을 물려주는 것은 자식의 에너지와 재능을 죽이는 것이라고 말했습니다.

사실 자식에게 많은 재산을 물려주면 득보다 실이 되는 경우가 훨씬 많습니다. 부자가 삼 대를 가지 못한다는 말을 되새겨보십시오.

자식에게 집 한 채를 남겨주겠다고 생각하기보다 차라리 그 집 한 채를 금융기관에 맡기고 매달 연금을 받는 보험에 가입해 생활비로 쓰는 것이 좋지 않을까 싶습니다. '역(逆) 모기지'에 가입하는 것입니다. 그렇게 살다가 남는 부분만 상속해주는 것입니다.

앞으로는 집 한 채에 대한 관념이 바뀔지도 모릅니다. 집을 포함한 부동산에 대해 소유의 개념이 관리의 개념으로 바뀌고, 일상생활에서도 임대(rent)가 보편화될지 모릅니다. 시대의 변화에도 주목할 필요가 있습니다.

3부

뒤늦은 꿈, 나처럼은 살지 마세요

나의 후회가 꿈을 찾아가는
젊은이들에게 타산지석이 되기를

chapter 01

나의 좌충우돌
청소년 시절

나는 공부 잘하는 학생이 아니었다

Q 자신의 타고난 적성을 찾자고 하셨는데, 선생님 경우는 어떠했는지 궁금합니다. 선생님이 살아오신 길을 보면 선생님의 적성은 공부가 아니었을까요? 공부를 특히 잘하셨을 것으로 보이는데요.

저의 이야기를 하려면 결국 저의 시행착오를 솔직히 말씀드릴 수밖에 없습니다. 우리 사랑하는 젊은이들이 저와 같은 시행착오를 되풀이하지 않기를 바라기 때문입니다.

사람의 적성을 파악하기 위해서는 다방면의 분석이 필요합니다.

예컨대 그 사람의 평소 성격이나 특별한 경우에 나타나는 두드러진 성향, 기억력의 유형, 호기심의 많고 적음, 흥미를 느끼는 분야, 또 오랜 기간 형성된 습관, 그 사람이 겪은 수많은 체험과 그에 대한 반응, 생활사, 두뇌의 특성 등등 살펴보아야 할 점들이 많습니다.

앞으로 뇌과학이 더욱 발달하면 개인 특성에 대한 분석이 가능해질지 모릅니다. 그러나 중요한 것은 우리 자신의 노력입니다. 자신의 적성을 찾고자 하는 마음이 있으면 길이 보입니다.

저의 적성에 대해 질문하셨는데, 한두 가지 적성이 두드러졌다고 말하는 것은 매우 위험한 일일 듯합니다. 다만 이것저것 기억나는 대로 성격, 습관, 체험 등등을 이야기해보도록 하겠습니다. 혹시 예리하신 분들은 거기에서 어떤 시사점을 발견할 수 있을지도 모르겠습니다.

제 이력만을 놓고 본다면 제가 공부를 무척 잘한 사람으로 보일지 모릅니다. 그러나 사실은 그렇지 않습니다. 기억력을 보면, 단기 기억력은 꽤 좋았던 것 같으나 장기 기억력은 그렇지 못했던 것 같습니다. 적어도 시험에 있어서는 그랬습니다.

예컨대 내일 시험이라서 당일치기로 열심히 공부를 하면 다음 날 좋은 점수를 받았습니다. 그런데 공부를 하지 않으면 점수는 바닥이었습니다. 이를테면 공부할 때와 안 할 때가 확연히 차이 나는 전형적인 들쑥날쑥형 학생이었습니다.

초등학교 때 반에서 1등을 한 적도 있었지만 매번 1등을 한 것은 아닙니다. 지방에서 서울로 전학 와서 재동초등학교를 다녔는데, 그때 성적에 관심이 많으셨던 선생님 한 분은 매일 시험을 치러 그날 제일 성적이 좋은 학생을 '오늘의 왕자'라고 부르고, 하루 종일 칠판 한쪽에 이름 석 자를 적어놓으셨습니다. 저도 심심치 않게 거기에 이름을 올렸습니다. 그런데 절대 오해 마시기 바랍니다. '오늘의 왕자'로 뽑힌 친구들은 저 외에도 많았습니다.

당시는 중학교 입학 시험이 있었던 때인데, 열심히 공부해서 그 어렵다던 경기중학교에 쑥 입학했습니다. 경기고등학교에 입학할 때는 수석 합격자보다 한 문제 더 틀려 전교 차석으로 입학했습니다. 그 후 서울대학교에도 입학했고, 행정고시 합격을 거쳐 사법고시에서는 수석으로 합격했습니다. 여기에서도 오해하시면 안 됩니다. 이것은 모두 합격한 이야기만 한 것이고, 떨어진 이야기는 쏙 빼놓은 것입니다.

중학교, 고등학교 내내 딴짓에 관심이 많아서 공부를 하지 않은 때가 훨씬 많았습니다. 그때마다 성적은 바닥이었습니다.

대학 입시도 첫해에는 떨어졌습니다. 당시에는 후기로 입학 시험을 보는 제도가 있었는데, 친구와 함께 당시 후기 대학이던 국민대학교에 시험을 보았습니다. 그런데 어찌된 일인지 여기에서는 전교 수석으로 합격을 했습니다. 저는 장학금까지 받으며 재미있게 학교를 다니고 있었는데, 얼마 지나지 않아 부모님의 손에 이끌려 재수의 길에 들어서야 했습니다.

행정고시도 첫 번째 시험에 1차 객관식, 2차 주관식까지 합격하였다가 3차 면접에서 데모 주동자였다는 이유로 낙방하였다가 한 번 더 시도한 끝에 합격했던 것이고, 사법고시도 세 차례나 떨어졌다가 붙은 것입니다.

평생 이런 식이었습니다. 저는 정말 공부 자체가 좋아서 꾸준하게 공부를 잘 해온 사람이 아니었습니다. 이것이 저의 특성입니다. 사람들의 적성은 모두 다릅니다. 자신의 적성을 스스로 파악하고 거기에 맞는 길을 찾는 것이 옳다고 생각합니다.

나는 글 잘 쓰고, 말 잘하는 학생이었다

Q 선생님은 글도 많이 쓰시고 많은 사람들을 상대로 하는 강연과 방송도 많이 하시는데요, 그렇다면 어린 시절부터 글쓰기나 말하기에 특별한 재능을 보이셨는지 궁금합니다.

글쓰기에는 상당히 관심을 가졌던 것으로 기억합니다. 겉으로 드러난 것만 보아도 중·고교 시절 교내신문에 기고도 하고, 고등학교 때는 교내 백일장에서 장원도 했습니다. 또 당시 대학에서 주최한 고교문예콩쿠르에서 우수상 없는 가작에 당선된 적도 있습니다.

도서반과 독서클럽에서도 활동했습니다. 독후감도 많이 썼고, 소설이나 시를 습작해본 적도 있습니다. 고교방송제에 공연된 극본을 쓴

적도 있습니다.

필화사건을 일으킨 적도 있습니다. 무슨 소식지인가에 국어과 선생님들을 욕하는 글을 썼다가 박살이 났습니다. 어머님이 교무실에 불려 가는 등 난리가 났었습니다.

지금 돌이켜보면, 저는 확실히 국어 시간을 좋아했고 국어과 선생님에게서 인정을 받았습니다. 고교 때 한 국어 선생님은 수업 시간에 다른 학생들이 답변을 잘 못하면 "강지원, 대답해봐"라고 말씀하시곤 했습니다. 중학교 때는 상업 시간에 '상도의'에 관해 글을 써 오라는 숙제가 있었는데, 방대한 양을 써서 주목을 받기도 했습니다. 인사동과 청량리의 고서방을 돌아다니던 기억도 아련한 추억으로 남아 있습니다.

말하기에도 상당히 소질이 있었던 듯합니다. 여러 행사에서 사회를 보는 일에 능숙했습니다. 서울 시내 각 학교 도서반 전원을 초청해 회의를 개최하고 사회를 보는 일은 무척 재미있었습니다. 그런 탓인지 결혼적령기에 이르러 친구, 선후배들의 결혼식 사회는 단골이었습니다.

연설에도 꽤 기량이 있었던 듯합니다. 한때 웅변을 배워볼까 생각도 해보았으나, 너무 테크닉만 배우는 것 같아 그만둔 기억도 있습니다. 그러나 독서클럽의 발표회에서 단순한 독후감 발표가 아니라 일장연설을 했던 일은 당시 여학생들 사이에 꽤 회자되었다고 합니다.

고교 2학년 무렵, 위 학년에서 교내 살인이라는 끔찍한 사건이 발생했습니다. 그러자 학교에서는 '전교생 반성대회'라는 명목으로 전 학생을 강당에 집합시켰습니다. 그때 몇몇 학생이 앞에 나가 반성적 코멘트를 했는데, 저는 못 참겠다 싶어 뛰쳐 올라가 무슨 내용이었는지 아무튼 일장연설을 했던 기억도 있습니다. 고등학생 주제에 살인사건과 관련하여 "프로이트가 어떻고 무의식이 어떻고" 하며 한마디 했던 것 같습니다.

대학교 2학년 때, 당시 박정희 대통령이 장기집권을 위해 삼선개헌을 추진한다는 정보가 대학가에 흘러 들어와 전국 최초로 우리 대학에서 시위를 시작했습니다. 그때 사회를 보던 동기생이 갑자기 저에게 연설을 하라고 하여 또 나가서 일장연설을 했던 기억도 있습니다.

토론 역시 좋아했습니다. 특히 사회를 보며 논쟁을 정리하고 토론을 이끄는 일은 무척 마음에 들었습니다.

나는 어릴 때부터 '끼'도 있었다

Q 검사, 변호사란 직업과 관련이 없는 TV, 라디오의 진행자로도 많은 활동을 하셨습니다. 그렇다면 학창 시절에도 그런 '끼'가 있지 않았을까 싶은데요.

학생 시절부터 방송을 좋아해서 중학교 때는 방송반에 들어갔습니다. 그리고 3학년 때는 방송반장도 했습니다. 그 공로로 학교로부터 '화동상'이라는 공로상을 수상하기도 했습니다.

당시 방송반 활동이라야 점심시간에 음악 틀어주는 것이 고작이었습니다. 그저 녹음기며 앰프밖에 없던 열악한 시설이었지만, 가끔 몇 마디씩 안내 방송을 하는 것만으로도 재미있었습니다. 방송제에 참여하는 것, 방송제에서 공연할 방송 극본을 쓰는 것 등등이 모두 흥미로웠습니다.

가끔 사고를 치기도 했습니다. 방송 마이크가 꺼진 줄 알고 선생님 욕을 하다가 그만 방송이 나가고 만 것입니다. 그래서 박살이 났습니다.

그래서인지 사회에 나온 후에도 이런저런 인연으로 방송에 익숙한 사람이 되었습니다. 저 역시 가끔 생각을 해봅니다. 방송에 종사하거나 방송과 관련된 사람들은 어떤 적성을 타고났을까? 몇 가지 짐작되는 바가 있을 것입니다. 기왕에 소질이 있다면 가급적 일찍 계발하는 것이 좋다고 생각합니다.

문화적 감수성 또한 꽤 있었던 것으로 짐작됩니다. 특히 음악에 관심이 많았습니다. 서울로 전학 오기 전에 광주 서석초등학교를 3학년까지 다녔는데, 그때 음악 콩쿠르에 나가기 위해 먼 곳에 사시던 음악 선생님께 레슨을 받으러 다녔던 기억이 있습니다.

얼마간이었는지 모르겠으나 열심히 노래를 배운 후, 한 초등학교 강당에서 열린 콩쿠르에 나갔습니다. 무슨 상을 받은 기억이 없는 것을 보면 아마도 떨어졌던 것이 아닌가 싶습니다. 그때 불렀던 노래가

'고향땅'입니다. 지금도 그 동요를 들으면 그 시절 지겹도록 불렀던 기억이 납니다.

중·고등학교 시절에도 음악 시간은 즐거웠습니다. 당시 유명한 바리톤이셨던 음악 선생님께 노래 실력을 칭찬받은 적도 있었습니다. 고3 때는 테너이셨던 음악 선생님으로부터 "취미로라도 레슨을 받아보면 좋겠는데, 고3이니까 안 되겠지"라는 말씀도 들었습니다.

음악, 특히 성악은 제가 좋아하는 장르였습니다. 그러나 지금 저에게 성악은 취미생활로도 즐기지 못하는 분야입니다. 그만큼 하고 싶은 일을 충분히 하지 못하고 살았다는 것입니다.

그런데 나이 오십이 훨씬 넘어 명사음악회 준비를 위해 레슨을 받아보라는 권고를 받았습니다. 엄청 반가웠습니다. 그래서 레슨을 받아 무대에 섰습니다. 그 후에도 몇 차례 더 무대에 섰습니다. 그러나 나이 탓인지 노래를 잘 부를 형편이 못 되었습니다. 너무 늦은 것입니다. 그래서 그냥 짝사랑만 하기로 하고 포기했습니다.

조그만 소질이라도 일찍 실험해보는 것이 얼마나 자신의 삶을 풍요롭게 하는지를 뒤늦게 깨닫게 해주는 사례입니다.

나는 사회문제와 인간 내면에 관심이 많았다

Q 사회운동가로 활동하시는 것을 보면 학창 시절부터 사회에 대한 비판 의식이나 저항의식이 두드러졌는지 궁금해집니다. 어떠셨는지요?

제 기억으로는 청소년 시기에 사회문제에 대해 관심이 많았습니다. 매우 유치했지만 그 당시 '학생운동', '한국사상', '대학문화' 등등의 주제로 글쓰기와 말하기를 한 것을 보면 그렇습니다.

그 당시에 썼던 '왕조의 유원'이나 '부채' 같은 제목의 글에서도 우리 역사상의 아픔과 고통, 세상의 진화 등에 대한 희망을 내비치곤 했습니다. 한때는 날카롭게 세상사를 꿰뚫는 신문사 논설위원이 되어볼까 생각한 적도 있습니다.

고3 때는 이과 반이었다가 시험 직전에 문과 반으로 옮겼습니다. 일찍부터 제 적성을 발견하지 못해 방황한 흔적입니다. 첫해에 대학을 낙방한 것은 그런 착오 탓이 클 것입니다. 사실 정치학과에 지망한 것은 저항의 산물이었습니다. 당시 부모님께서는 법대나 상대를 가라고 하셨습니다. 장래가 안정적이기 때문이었습니다. 그런데 저는 굳이 고집을 부려 방문을 걸어 잠그고 혼자 원서를 써서 정치학과에 지망했습니다. 재수를 해서도 또 정치학과를 지망했습니다.

아무리 사회문제에 관심이 많았다 하더라도 꼭 그렇게 정치학과에 집착해야 했는지는 지금도 잘 이해가 되지 않습니다. 분명한 것은 당시 제 적성을 제대로 인식해서 그런 것은 아니었다는 사실입니다.

대학의 자유로운 분위기는 저로 하여금 사회비판의식을 행동으로 옮기게 했습니다. 데모를 했고, 무기정학을 당했습니다.

그러다 피신 중이던 사찰에서 느닷없이 고시 공부를 시작했습니다. 그러나 한참 후에는 법률가의 길이 제 적성에 맞지 않는다는 사실을 뒤늦게 깨닫고 다시 그 길에서 탈출을 시도했습니다.

우리 젊은이들은 저와 같은 이러한 방황을 답습하지 않기를 기대합니다.

사회문제에 대한 관심과 함께 인간의 내면에 대한 관심도 컸습니다. 종교문제에 대해 다방면의 접근을 해본다든지, 청소년 문제에 관심을 갖게 되면서 심리학적, 정신분석학적 접근에 마음이 끌렸던 것도 그런 경향이라고 할 수 있을 것 같습니다.

저는 초등학교 들어가기 전, 할머니 손에 이끌려 교회에 가본 기억이 있습니다. 종교가 뭔지는 몰랐지만 할머니의 무릎에 앉아 간절하게 기도하시는 할머니를 바라보았습니다. 그 모습은 인상적이었습니다.

성인이 되어서는 교회, 사찰 등 다양한 종교 활동에 참여했습니다. 룸비니 친구들과 함께 불자모임에, Y친구들과 함께 Y모임에도 가보았습니다. 『천부경』, 『삼일신고』에도 관심을 가져보고, 전통 종교도 접해보았습니다.

또 『탈무드』 등 다방면의 종교 서적 읽기를 좋아했습니다. 모든 종교 서적들은 표현의 차이와 몇 가지 부분에서 견해 차이가 있을 뿐, 그 정신은 일맥상통한다고 느꼈습니다.

저는 지금 특별한 종교는 갖고 있지 않지만, 보이지 않는 세계에 대한 믿음은 굳건합니다. 제가 술, 담배도 끊고, 유흥업소 출입도 끊고, 고스톱도 안 치고, 심지어 인터넷 게임도 안 해본 까닭은 이런 절제적, 금욕적 가치관이 큰 역할을 했을 것으로 짐작합니다. 부디 욕심 없는 사람이 되기를 기원하는 것도 그런 영향이 아닐까 합니다.

나는 수학은 어려웠고, 체육엔 젬병이었다

Q 고교 시절 이과에서 문과로 옮겼다고 하셨는데 수리 쪽의 재능은 없다고 보십니까? 또 자신에게 없거나 부족한 재능은 무엇이라고 생각하십니까?

수학·과학적 재능은 별로 두드러지지 않았습니다. 물론 저의 느낌입니다. 그런데 고2 때 소위 적성검사라는 것을 했는데, 이상한 결과가 나왔습니다.

그때의 검사 수준이 지금 같지는 않다 하더라도 그 결과는 도저히 납득할 수 없었습니다. 추리력, 기계추리력, 수리력, 수공능력 등에서 백분위 점수가 매우 높게 나왔습니다. 그래서 공과, 물리, 화학, 생물, 수학 등에 적성이 맞다는 평가가 나온 것입니다.

그래서 곰곰이 생각해봤습니다. 저는 수학 공부를 하면서 그 수많은 공식은 왜 그리 어려운지, 그걸 꼭 외워야 하는지 이해하지 못했습니다. 그래서인지 고3 입시 직전에 이과반에서 문과반으로 옮겨 수업을 듣는 사태가 발생한 것입니다.

중요한 것은 자신을 세밀히 관찰하는 것입니다. 자신의 느낌을 존중하는 것입니다. 아무튼 이쪽 분야와 저는 거리가 있다고 느꼈습니다.

신체·운동 기능도 낮은 편이었습니다. 체육 시간은 저에게 그저 노는 시간 정도였습니다. 모처럼 야구공을 던져보아도 캐처 손에 들어간 적이 별로 없었습니다. 골대를 향해 축구공을 차면 번번이 막혔습니다.

한때는 등산을 무척 좋아했습니다. 대학 1학년 때는 산악부에 가입했습니다. 설악산, 지리산 종주에도 참가했습니다.

지리산 갔을 때는 사고도 쳤습니다. 등반 내내 다른 팀원들과 협조를 하지 못했던 친구가 있었습니다. 등반을 마치고 서울로 귀경 중인 기차 안이었으므로 조금만 참았더라면 아무 일이 없었을 것입니다. 그런데 당시 총무를 맡았던 제가 의협심을 이기지 못하고 충고 조로 몇 마디 한 것이 화근이 되었습니다. 갑자기 주먹이 날아왔습니다.

서울역에 내린 후, 둘은 기어코 남산에 올라 맞장을 떴습니다. 그런데 그만 저의 앞뒤 머리에서 피가 흐르기 시작했습니다. 예상치 못하게 칼 공격을 받은 것입니다. 죽을 뻔했습니다. 그런데 웃긴 것은 수술을 받고 머리에 붕대를 감고도 그 무렵 열린 학생모임에 나가서 트위스트를 춰댔다는 것입니다. 다들 놀라 자빠졌습니다.

아무튼 그 일로 부모님으로부터 등산 금지령이 내려졌습니다. 사회생활을 하면서 국내의 유명한 산은 거의 다 올라보았는데, 요즘은 바빠서 그마저도 못 하고 있습니다.

나이 들어서도 특별히 운동을 하는 것이 없습니다. 골프도 안 칩니다. 한때는 필드에도 나가보았으나, YS가 공직자 골프를 금지시켰을 때 이때다 싶어서 때려치웠습니다. 그리고 지금까지 골프채를 잡지 않고 있습니다.

그 외에 특별히 할 줄 아는 것이 거의 없습니다. 학창 시절에도 당구대를 잡아보지 않았고 하다못해 바둑·장기는 물론 화투도 칠 줄 모릅니다. 오로지 산책이나 빠르게 걷기만 합니다. 그거라도 꾸준히 하려고 노력하고 있습니다.

체력은 정말 중요합니다. 교육의 기본으로 지덕체(智德體)를 이야기하는데, 도산 안창호 선생께서는 덕체지(德體智)라고 순서를 바꾸어 부르셨습니다. 오늘날 저는 체덕지(體德智)라고 바꾸어 불러왔습니다.

밤새 컴퓨터에 매달리고 입시 공부에 시달리는 지금의 청소년들에게는 체(體)를 최우선적으로 강조해야 할 필요성이 있다고 생각했기 때문입니다.

나는 호기심 많은 꾸러기였다

Q 선생님은 항상 유쾌하시고 농담도 잘하시는데요, 어린 시절을 짐작할 만한 재미있는 에피소드가 있다면 소개해주십시오.

장난기가 무척 많았습니다. 웬 호기심이 그리도 많았는지요. 어릴 적 살던 집 마당에는 큰 우물샘이 있었습니다. 그곳에서 어른들이 물을 길어 올려 빨래를 하는 것이 너무 신기했습니다. 저 물속은 얼마나 깊을까 궁금하기 짝이 없었습니다.

그래서 하루는 저 우물 속에 들어가 보아야겠다고 생각했습니다. 가만히 들여다보니, 양발을 벌려서 오른쪽 바위를 한 번 딛고 그 다음에 왼쪽 바위를 한 번 딛고 하는 식으로 한 발짝씩 내디디면 끝까지 내려갈 수 있을 것 같았습니다. 그래서 여러 차례 시도를 했지만 결과는 실패였습니다.

우물로 내려가기에는 제 다리가 너무 짧은 탓이었습니다.

한번은 "우물가 한쪽에서 다른 쪽으로 훌쩍 뛰어넘을 수 있을까"가 궁금해졌습니다. 그래서 뛰었다가 정말 죽을 뻔했습니다. 다행히 아차 하는 순간에 우물 위를 가로질러 있던 빨랫줄을 붙잡았고, 출렁거리며 잘 매달려 살아났습니다.

만약 그때 빨랫줄이 튼튼하지 않았다면 어찌 되었을까, 지금 생각해도 아찔합니다.

동네 골목에서 장난질도 많이 했습니다. 담벼락 타고 올라가서 '숨기 놀이' 하는 것도 재미있었습니다. 여학생들과도 꽤 친하게 지냈습니다. 같은 반이던 신작로의 약국집 딸을 졸졸 따라가 본 기억도 있습니다. 지금은 그 친구의 이름도 성도 기억나지 않습니다만, 요즘 식으로 표현하자면 '초딩의 첫사랑'쯤 된다고 할까요?

특히 여자아이들이 줄넘기를 하다가 남자아이들에게 공격을 받으면 그 녀석들을 혼내주던 기억도 있습니다. 그때 여성을 편들어주는 습성이 오늘날 저를 여성운동 지지자로 만든 것이 아닌가 하는 생각도 합니다.

어릴 적에 제가 없어져 온 집안이 발칵 뒤집힌 일도 있었습니다.

집 안을 아무리 뒤져도 아이가 없으니 어머님께서 온 동네를 울며불며 찾아다니신 것입니다. 그러다가 제가 발견되었습니다. 어디서일까요? 바로 방 안의 벽장이었습니다. 제가 장난삼아 벽장에 들어가 이불 위에서 낮잠을 자고 있었던 것입니다.

어른들은 아이가 벽장 속에서 자고 있으리라고는 상상도 못 했던 것입니다. 그래서 박살이 났습니다. 그때 얼마나 야단을 맞았는지 억울하기도 하고 재미있기도 했던 기억이 납니다.

초등학교 3학년을 마치고 서울에 막 이사를 왔을 때는 온 동네를 돌아다니다가 길을 잃은 적도 있었습니다. 당시 살던 집은 지금의 북촌 서쪽인 경복궁 근처의 한옥이었습니다.

초행길인 어린아이로서 골목 안에 있던 집을 찾기가 어려웠을 것입니다. 처음 보는 동네에 대한 호기심으로 사고를 쳤던 것입니다.

어린 시절 추억 중엔 저의 머리, 특히 뒤통수에 관련된 것이 많습니다. 어릴 적 볼록 튀어나온 제 머리는 어른들이 보기에 무척 특이했나 봅니다. 어른들은 저만 보면 제 뒤통수를 쓰다듬어주셨습니다. 그러시면서 "이놈이 백운산 정기를 타고난 놈이니 한가락 할 거다"라고 말씀하셨습니다.

당시에는 무슨 뜻인지 몰랐는데, 나중에 알고 보니 "백운산이 있는 광양에서 잉태되었다"는 말이었습니다. 제가 어머님 배 속에 있을 때는 아버님께서 광양 군수로 재직하실 때였는데, 그곳 광양에는 백운산이 있습니다. "광양에서 잉태됐으니 백운산 정기를 타고 태어났을 것"이라는 덕담 같은 것이었습니다. 그 후 아버님은 완도 군수로 전근을 가셨고, 저는 그곳에서 태어났습니다.

머리통이 무척 단단해서 늘 이야깃거리가 되기도 했습니다. 당시 동네 형들은 저의 머리를 전봇대에 꽝 쥐어박아도 끄떡하지 않고 울지도 않는다고 고개를 흔들곤 했습니다. 저는 아무렇지도 않았는데, 그것이 무척 신기했던 모양입니다. 할 일 없이 남의 머리통 가지고 이러쿵저러쿵하는 것이 우습기도 했습니다.

저는 슬픈 이야기, 불쌍한 사람들 이야기를 들으면 잘 울었습니다. 그러나 그런 일로는 결코 울지 않았습니다. 지금도 마찬가지입니다.

chapter 02

먼 길을 둘러
적성과 만나다

나의 사회 진출에 '적성'은 없었다

Q 대학도 사회 진출의 일환으로 봐야 한다고 주장하셨습니다. 그렇다면 선생님의 대학 진학을 사회 진출이라고 볼 수 있나요? 또 그것은 적성과 부합되는 것이었나요?

젊은이들의 사회 진출은 20세 전후에 이루어져야 하며, 그것이 뇌과학적으로 바람직하다고 이야기했습니다. 그렇지 못하다면 발달지체 현상을 보이는 것으로 엄청난 낭비라는 이야기도 했습니다. 그래서 대학에 진학한 젊은이들도 "나는 이미 성인이다"라는 의식을 가지고 대학 생활을 해야 한다고 주장했습니다.

정말 바람직하기로는 고교 시절까지 자신의 '적성 찾기'를 완성하고 그 이후에는 취업이나 창업에 나서거나 대학에 진학해야 합니다. 특히 대학에 진학한 경우에는 자신의 적성을 바탕으로 사회인으로서 더 많은 전문지식을 얻기 위해 학습에 열중해야 합니다.

고교 시절에는 적성을 찾기 위해 자유로운 시간을 보내고 대학에 들어가서는 성인으로서 전공 공부를 더 열심히 해야 하는 것입니다. 그런데 지금 우리는 거꾸로입니다. 고교 때는 억지로 열심히 공부하고, 대학에 들어가면 오히려 공부를 등한시하는 이상한 현상을 보이는 것입니다.

이 점은 분명 잘못된 것입니다.

저의 경우에도 재수까지 해서 대학에 들어갔으나 곧바로 공부에 대한 열정은 식었습니다. 지금보다 대학 진학자가 훨씬 적었음에도 불구하고 저 역시 대학 시절에 성인 의식을 가지지 못했습니다. 전공 분야의 집중적인 학습보다는 마치 해방이라도 맞이한 듯 친구들과 낭만을 즐기기에 바빴습니다.

그것은 방황이었습니다. 발달지체현상의 일종입니다. 중·고등학교 시기에 적성 찾기란 생각도 못 했고, 그런 상태에서 대학 입시에만 매달렸으니 대학 생활 역시 성인 의식에 충실할 수 없었던 것입니다.

게다가 당시 경기중·고와 서울대를 나온 사람은 소위 'KS마크'라 하여 초엘리트 코스를 나온 사람으로 취급했습니다. 그 숫자는 극소

수였습니다. 주로 이런 코스를 밟은 사람은 당시의 사회 풍조와 부모님들의 지나친 기대가 만들어낸 합작품이었습니다.

그런데 만약 제가 중·고교 시절에 적성 찾기에 성공하였다면 꼭 그런 코스를 밟았을지는 의문입니다. "과연 대학에 꼭 가야 했을까, 꼭 서울대학교에 가야 했을까, 꼭 정치학과에 가야 했을까" 역시 의문입니다.

당시에 우리들에게 "자신의 적성을 찾으라"고 단호하게 말해주는 어른이 단 한 명도 없었습니다. 적성에 따라 문과·이과를 나누고 나름 석성에 맞는 분야를 찾는다고는 했을지 모르지만, 그보다 더 중요한 가치는 장차 '어떤 분야가 전망이 좋을지, 어떤 직업이 안정적이고 사회에서 우대받는지' 따위의 기준이었습니다. 그래서 성적이 괜찮은 학생들은 대충 그런 기준을 고려해 전공 과목을 선택했습니다.

그것은 엄청난 잘못입니다.
자신의 적성을 최고의 가치로 설정하는 데 실패한 것입니다. 저 역시 그런 상태로 대학에 진학했고, 그것이 제대로 된 사회 진출이라고도 생각하지 못했습니다. 게다가 당시의 대학 분위기도 매우 느슨해서 성인 의식을 가지고 지식을 치열하게 연마하지도 못했습니다.

데모, 그리고 난데없는 고시 공부

Q 선생님은 정치학과 출신인데 고시 양과에 합격하였습니다. 그런데 고시 공부는 어떤 계기로 하셨습니까? 그것이 적성에 맞았기 때문입니까?

제가 대학 시절에 사회문제에 관심을 가졌던 것은 나름 성인 의식의 발로였다고 할 수 있겠습니다. 대표적인 예가 삼선개헌 반대 데모였는데, 그로 인해 예기치 못한 봉변을 연이어 당하기도 했습니다.

대학 2학년 때 박정희 대통령이 장기집권을 위해 3선개헌을 계획한다는 정보가 대학가에 흘러 들어왔습니다. 그래서 우리들은 4.19탑 앞에서 전국 최초로 3선개헌 반대 데모를 했습니다.

며칠 전부터 선배들과 여관방을 돌아다니며 격문을 준비하는 등 사전모의를 하고, 제가 당시 가입했던 서클 사무실에 유인물들을 산더미같이 쌓아놓는 등 모든 준비를 마쳤습니다. D-day가 되었습니다. 그런데 집회 당시 사회를 보던 학생이 갑자기 저에게 연설을 하라고 지명했습니다. 얼떨결에 나가 "장기집권 음모는 분쇄해야 한다"고 열변을 토했습니다.

그런데 그 장면이 중앙정보부 정보원들의 카메라에 그대로 찍혔습니다. 그렇게 저는 데모의 최고 주동자로 지목되었습니다. 이 일로 저는 학교당국으로부터 무기정학을 당했습니다. 그것도 당초에는 퇴학처분이었는데, 나중에 한 단계 낮춰준 것이라고 했습니다.

지금도 그 일은 후회하지 않습니다. 대학생들이 성인 의식을 가지고 마땅히 해야 할 일을 했다고 생각합니다.

　그런데 이 일은 저에게 전혀 계획에 없던 진로를 택하게 했습니다. 대학에서 무기정학을 당한 후 당시 학장님으로부터 부모님과 함께 오라는 통지를 받았습니다. 면담 자리에서 학장님은 "자네는 아무리 보아도 데모해서 출세할 사람이 못 되는 것 같으니, 외국 유학을 준비하는 게 어떻겠나"라고 말씀하셨습니다.
　아니, 우리가 언제 출세하기 위해 데모를 했나? 데모해서 출세하다니…… 좀 못마땅한 느낌이 들어 뾰로통한 채 물러나왔습니다.

　그런데 며칠 후 느닷없이 일선 경찰에 저를 체포하라는 지시가 떨어졌다는 소식이 날아들었습니다. 파출소 뒷집에 살던 저는 전화를 끊자마사 곧바로 뛰처나왔습니다.
　무턱대고 택시를 타고 남산에 올랐다가 곧바로 서울역으로 향했습니다. 무작정 야간열차를 탔습니다.
　얼마쯤 지났을까. 열차에서 잠깐 눈을 붙였다 떠보니, 문득 제 눈에 익숙한 백양사 간판이 보였습니다. 아무 생각 없이 장성역에 내렸습니다. 백양사에 찾아 들어가 스님에게 "잠잘 곳이 없느냐"고 여쭈었더니, "백양사 위쪽에 있는 '천진암'으로 가라"고 하셨습니다. 천진암은 여승 한 분이 지키고 계시는 작은 암자였습니다.

　그곳에서 뜬눈으로 밤을 새우고 아침에 일어나 식사를 하게 되었는데, 웬 나이 든 청년들과 함께였습니다. 알고 보니 그들은 모두 고시 공부를 하는 고참들이었습니다.

그분들은 남자가 세상에 태어났으면 '사'자를 붙여야 출세한다고 말했습니다. 사실 그 이야기는 전에도 수없이 들었던 이야기였습니다. 저는 잠시 망설이다가 장성읍에 내려가 헌법 책과 민법총칙 책을 사들고 올라왔습니다. 그들과 같이 고시 공부를 시작한 것입니다.

그때는 정말 고시 공부가 제 적성에 맞는지 아닌지는 한 순간도 생각해보지 않았습니다. 그런 생각 자체가 없었습니다.

"그냥 세상사가 그런가 보다" 하고 뒤따른 것뿐이었습니다.

양과 합격 유명세에 '가짜 강지원' 사건까지

Q 행정고시와 사법고시, 2가지 고시를 모두 보셨는데 특별한 이유가 있었나요? 그것도 적성 찾기의 과정이었나요?

대학 졸업을 앞두고 행정고시를 처음 보았습니다. 1972년 2월이었습니다. 그런데 첫 시험에서 그만 1차 객관식에 이어 2차 주관식까지 합격해버렸습니다. 당시에는 2차 필기시험에 합격하면 3차 면접에서는 자동으로 합격하는 것으로 되어 있었습니다.

그런데 황당한 일이 일어났습니다. 제가 3차에서 떨어진 것입니다. 이유를 알아보니 신원조회에 데모 주동자로 나온다는 것이었습니다.

더 웃긴 것은 저만 탈락시킬 수 없으니까 제 순위 아래에 있는 합격자들까지 모두 떨어뜨린 겁니다. 당시 2차 합격자가 100명 가까이 되었는데, 중간 정도 성적이었던 저를 떨어뜨리기 위해 나머지 합격자들까지 모두 탈락시킨, 사상 유례가 없는 일이 발생한 것입니다.

당시 정부에서는 합격자 수가 많아서 조정했다고 하였지만, 결국 나머지 수십 명이 이의신청을 하는 사태가 발생했습니다. 그래서 1년 후가 아닌, 6개월 후에 다시 행정고시가 치러졌고, 저 역시 다시 도전했습니다.

그리고 이번에는 성적이 너무 좋아 저를 떨어뜨리지 못했습니다.

저의 사회 진출은 이렇게 공무원 생활로 시작되었습니다. 행정고시 합격 후 당시 재무부와 관세청에서 사무관으로 근무하다가 1975년에 부산세관 총괄과장으로 부임했습니다.

이 과는 과거의 물품 수입실적을 수집해놓았다가 다른 과에서 조회가 오면 회보를 해주는 단순한 업무를 하는 과였습니다. 말하자면 별 볼 일 없는 과였고 그래서 젊은 행정고시 출신의 사무관을 과장으로 앉혀놓았던 것입니다.

당시만 하더라도 국가 무역량의 절반이 수·출입되던 부산세관은 부패의 소굴이었습니다. 지금은 완전히 달라졌겠지만 당시만 하더라도 퇴근 무렵이면 직원들이 서랍에서 돈을 꺼내 세는 지경이었습니다.

그래서 하루가 멀다 하고 사직 당국에서 조사가 나왔습니다. 부패를 척결하기 위해 여러 차례 청와대 사정 비서실과 검찰 등에서 사정 작업을 했습니다. 아침에 출근하면 직원이 하나둘씩 사라지는 현상이 발생했습니다. 이들이 붙잡혀간 이유를 알아보니 이곳에 오기 전 다른 과에 근무할 때 뇌물 받은 사실이 적발되었다고 했습니다.

저는 이런 직장에서는 도저히 근무할 수 없다고 생각했습니다. 오히려 그것이 자극제가 되어 이런 부패를 척결하는 일에 발 벗고 나서야겠다고 결심하게 되었습니다. 그래서 바짝 사법고시를 준비하였습니다.

그전에도 두 차례는 건성으로 치러 1차에서 낙방했고, 세번째는 2차에서 0.9점이 모자라 떨어졌습니다. 그러나 이제는 달랐습니다. 낮에는 출근해서 사무실에서 일하고 밤에는 하숙집에서 올빼미처럼 잠을 줄여가며 공부를 했습니다.

마침내 합격을 했습니다. 본격적으로 파고든 지 1년이 안

首席합격… 姜智遠씨

行政합격, 釜山稅關 課長

수석합격의 영광을 차지한 姜智遠씨(27)는 釜山세관총괄과장으로 근무서 총괄과장은 수입물품에 대한 관세를 체크하는 일이 주된업무이기때문에 항상 바쁘게마련. 따라서 시간에 쫓겨 시험준비에 남다른 어려움이 따랐다.

「퇴근하고나서 새벽 1~2시까지 하루 5시간은 꼬박 고시준비를 했지요.」 그래서 몸무게가 52킬로로 줄었고 시험이 끝난후 1주일간 공부하는걸 전혀 알지못해 충

중인 현직공무원. 姜씨는 수석은 전혀 뜻밖이라고 겸손해하며 뒷바라지를 해준 어머니에게 영광을 드린다고말했다. 姜씨가 재직중인 세무

관세청에 근무한후 75년 4월부터 현재 직무에도 충실했다고. 이번 사법고시 영광의 응시 3번만의 姜씨가 동료직원들은 영광인데 실했다고.

光州상공회의소 사무국장으로 일하고있는 姜大赫씨(61)와 李孝任여사(62)의 4남3녀중 3남으로 京畿高, 72년중 서울대 정치학과를 졸업, 행정고시 3급)에 합격, 재무부와

된 시점이었습니다. 1976년이었습니다. 지금 같으면 기삿거리도 안 되지만, 당시에는 신문에 사진도 나오고 TV 인터뷰도 했습니다.

6개월 후에 사법연수원에 입교했는데, 저는 2년간 신 나게 놀았습니다. 직장 생활 하다가 들어간 사람에겐 마치 해방된 공간 같았습니다. 성적은 신경도 안 썼습니다.

'가짜 강지원' 사건도 있었습니다. 한 젊은 녀석이 신문, 방송에 나온 저의 기사를 보고 '강지원' 행세를 하고 다닌 것입니다.

여학생들도 여럿 꼬드기고 다녔습니다. 그러다 한 여성과는 결혼까지 약속하고 그 집에서 자고 다닐 정도까지 되었습니다. 저는 한 여성의 제보를 받아 그 여성과 만나는 자리를 덮쳐, 그를 직접 붙잡았습니다.

그 녀석을 보자마자 "네가 강지원이냐?" 하고 물었습니다. 기가 찼습니다. 그 녀석과 결혼하기로 했던 또 다른 여성이 상세한 전말을 듣기 위해 저를 찾아왔습니다. 가짜에게 사기당하고 진짜를 만나고 있는 그녀의 모습이 너무 애처로웠습니다.

그 녀석은 어머니가 시장 일로 생계를 꾸려가는 어려운 가정의 아이였습니다. 녀석을 미워한 것도 순간, 녀석이 부디 자신의 삶을 찾아가기를 바랐습니다.

그 후 1978년에 저는 검사로 임용이 되었습니다.

운명과도 같았던 적성과의 만남
- -

Q 그렇다면 적성과의 첫 대면은 검사 시절이었나요? 어떤 계기로 청소년 문제에 관심을 가지게 되셨는지 매우 궁금합니다.

검사 생활은 시작부터 문제가 있었습니다.

검사 임용 과정에서 또다시 웃지 못할 사태가 발생한 것입니다. 당시에는 검사 지망자들의 사법시험 합격 점수와 연수원 점수를 합쳐서 그 종합 점수 순서대로 서울에서 지방 순으로 발령을 냈습니다. 2가지 점수를 합쳐서 1등은 서울에 발령을 내는 것입니다.

저는 사법연수원 성적은 별로였지만, 사법시험 성적이 좋았던 까닭에 당연히 서울로 발령이 날 줄 알고 있었습니다. 그런데 서울이 아니라 전주로 발령이 났습니다. 저는 예상치 못한 발령 통지를 받고 무척 분노했습니다. 법무부 인사 담당자를 찾아가 그 이유를 따졌습니다. 발령을 거부하고 기자회견을 하겠다고 했습니다.

그들은 이렇게 말했습니다. 중앙정보부에서 데모 주동자로 통지가 온 경우라서 어쩔 수 없으니 1년만 참고 있으면 서울로 올려주겠다는 것이었습니다. 저는 황당했지만, 시대의 아픔이려니 하고 전주에 부임했습니다.

저의 검사 생활은 이렇게 전주 하숙집에서 시작되었습니다.

그런데 사람의 앞날은 예측할 수 없는 것이었습니다. 전주에서 저에게 처음으로 주어진 업무가 바로 소년사범 담당이었습니다. 자연보호 업무도 함께였습니다. 저에게는 첫 검사 업무이자, 처음으로 청소년 문제에 관심을 갖게 된 계기였습니다.

비행 청소년들이 수갑을 차고 검사실에 들어왔을 때, 사실 좀 놀랐습니다.

솔직히 그때까지 저는 선입견을 가지고 있었던 것입니다. 비행 청소년이라면 얼굴도 험상궂고 태도도 불량한 특별한 아이들일 것이라 생각했습니다. 그런데 첫 아이를 조사하고 둘째, 셋째 아이를 조사하면서 뜻밖의 사실을 알게 되었습니다. 아이들은 그저 우리의 평범한 청소년들과 크게 다를 바 없었습니다. 단지 한때 실수한 아이들일 뿐이었습니다.

당시 그것은 저에게 커다란 충격으로 다가왔습니다. 그래서 청소년들을 공부해야겠다는 생각이 들었습니다. 심리학, 정신분석학, 카운슬링 관련 책 등을 탐독했습니다.

그것이 저를 오늘날 '청소년 지킴이', '청소년 수호천사'로 불리는 청소년 전문가의 일을 하도록 이끈 계기가 되었습니다. 청소년을 탐구하는 일은 저에게 무척이나 즐거운 일이었습니다. 제 적성에도 꼭 맞았습니다. 저의 적성 찾기가 뒤늦게 시작된 것입니다.

그리고 동시에 저의 가치관도 바뀌기 시작했습니다. 당시 저는 검사는 무섭고 엄격한 존재여야 한다고 생각했습니다. 그래서 조사도 무섭게 했고, '악명'도 날렸습니다. 또 당시의 출세 코스로 봐서 나 같은 사람은 당연히 승진도 잘하고 출세도 쉽게 하리라고 생각했습니다.

그러나 그것은 모두 잘못된 생각이라는 것을 알게 되었습니다. 청소년 연구는 저를 송두리째 바꾸어놓았습니다.

그래서 제가 인생을 다시 시작한다면 고시 공부는 절대 하지 않을 것이라고 말하게 됩니다. 뒤늦게 적성을 찾고 보니 왜 이 길을 두고 먼 길을 빙 둘러와야 했는지를 자문하게 됩니다.

법률 공부가 저에게 의미가 있었다면 제가 법과 윤리를 존중하는 사람이 되었다는 것, 그 이상도 이하도 아닙니다. 사랑하는 젊은이들은 저와 같은 전철을 밟지 않기를 권고합니다.

오로지 제 적성을 찾아 마음껏 행복할 수 있는 길을 일찍부터 찾아 나서라고 말하고 싶습니다.

적성결혼 : 영·호남 부부, 맞벌이 부부

Q 요즘 젊은이들은 결혼을 앞두고 이것저것 조건을 많이 따집니다. 선생님은 어떤 계기로 결혼을 하셨으며, 결혼은 어떤 기준으로 해야 한다고 생각하십니까?

지금은 만혼(晚婚)시대이지만, 우리 세대 때는 지금보다 훨씬 일찍 결혼하는 편이었습니다. 대체로 20대 중반이나 늦어도 후반에는 결혼들을 하였습니다.

그런데 저는 당시 기준으로 봐서는 무척 늦은 편이었습니다. 만 23세에 행정고시에 합격하고 서울 및 부산에서 근무하다가, 27세에 부산에서 사법고시에 합격했습니다. 2년간 사법연수원에서 연수를 마친 후 29세에 전주로 발령이 나서 또다시 2년을 진주에서 생활했습니다.

이렇게 고시 공부에 두 차례 하숙집 생활이 겹치다 보니 결혼 준비를 제대로 할 수가 없었습니다.

그래도 당시에는 고시 합격자라 하여 여기저기서 중매가 없었던 것은 아닙니다. 실로 세속적이기 짝이 없는 그런 중매였습니다. 웃기는 것은 전주지방검찰청 검사로 재직 시에 소위 '마담뚜'라는 무허가 결혼중개업자를 단속했는데, 그 업자의 수첩에서 신랑감으로 제 이름이 튀어나왔던 것입니다. 그 일이 꽤 재미있었던지 당시 TV 뉴스에 보도

되기도 했습니다.

2년 후 31세가 되어서야 서울지방검찰청 검사로 발령을 받아 귀경을 하였습니다. 그런데 그 다음 해에 사법연수생인 아내가 서울지검에 실무수습을 나왔습니다. 홍일점 처녀가 실무수습을 나왔다는 소문에, 저는 바짝 신경을 곤두세우고 염탐을 시작했습니다. 첫눈에 선하다는 인상을 받은 저는 요샛말로 '작업'에 들어갔습니다. 동기생들과 함께 선배가 밥을 사준다는 명목으로 불러내곤 한 것이지요.

그렇게 시작하여 1년 후인 33세에 결혼을 하게 되었습니다.

우리나라 최초의 판검사 부부라 하여 각 언론에 보도되었습니다. 신혼여행지인 제주에 가서 저녁 9시 TV뉴스를 보는데, 거기에 저희들의 결혼식 장면이 나와 깜짝 놀랐습니다.

檢事신랑 判事신부

결혼식을 앞둔 洪智遠검사와 金英蘭판사.

미니話題

27일 1號탄생…職分대로 검사가 「신청」 판사가 받아들여

서울地檢 姜智遠씨
서울地法 金英蘭씨

당시 기준으로 보면 무척 늦은 결혼이었습니다. 그래서 지금의 젊은이들에게 말할 자격이 없을지 모르겠지만 결혼은 가급적 일찍 하는 것이 좋다고 권고합니다. 만혼시대에 이런 말이 귀에 들리지 않겠지만, 아무튼 이론상으로는 그렇다는 말입니다.

또 결혼의 조건에 대하여 요즘 젊은이들이 너무 따지는 듯한 느낌을 받습니다. 집이 있어야 한다, 번듯한 직장이 있어야 한다, 연봉이 얼마 이상이어야 한다는 등 이런저런 조건을 따지는 이들이 많다고 합니다. 그러나 저는 그것들은 모두 남들이 만들어놓은 기준이지 결코 자기 것이 아니라고 말하고 싶습니다.

예컨대 우리의 경우 나이가 문제 될 수 있었습니다. 제가 7살 아래의 처녀에게 접근했기 때문입니다. 남자 쪽에서는 어려운 문제가 아니었지만 여자 쪽에서는 아깝게 생각했을지도 모릅니다. '도둑' 소리를 들을 만도 했습니다.

그러나 우리 사이에서는 그것이 조건이 되지 못했습니다.

또 맞벌이 여부도 조건이 될 수 있었을지 모릅니다. 사실 지금은 맞벌이가 오히려 보편적이지만 우리 세대에는 전혀 딴판이었습니다.

그 당시엔 맞벌이 부부가 지극히 드물었습니다. 저의 동료들을 보더라도 아내들은 대부분 전업주부였습니다. 심지어 사회 활동을 하는 여성들을 모욕하는 분위기까지 있었습니다. 예컨대, 기가 셀 것이라든가 살림을 들어먹을 것이라는 등등, 요즘 들으면 말도 안 되는 이야기들을 함부로 했습니다.

그러나 저는 생각이 달랐습니다. 가급적 아내도 활동하는 여성이었으면 좋겠다고 생각했습니다. 당시로서는 꽤 파격적인 발상이었습니다. 제가 이런 생각을 하게 된 것은 어머님의 영향이었습니다.

어머님은 일제강점기에 경성사범을 졸업하시고 교편 생활을 하신 분입니다. 말하자면 '신여성'이었습니다. 그래서 저는 아내도 당연히 사회 활동을 하는 여성일 수 있다고 생각했습니다. 맞벌이가 대세인 요즘에도 전업주부가 되기를 원하는 여성과, 아내가 전업주부이기를 바라는 남성이 있을 수 있습니다.

선택은 자신의 몫입니다.

출신 지역도 조건이 될 수 있었을지 모르겠습니다. 혼사에 유독 지역 출신을 따지는 집안이 있습니다. 특히 영·호남 간에는 혼인을 기피하는 풍조도 있습니다. 마치 이종배합(異種配合)이어서 큰 문제가 될 것처럼 말하기도 하는데, 사실은 이종배합이 유전적으로 더 우수하다는 데도 말입니다.

우리는 그런 것은 결혼의 조건이 될 수 없다고 생각했습니다. 지는 완도에서 태어났고, 아내는 부산에서 태어났습니다. 둘 다 초등학교 때 서울에 올라왔습니다. 이렇게 우리는 영·호남 부부입니다. 그리고 지금까지 살아오면서 상대가 영·호남 출신이라는 사실은 단 한 번도 문제 된 적이 없었습니다.

시대적인 잣대나 대다수의 잣대만이 잣대가 아닙니다. 나만의 잣대가 더 소중하다고 생각합니다. 우리의 이런 선택들은 세상의 잣대를 일축해버린 사례입니다.

결혼에 있어 돈이나 직장, 출신, 부모의 지위 등 쓸데없는 조건에 휘둘리지 마십시오. 자신의 적성에 맞는 배우자를 찾으십시오.

자신들만의 잣대로 자신들만의 세상을 만들어가십시오.

군대 못 간 콤플렉스 이겨내기

Q 선생님은 군대 생활도 적성 찾기의 과정으로 삼으라고 하셨습니다. 선생님의 군생활은 어떠하셨습니까?

저는 앞서 남자의 경우 군복무를 자신의 적성을 발견하기 위한 좋은 기회로 삼으라고 말했습니다. 그러나 저는 신체상의 이유로 군대에 가질 못했습니다.

이는 저에게 평생의 콤플렉스가 되었습니다. 당시 군복무 중이던 친구들이 휴가를 나오면 친구들은 군 내무반 이야기를 귀가 따갑도록 했습니다. 그런데 저는 한마디도 장단을 맞출 수가 없었습니다. 시쳇말로 "쪽팔린다"는 말이 딱 어울리는 경우였습니다.

대학 졸업을 앞두고 고시 공부를 하던 시절, 졸업 전에 합격이 되지 않으면 군복무를 해야 할 상황이었습니다. 그런데 그때 갑자기 군대에 가지 못하게 됐다는 통지를 받았습니다. 솔직히 기분이 나쁘지 않았습니다. 그러나 그것은 잠시였습니다.

친구들이 하나씩 둘씩 군대에 가면서 저에게 엄청난 콤플렉스로 다가왔습니다. 그래서인지 제 마음 한 켠에는 군대를 꼭 체험해보고 싶다는 생각이 있었습니다.

그러다 우연히 국방대학교(당시 국방대학원) 파견 교육이 있다는 사실을 알게 되었습니다.

1987년 선배들보다 앞서서 자원 입학해 1년 동안 군 관련 교육을 받았습니다. 국제정세, 북한동향, 군사상황 등 다양한 커리큘럼을 통해서 조금이나마 군대란 것을 알게 되었습니다. 그런데 2005년 국방대학교 총동문회에서 저를 '국방대를 빛낸 자랑스러운 인물'로 선정해서 국방일보와 인터뷰를 하게 되었습니다.

지는 인터뷰에서 "저에게 콤플렉스가 딱 하나 있는데, 신상 문제로 군대에 가지 못했다. 젊은 시절 군대 갔다 온 친구들과 식사라도 할라치면 기가 많이 죽었다"고 말했습니다. 그랬더니 당시 여기자가 3박 4일의 '육군 특전캠프'에 참가해보라고 제안했습니다. 저는 귀가 솔깃했습니다. 그래서 추운 겨울날 청소년들 20여 명을 자비로 초청해 함께 캠프에 들어갔습니다.

그 후로 여름과 겨울 방학 시즌에 실시되는 이 캠프에 금년까지 6년간 12번이나 꼬박꼬박 참가하는 기록을 세웠습니다. 특전 캠프에서는 인간이 가장 공포심을 느낀다는 11m 상공 막타워에서의 낙하훈련, 화생방훈련, 생존훈련, 산악훈련 등 갖가지 극기훈련을 체험할 수 있습니다. 약간의 콤플렉스가 풀리는 느낌이었습니다.

눈이 내리는 18일 오후 육군특수전사령부 예하 1공수여단 특전 캠프에 참가한 청소년들이 안간힘을 쓰며 PT 체조 '앉았다 일어서기'를 반복하고 있다.　　　　　〈박흥배 기자〉

'특전체험' 나를 이기자

육군, 동계캠프 전국 5개 지역서 동시 실시

일반인들이 공수 지상 훈련 등 특전 훈련을 체험할 수 있는 육군 동계 특전 캠프가 18일 서울 강서구 내발산동 1공수여단을 비롯, 전국 5개 지역에서 일제히 시작돼 21일까지 3박 4일의 일정에 돌입했다. 〈본지 1월7일자 1면 참조〉

올 캠프에는 인터넷을 통해 참가를 신청한 일반인 816명. 이들은 현재 서울 강서구·송파구, 경기도 부천시, 전남 담양군 소재 특전여단에 분산돼 각종 극기훈련을 받고 있다.

특히 '청소년 지킴이' 강지원(姜智遠) 변호사가 청소년들에게 '뭐든지 할 수 있다'는 자신감을 심어 주기 위해 국방일보의 주선으로 1공수여단 캠프에 서울 강서구의 대안학교인 성지 중·고등학교 학생 20여 명과 함께 참가, 관심을 끌고 있다. 강변호사는 "다른 사람보다 나를 이기는 것이 어렵지만 나를 이긴 사람만이 진정으로 자신을 사랑할 수 있다는 사실을 알리고 싶었다"고 참가 소감을 밝혔다.

한편 육군은 훈련 신청자 중 여성 참가자가 어느 때보다 높은 37%를 기록했다고 밝혔다.

육군 특전 캠프는 2003년에 처음 시작됐으며 매년 여름·겨울 방학을 이용해 실시되고 있다.　　〈송현숙 기자〉

　　저는 젊은이들에게 군 입대 전이라도 육군 특전캠프나 해병대캠프 같은 군체험 캠프에 적극 참여해볼 것을 권합니다.

　　우리 세대 때는 학창 시절에 모든 학생들이 군사훈련을 받는 '교련 시간'이 있었습니다. 그런 강제적인 교육은 군사독재정권의 연장수단으로 인식되어 민주화 이후 폐지되었습니다. 교련 시간이 없어진 것은 당연한 일이지만, 자발적으로 군부대 체험을 해보는 것은 본인들에게 큰 도움이 될 것입니다.

장차 군에 입대할 때를 대비해 미리 체험해보는 기회도 되지만, 그것보다 지금 나태해진 자신을 다잡고 자신의 다양한 가능성을 탐색해보는 매우 좋은 기회가 됩니다.

놀라운 사실은 이런 캠프에 여성 참가자들이 30~40%에 달한다는 사실입니다. 더 놀라운 것은 실제 훈련 과정에서도 여성 참가자들이 남성들보다 훨씬 더 적극성과 용맹성을 보여준다는 사실입니다.

마치 스위스에서 직벽강 하듯 헬기레펠에 성공한 강지원변호사. 한갑을 바라보는 57세 나이다.

한번 체험해보십시오.

2011년에 KBS TV 병영 체험 프로그램에 출연해서는 큰 부상도 입었습니다.

공군 부대에서 전투기 정비 체험을 했는데, 그만 사고가 발생한 것입니다. F16 전투기 정비를 위해서 전투기 안에 들어갔는데, 송곳처럼 삐져나온 구조물에 눈가를 찔려 20여 바늘이나 꿰맨 사고가 발생한 것입니다. 위치가 조금만 옆이었다면 한쪽 눈은 완전 실명할 뻔했

252 ·

던 아찔한 순간이었습니다.

긴급 수술을 마치고 촬영을 재개해 밤늦게야 마칠 수 있었습니다.

눈은 저에게 아주 오래전부터 콤플렉스의 대상이었습니다. 제가 안경을 쓴 것은 중학교 1학년 때였습니다.

당시는 중학교 입학시험이 있을 때인데, 치열한 입시를 거쳐 경기중학교에 입학했습니다. 그런데 교실에 앉아보니 칠판의 글씨가 잘 보이지 않았습니다. 초등학교 때는 만날 앞자리에 앉아서 느끼지 못했는데 중학교에 들어가 보니 달랐습니다.

안과에 갔더니 의사 선생님께서 한참 검사를 하신 후 이렇게 말씀하셨습니다. "경기중학교하고 눈하고 바꿨구만!" 그 말씀이 지금도 생생하게 기억나는 것을 보면 얼마나 깊은 충격을 받았는지 짐작할 만합니다.

우리 반 60여 명의 학생 중에서 안경 쓴 학생은 달랑 저 혼자였습니다. 지금의 교실과는 전혀 다른 풍경입니다. 그것은 콤플렉스였습니다. 한참 후에야 그 콤플렉스로부터 벗어날 수 있었습니다.

콤플렉스를 이겨내는 좋은 방법 중의 하나는 고백하기입니다. 그것은 자기치유에 좋은 효과를 가져다줍니다.

드디어 가슴 뛰는 적성과 손잡다

- -

Q 선생님의 적성 찾기는 많이 늦었다고 하셨습니다. 그러면 언제부터 적성을 본격적으로 발휘하셨나요?

초임 검사 시절 첫 번째 업무가 비행 청소년 담당이었다고 말씀드렸습니다. 청소년 문제는 그때부터 저의 마음을 사로잡았습니다. 그 후 계속적으로 관심을 가지고 틈나는 대로 연구를 계속했습니다.

그런 탓인지 1989년 나이 40세가 되었을 때 내 적성을 발휘할 수 있는 결정적인 기회가 찾아왔습니다. 당시 서울지검 공안부에 근무했는데, 징치직 사긴을 두고 윗선과 갈등이 있었습니다.

검찰은 정치적이어서는 안 된다는 것이 저의 소신이었습니다. 하지만 그때나 지금이나 검찰은 그렇지 못했습니다. 저는 떠나겠다고 했습니다. 당초부터 공안부에 안 가겠다고 하는 사람을 데려갔었습니다. 떠나는 마당에 특수부에 발령을 내주겠다고 했지만, 그것도 사양했습니다.

가장 한직인 공판부를 보내달라고 고집했습니다. 그래서 공판실장이 되어 부임했는데, 그 자리는 이제 갓 신설된 서울보호관찰소 소장을 겸임하는 자리였습니다. 현직 검사와 서울보호관찰소 소장, 두 가지 일을 하게 된 것입니다.

청소년 문제를 직접 현실로 다룰 수 있게 되었다는 사실은 저를 가습 뛰게 하였습니다. 더욱이 의도하지 않게 그 일을 맡게 되었다는 것은 마치 운명처럼 느껴졌습니다. 이때부터 청소년 사업은 저의 '본업'이 되었습니다.

이론적으로만 다루었던 청소년 문제가 현실의 문제가 되면서 저는 많은 것을 깨닫게 되었습니다. 사회적 약자, 그중에서도 어려움에 처한 어린이, 청소년들을 돕는 일은 나의 적성에 맞는 일임을 깨달았습니다. 그들을 위해 봉사하는 일에 보람도 느끼게 되었습니다. 그때까지만 해도 청소년 문제는 우리 사회에서 주목받는 과제가 아니었습니다. 청소년 문제의 중요성과 심각성에 대한 인식도 없었습니다.

더욱이 검찰에 재직 중인 현직 검사가 관심을 가질 일이라고는 아무도 생각하지 않았습니다. 말하자면 미개척 분야였습니다. 그러나 저는 그 분야에 관심과 흥미가 지대했습니다.

아무도 가지 않은 길이지만, 내가 가보겠다는 내적 욕구를 강렬하게 느꼈습니다. 그렇게 길을 나서자 그 길은 새로운 길로 연결되고, 그 길은 또 다른 길을 안내해주었습니다.

청소년들의 심성개발 프로그램 등 다양한 프로그램을 개발하고 사회봉사 등 새로운 선도 조치들을 취해나갔습니다.

무엇보다 중요한 것은 비행 청소년들의 결정적 일탈 원인이 '그들이 자신의 적성에 맞는 활동을 찾지 못한 데 있다'는 사실을 발견한 것입니다. 다시 말하면 그들은 자신이 하고 싶은 일을 마음껏 할 수가 없었습니다. 그래서 싸우고 훔치고 가출하고 일탈했던 것입니다.

그들에게 자신이 잘할 수 있는 일을 시켰습니다. 그들은 펄펄 날았습니다. 적성 찾기가 가장 중요한 치유효과를 가져다준 것입니다. 청소년들에게 적성을 찾아주는 일이 가장 중요함을 깨닫는 동시에, 저 자신도 저의 적성에 맞는 일을 비로소 찾았던 것입니다.

비행 청소년들의 눈물 : 봉사에 눈뜨게 하다

Q 선생님은 다양한 봉사활동을 해오셨는데, 어떤 계기가 있으셨나요? 그 당시에는 지금과 달리 봉사라는 개념이 생소했을 때인데요.

제가 봉사를 알게 된 것도 바로 그때였습니다.

우리 세대가 젊었을 때는 사실 봉사라는 말조차 들을 기회가 거의 없었습니다. 고작해야 학창 시절에 농촌봉사활동을 잠시 갔다 오는 것 외에는 봉사에 대해 진지하게 생각해볼 기회도 없었습니다. 당시에는 오로지 자신의 입신을 위해 앞만 보고 맹목적으로 달려가는 교육을 받았을 뿐입니다.

1989년 우리나라에 보호관찰법이 처음 제정되었습니다. 저는 보호관찰소 소장으로서 비행 청소년에 대한 보호관찰제도의 일환으로 소위 '사회봉사명령'이라는 것을 처음으로 집행하게 되었습니다.

잘못을 저질러 붙잡혀 온 청소년들에게 봉사활동을 통해 자신의 행동을 뉘우치고 거꾸로 세상에 보탬이 되는 일을 하도록 하는 제도였습니다. 저는 청소년들을 데리고 종묘에 가서 눈 치우기 봉사를 하거나 국립묘지에 가서 청소 봉사를 하는 등 주로 대물 봉사를 시켰습니다.

非行青少年 社會奉仕命令 첫 實施

서울保護観察所
公園마당쓸기·動物사육장청소·圖書館책정리등
10代學生 25명

▲사회봉사명령을 받은 비행청소년들이 종묘에서 마당쓸기를 하고있다.

그러나 사람을 상대로 하는 대인 봉사, 예컨대 장애인을 위한 봉사 활동 등에 대해서는 여전히 망설임이 있었습니다. 외국 서적을 보면 소위 커뮤니티 서비스라고 하여 비행 청소년들을 선도하는 데 봉사활동이 매우 유익하다고 적혀 있었지만 용기가 나지 않았습니다.

그때만 하더라도 저는 비행 청소년이나 장애인 등에 대해 잘못된 선입견을 가지고 있었기 때문입니다. 부끄러운 이야기지만 당시 저의 무지함을 솔직하게 고백하고자 합니다. 제가 아무리 비행 청소년들을 잘 이해한다 해도, 그들에게 여전히 삐딱한 성품이 남아 있을 것이라 생각했습니다. 또 봉사를 받을 장애인들 역시 신체의 일부가 불편한 사람들이기 때문에 삐딱한 성품을 가졌을 거라 생각했습니다.

그래서 삐딱한 청소년들로 하여금 삐딱한 장애인들에게 봉사하라고 시켰을 때, 삐딱한 사람들 사이에 사고라도 나지 않을까 걱정을 했던 것입니다. 당시에 저는 그만큼 무지했습니다.

그러나가 어느 날 용기를 냈습니다. 그날 비행 청소년 30여 명을 데리고 서울 종로에 있던 중증 장애인 시설인 '라파엘의 집'에 갔습니다. 거기서 비행 청소년들이 중증 장애인들을 고덕동에 있는 수영장에 데리고 가게 했습니다. 청소년들은 중증 장애인들 한 사람 한 사람을 안아 조심스럽게 휠체어로 옮기고 버스에 태웠습니다. 수영장에 가서는 장애인들에게 수영복을 입히고 한 사람씩 보살피면서 조심조심 물놀이를 했습니다.

사실 청소년들이 장애인들에게 성질을 부리거나 신경질을 내기라도 할까 봐 무척 걱정했습니다. 그런데 놀라운 일이었습니다. 몸이 불편한 장애인들이 행여 물에 빠질까 봐, 혹시 다치기라도 할까 봐 청소년들이 조심조심 정성을 다해 보살펴주는 것이었습니다. 저는 안도의 한숨을 쉬었습니다.

　그리고 더욱 놀란 것은 그 후의 일입니다. 봉사를 마친 아이들의 소감 발표회가 있었습니다. 뒤쪽에는 어머니들이 와 계셨습니다. 발표하러 나온 한 아이가 한참 동안 말문을 열지 않았습니다. 울고 있었습니다. 한참 후 그는 입을 열었습니다.

"사랑하는 어머니! 저는 어머니를 그토록 사랑하면서도 지금까지 사랑한다는 말을 한 번도 해보지 못했습니다. 그리고 사사건건 하지 말라는 짓만 골라 하면서 어머니 가슴에 못을 박았습니다. 오늘 법원의 명령을 받고 장애인들을 위한 봉사활동을 하면서 맨 먼저 어머니가 떠올랐습니다. 저는 장애인들을 돌보면서 '저 분들은 온몸이 불편한데도 그렇게 해맑은 미소와 눈망울을 가졌는데, 나는 왜 사지가 멀쩡한데도 이 모양 이 꼴로 심보가 삐뚤어져 죄를 짓고 벌을 받는가' 돌아보게 되었습니다. 그러면서 지금 제가 장애인들을 보살피는 마음은 어머니가 저를 보살펴주는 마음과 같을 거라는 생각을 했습니다. 어머니 용서해주세요."

　아이는 눈물을 쏟았습니다. 소년의 어머니는 넋이 나간 모습이었습니다. 그렇게 말썽을 피우던 자식의 입에서 저런 말이 나올 것이라고는 상상도 못 했기 때문입니다. "용서해주세요!" 하는 말에 어머니는 끝내 울음을 터뜨렸고, 주변은 눈물바다가 되었습니다.

그때 저는 '봉사의 힘'을 알게 되었습니다. 그리고 봉사에 대해 깊은 생각을 시작했습니다. 그로부터 몇 년 후, 5.31 교육 개혁을 계기로 전국 중·고등학생들에게 자원봉사 프로그램이 도입되었습니다.

자녀들 모두 대안학교에 보내다

Q 적성에 대한 확고한 신념을 가지신 선생님의 자녀로 태어난 분들은 참 행복할 것 같습니다. 자녀분들은 일찍 적성을 찾아 자신의 일을 하고 있습니까?

저에게는 딸이 둘 있는데, 두 딸 모두 대안학교에 보낸 사실이 많이 알려져 있습니다. 만일 제가 청소년 문제를 연구하지 않았다면, 또 아내가 같은 생각을 하지 않았다면, 저희도 남들과 똑같이 기존의 제도권 학교에 보내고 대학 입시를 위해 열심히 공부하라고 잔소리했을지 모릅니다.

그러나 저희는 아이들에게 공부하라고, 또 대학에 가라고 말해본 적이 없습니다. 더구나 저와 아내는 둘 다 법조인이어서 "아이들을 법대에 보낼 거냐"는 질문을 많이 받았습니다. 하지만 저희 부부는 한번도 법대에 가라고 말해본 적이 없습니다.

저희는 딸들에게 획일적인 입시 공부에서 벗어나, 자신의 적성을 찾을 수 있는 학교를 찾아주고 싶었습니다.

그래서 큰아이는 지방에 있는 기숙 대안학교에 보냈습니다. 고3이 된 아이는 서울 명동에서 열린 청소년축제에 기획위원으로 활동하면서 대학에 갈 생각을 전혀 하지 않았습니다. 그러던 어느 날 그 아이는 수능시험을 보지 않겠다고 선언했습니다. 우리 부부는 깜짝 놀랐지만 아이의 의사를 존중해주기로 했습니다. 아이는 수능을 보지 않았고 '수능을 거부한 아이들'로 취재 대상이 되기도 했습니다.

저는 아이에게 "대학에 안 가겠다는 너의 의사는 존중하지만, 앞으로 어떻게 할 생각인지, 계획서를 써서 보여줄 수 없겠느냐?"고 했습니다. 아이가 써 온 계획서의 내용은 이랬습니다.

졸업하기 전 1월에 아르바이트를 하고 2월에는 그 수익금으로 한 달간 외국에 다녀오겠다는 것이었습니다. 계획대로 아이는 아르바이트를 한 후, 한 달간 호주에 다녀왔습니다.

그러더니 갑자기 영어 공부를 하겠다고 했습니다. 학원에 등록해 하루 종일 영어 공부에만 매달렸습니다.

얼마 후 이번엔 미국 대학에 곧바로 가겠다고 나섰습니다. 그때부터 외국 대학에 갈 준비를 한다면 1년 후, 9월 학기에나 가능할 터인데, 그게 아니라 지금 당장 가겠다고 했습니다. 그 이유를 물었더니

"기왕에 영어 공부를 하는 거, 한국보다 미국에서 하는 게 훨씬 빠르지 않겠느냐"는 것이었습니다.

일리 있는 말이었습니다. 우리 부부는 외국행을 허락했습니다. 이 아이는 미국과 일본에서 공부를 마치고 미디어아트와 광고 업무를 하고 있습니다.

둘째 아이는 아예 몇몇 사람들이 함께 만든 대안학교의 1기생으로 졸업했습니다. 이 아이 역시 예상 밖으로 영화에 관심이 있다고 했습니다. 지금도 영화 촬영 현장을 누비고 있습니다.

우리 부부는 자식들에게 부모가 원하는 길을 강요하지 않았습니다. 그들이 하고 싶은 분야를 스스로 찾아가게 한 것이 전부입니다. 부모로서 이것 한 가지는 잘했다고 생각합니다.

나머지는 모두 자신들의 몫입니다. 자기 인생은 자기가 사는 것입니다. 어떤 인물이 될 것인지, 어떤 일을 해낼 것인지, 그것들은 모두 자신들의 몫일 뿐입니다.

우리는 아이들이 일찍부터 독립심을 가지고 자신의 길을 찾아가게 했을 뿐입니다.

chapter 03

새로운 길, 봉사의 길

버리고, 버리고, 또 버리고……

Q 선생님은 검사 재직 중에 뒤늦게 적성을 발견하셨다고 했습니다. 그렇다면 검사 생활은 적성에 전혀 맞지 않으셨나요?

그렇습니다. 저는 죄인들을 붙잡아놓고 '훔쳤나, 안 훔쳤나'를 따지고 추궁하는 일이 적성에 맞지 않았습니다. 그런데 이런 일이 적성에 맞는 사람들도 있습니다. 이를테면 의심이 많은 사람들입니다. 그런 사람들은 검사나 판사나 경찰관을 하면 잘합니다. 거짓말하는 사람들에게 속아 넘어가지 않기 때문입니다.

그러나 저는 아니었습니다. 검사 역할보다 청소년을 연구하고 선도

하는 일이 적성에 맞았습니다. 그래서 저는 저의 적성에 맞는 길을 가기로 결심했습니다.

검찰에는 검사들의 승진 코스가 있습니다. 부장검사에서 차장검사, 지청장, 검사장 등으로 승진을 합니다. 그러나 저는 그런 직책을 단 한 번도 맡지 않았습니다.

부장검사급 등으로 불리기는 했지만, 저는 그 안에서나마 청소년 문제를 다룰 수 있는 자리만을 찾아다녔습니다. 24년간 검찰 재직 중, 이런 경력을 가진 사람은 처음일 것이라는 말도 들었습니다.

사실 그 전까지만 해도 "검사 생활을 시작한 이상 나 같은 사람이 검찰총장이나 법무부 장관 같은 고위직에 오르지 못할 이유가 무엇이냐"고 생각했습니다. 그런 자리는 연륜이 쌓이면 당연히 한 번쯤 차지할 것으로 생각했습니다.

그러나 청소년 문제를 다루면서 생각이 완전히 바뀌었습니다. "그런 자리는 그런 자리에 적성이 맞는 사람에게 하라고 하자. 나는 내 적성에 맞는 길을 가야 한다"고 생각이 바뀐 것입니다. 실제로 퇴직 후에 그런 높은 요직의 제안을 받기도 했지만 정중히 사양했습니다. 내 적성에 맞지 않는 것이었기 때문입니다.

서울보호관찰소장을 마친 후 저는 법무연수원을 자청했습니다. 다른 동료들이 요직에 가려고 경쟁할 때 저는 한직으로 알려진 연수원을 택한 것입니다. 청소년 문제를 연구하고 활동하기에 더없이 좋은 자리였기 때문입니다. 2년 후에는 법무부의 관찰과장 자리에 생각이 있느냐는 전갈이 왔습니다. 그래서 저는 얼씨구 좋다고 받아들였습니다. 전국의 비행 청소년 보호관찰을 관장하는 일이어서 매우 적절한 보직이었습니다. 그 후에는 사법연수원 교수 자리를 자청했고, 이어서 서울고등검찰청 검사 자리를 자청했습니다.

　이런 자리는 도무지 경쟁자들이 노리는 자리가 아니었기 때문에 희망만 하면 얼마든지 갈 수 있는 자리였습니다. 이런 일들은 하도 이례적인 것이어서 당시 언론에 보도될 정도였습니다.

캬인기 연구직 자원 檢事 "화제"

서울고검 전보된 姜智遠 부장검사

行試합격·司試수석…부인은 판사

청소년·검찰업무 개선 연구 희망

◇姜智遠검사

인사 경쟁이 치열하기로 유명한 검찰 조직에서 閑(한직) 또는 제2선이라고 할 수 있는 연구직임에도 불구하고 희망하는 검사가 있어 작은 화제가 되고있다. 22일 있은 검찰 정기인사에서 현재 사법연수원 교수로 재직중인 姜智遠(강지원·47부장검사)는 서울고검 검사로 전보됐다. 고검 검사는 非(비) 수사부서라 항상 「적성과 개성에 따라 진로를 결정하라」고 가르쳤다」며 「내 자신이 … 는 법조계에서보다 교육계에서 … 키는 교화기관. 그래서 나는 … 姜부장은 「앞으로 서울고검에서 검찰 업무개선 및 청소년 문제 연구하고 싶다」고 밝혔다. 그는 「건전가정의 10훈」 … 두 깨달은 성간」 등 가 하다 … 및 청소년 문제에 대한 책도 여러 권 펴냈다. 부인 金菊蘭(김국란)부장판사는 현재 대법원 재판연구관 1호」이기도 하다.

〈金鴻基기자〉

그는 이를 스스로 희망했다. 그는 「연수원에서 … 사에서 「칼」을 휘두를 기회가 없기 때문인듯 별 인기가 없는 곳. … 서울지검 공안부와 특수부 등 요직을 두루 거쳤으며 89년 동해시 보궐선거 매수사건과 관련, 徐(서) …

後서석재씨를 구속하기도 했다. 그가 인생에 새로운 을 찾게 된 것은 89년말 신설 서울보호관찰소 … 부터. 보호관찰소는 비행 청소년들의 사회 봉사 명령과 보호관찰을 시키는 …

"靑少年보호기구 통합 안돼 물러나"

강지원 위원장 전격 辭意

국무총리실 산하 청소년보호위원회 강지원(姜智遠) 위원장이 31일 위원장직을 사퇴하겠다고 밝혔다. 강 위원장은 "청소년보호위원회와 문화관광부 청소년국으로 이원화돼 있는 청소년기구를 이번 기회에 반드시 통합해야 한다"며 "이를 촉구하기 위해 위원장직을 그만두기로 했다"고 했다. 강 위원장은 이번 주내로 이한동(李漢東) 국무총리서리를 방문, 사표를 제출할 예정이다.

이날 기자와 만난 강 위원장은 최근 진행중인 정부조직 개편 방향에 강한 불만을 가진 듯, 격양돼 있었다.

"각계 각층에서 청소년기구 통합을 요구하는데도 문화부가 이원화된 현 체제를 고집하는 이유를 모르겠다. 행정자치부 정부기능조정위원회도 문화부를 의식, 이런 방향으로 조정하려 하고 있다. 정부조직 개편이 여론과 합리성을 무시하고 부처이기주의와 힘의 영향력에 좌우되는 데 무력감을 느끼고 개탄한다."

강 위원장은 통합을 반대하는 문화부에도 맹비난을 퍼부었다.

"문화부에서 청소년 문제는 정책 우선순위에서 문화, 예술, 관광, 문화재, 체육, 종교, 방송 등 주요 업무에 밀려 소외되고 있는 것 아니냐."

그는 청소년국의 그간 활동에 대해서도 비판했다.

"청소년국이 청소년보호를 위해 한 게 뭐 있느냐는 지적도 많다. 문화부는 창작과 표현의 자유 신장을 위해 음란·폭력적 문화예술 장르까지 진흥차원에서 다뤄야 하기 때문에 청소년 보호

문화부와 二元化는 '부처 이기주의'탓 사퇴 계기로 통합 논의 활발해지길

와는 근본적으로 맞지 않는다. 영화 '춘향뎐'에서 16세 청소년의 알몸연기에 대해 청소년보호위는 문제제기를 했으나, 문화부는 아무런 의견이 없지 않았느냐?"

강 위원장은 "자리에 연연하는 모습을 보이지 않기 위해 사퇴키로 했다"면서 "이를 계기로 통합논의가 더 활발해지길 바란다"고 덧붙였다.

현재 청소년정책은 보호(청소년보호위)와 육성(문광부)으로 분리돼 있고, 청소년 업무도 정부 17개 전 부처에 산재해 있다.

/梁根晩기자 yangkm@chosun.com

266·

그러다 1997년 YS정부 마지막 해에 청소년보호위원회가 신설되면서 초대 위원장 자리에 초빙되었습니다. 저는 고맙게 받아들였습니다. 감사한 마음으로 청소년 업무를 3년간 수행했습니다.

청소년에 대한 술·담배 판매 금지, 청소년의 유흥업소 고용 금지, 청소년 상대 성매수자 신상 공개 등등의 새로운 조치들을 취해나갔습니다. 원래 임기는 4년이었으나, 1년을 남기고 사표를 던졌습니다.

당시 청소년 업무는 육성과 보호로 분산되어 있었습니다. 그것을 통합하자고 요구했으나 받아들여지지 않았습니다. 저는 통합을 촉구하는 한편, 제가 자리에 연연하는 것이 아님을 보여주기 위해 사임한 것입니다. 그 후 몇 년이 지나서야 통합이 이루어졌습니다.

그 후 서울고검에 복귀하였는데, 또다시 중견 간부 인사철이 다가왔습니다. 그래서 일선 요직을 원하지 아니하니 그대로 고검에 잔류시켜달라고 요청했습니다. 그것도 매우 이례적인 일이어서 언론에 보도되었습니다. '이상한 검사'라는 칼럼을 쓰신 분도 있었습니다.

저는 젊은이들에게 "자신의 운명을 남의 손에 맡겨놓지 말라"고 이야기합니다. 직장인들은 인사철이 되면 인사권자의 얼굴만 쳐다봅니다. 저는 그렇게 하지 않았습니다. 제 인사이동을 제 마음대로 하고 다녔습니다.

남들이 탐하는 자리, 세속적인 기준에서 좋은 자리가 아니라 내 적성에 맞는 자리를 스스로 찾아다닌 것입니다.

"청소년문제 전념⋯ 高檢에 남겠다"

강지원검사 '잔류요청' 화제

청소년보호위원장을 지낸 강지원(姜智遠·사진) 서울고검 검사는 곧 단행될 검찰 중견간부 정기 인사를 앞두고 한직으로 분류되는 고검 검사로·계속 남겠다는 의사를 밝혔다.

청소년 문제 해결에 전념하겠다는 것이 강 검사가 고검 잔류를 자청한 이유. 강 검사는 최근 검찰 고위간부를 찾아가 "고검에서 계속 근무하고 싶으니 이번 인사이동 대상에서 제외해 달라"

사가 검찰 내에서 화제가 되고 있다.

강 검사의 희망은 수사에 많은 시간을 빼앗기지 않는 고검에서 여유를 가지고 청소년 문제와 태교, 신생아 문제 등을 위해 조직한 '어린이 청소년 포럼'을 활성화하는 데 전념하겠다는 것.

76년 사시에 수석 합격한 강 검사는 평검사 시절 서울지검 공안부 등 핵심 부서를 거쳐오다

지평선

"나를 인사대상에서 빼고 그냥 있게 해달라." 며칠 전 검찰인사에서 누구나 오르려는 승진사다리의 길을 포기한 강지원 고검 검사의 이야기가 신문에 실렸다. 그가 마음을 쏟아 왔던 청소년 관련 일을 하기 위한 것이라고 한다. 검사의 세계에서는 어떤 평을 듣는지 모르지만 보통 시민들에게는 여간 신선한 소식이 아니었다. 그의 연륜에 이른 검사들이라면 승진과 보직에 대한 경쟁과 노력으로 머리가 꽉 찰 때인데, 그는 다른 길을 택했다.

■ 그는 검사라기보다는 청소년문제 전문가로서 더 친숙한 이미지를 갖고 있다. 텔레비전 청소년 프로그램에 자주 출연해서 그의 얼굴은 꽤 알려졌다. 몇 년 전에 프로그램에 출연한 그를 보면서 여고생들이 "저 검사 아저씨는 탤런트같이 잘한다"고 재미있게 구경하는 것을 본 적이 있다. 그러나 청소년과 관련 없는 모임이나 세미나에 얼굴을 보이는 것을 보면 시민운동가의 활동궤적과 비슷하다.

이상한 검사

■ 그는 한 기고에서 검사라는 직업이 적성에 맞는지 모르겠다며 학창 때 신문사 논설위원이 되고 싶었다고 술회했다. 힘을 행사하여 문제를 해결하는 직업이 아니라 여론을 움직이는 직업을 동경했던 모양이다. 어찌됐거나 그는 검사의 직책을 갖고 청소년문제라는 인생의 어젠다를 찾아냈으니 행복한 검사이며, 검찰조직의 이미지를 부드럽게 만들었다.

■ 강 검사는 전통적인 검사의 힘을 추구하지 않는 대신 동료 검사들이 가질 수 없는 다른 힘을 갖게 되었다. 청소년 전문가로서 확보한 대중적인 이미지는 바로 철학자 도올이 거부했던 인기의 권력화와 상통한다 하겠다. 도올이나 강 검사의 힘은 물리적 강제력(force)이 아니라 다른 사람의 마음을 움직이는 힘(power)이다. 그가 이 힘을 유용하게 잘 써서 청소년 문제를 비롯한 사회문제 해결에 크게 이바지한다면 얼마나 보기 좋은 일인가. 그런 검사가 여럿 나왔으면 좋을 것 같다.
/김수종 논설위원

2002년 11월에는 드디어 검찰에도 사표를 냈습니다. 나의 길을 가기 위해서였습니다. 제가 검찰을 떠난다고 하자 기자들이 몰려와 퇴임 소감을 물었습니다. 왜 승진 기회를 앞두고 유명한 검사가 퇴임하느냐는 것이었습니다.

나는 내 적성에 맞는 일을 위해 떠날 뿐이라고 했습니다. 그러자 그래도 검찰에 말 한마디는 남겨야 하지 않겠느냐고 했습니다. 그래서 작심을 하고 말했습니다. 사실 당시 검찰은 몸 둘 바를 모를 만큼 민망한 상황이었습니다. 과거와 달라진 것 하나 없는 정치검찰의 행태는 차마 두 눈 뜨고 볼 수가 없었습니다.

저는 "정치검사들은 물러가라"고 쓴소리를 뱉어냈습니다. "청와대에 유착하고, 줄 대고, 눈치 보는 검사가 검찰 내부 3적(敵)이고, 이들이 검찰을 망쳐놓았다"고 말했습니다. 당시 TV와 신문에서는 '아름다운 퇴장'이라고 표현했지만, 그 후에도 검찰은 전혀 변하지 않았습니다.

정치권의 유혹도 수없이 받았습니다. 정부 고위직의 하마평에도 수시로 오르내렸습니다. 그러나 저는 모두 사양했습니다. 역시 제 적성에 맞는 일을 하는 것이 옳다고 생각했기 때문입니다.

변호사로 전직한 몇 년 후에는 변호사 사무실 문도 닫았습니다. 그것이 내가 가야 할 길이라고 생각했기 때문입니다.

"검찰 내부의 敵이 문제 젊은 검사 큰용기 필요"

영원한 '청소년 지킴이' 강지원 (사진) 검사는 왜 검찰을 떠나기로 했을까?

초대 청소년 보호위원장을 지낸 강지원 서울고검 검사가 내주초 명예퇴직을 신청하겠다고 18일 밝혔다. 서울보호관찰소장때부터 청소년 보호활동과 인연을 맺어 '청소년 지킴이'는 물론 '교육개혁가', '탤런트검사'로도 일반인들에게 널리 알려진 강검사의 명예퇴직 결심에 대해 검찰내부에서는 의외라는 반응이다. 경기고와 서울대법대를 졸업, 서울지검 요직을 두루 거치고 청소년 보호위원회 창설을 주도, 미성년자에 대한 주류판매 금지, 청소년 상대 성범죄자 신상공개 등을 추진해 내년 봄 정기인사에서 유력한 검사장 승진대상자중 한명으로 거론돼왔다.

"연줄타기로 정치권입김 자초"
퇴직후 대안학교 세워 새출발

하지만 그동안 몸담아 온 검찰조직과 정치권력에 대한 '쓴소리'에서 그가 검찰을 떠나는 이유의 일단을 엿볼 수 있다.

그는 "검찰인사권을 권력이 쥐고 있는 이상, 정치검사란 말은 없어지지 않을 것"이라며 "적재적소 인사보다 연줄타기가 우선시되고 그러다 보니 각종 정치사건이 벌어질 때마다 상궤를 벗어난 수사가 이루어지고 국민적 냉소가 이어지는 것"이라고 인사문제를 지적했다.

그는 "하지만 검찰의 적은 외부에 있는 것이 아니라 내부의 적이 더 큰 문제"라고 지적했다. 그리고 "젊은 검사들은 독립투사와 같은 용기로 싸워야 한다"는 강도높은 충고도 잊지 않았다. 그의 '검사론'은 이를 뒷받침하고 있다.

"사법연수원 교수를 2년간 지내면서 인간사를 판단해야할 법률가를 시험공부만으로 결정해선 안된다는 교훈을 얻었습니다. 검찰은 머리좋고 공부잘하는 것보다 사명감과 일에 헌신할 수있는 인재가 필요한 곳이기 때문입니다."

강검사의 결심이 알려지자 검찰 내부에서는 "앞만 보고 달려가는 출세주의자들이 판치는 풍토에서 중요한 인적 자산을 잃게 됐다"며 안타까워 하고 있다.

그러나 정작 본인은 담담한 모습을 보였다. 그리고 "변호사 사무실에 청소년 피해상담 센터를 만들어 더욱 적극적으로 청소년 지킴이 활동을 계속하고 특히 분당 대안학교 개교 사업을 구체화 하겠다"는 계획을 18일 밝혔다.

명예퇴직을 앞두고도 평소 검사아들에 대한 자부심으로 살아오신 89세 노모가 놀라시지나 않을까 가장 걱정했을 정도로 그는 소문난 효자다.

/호경업기자 ho3840@munhwa.co.kr

"정치검사들 떠나라"

명퇴 강지원검사 苦言
청와대 유착등 3賊규정

"정치검사들은 속히 검찰을 떠나 차라리 출마하라."

7일 명예퇴직으로 24년간의 검찰생활을 마무리한 강지원(姜智遠·53·전 청소년보호위원장) 서울고검 검사가 각종 사건에 휩싸여 만신창이가 돼다시 피한 검찰조직에 뼈있는 고언(苦言)을 던졌다.

8일 서울지검 기자실에 들른 강 검사는 "검찰 50여년 역사는 청와대와의 유착과 갈등의 연속이었다"며 "오늘날 검찰의 신뢰가 땅에 떨어진 것은 정치권을 기웃거리는 '썩은 검사'들 때문"이라고 목소리를 높였다. 그는 또 ▲청와대에 유착한 검사 ▲청와대에 줄대는 검사 ▲청와대 눈치를 보는 검사를 '내부 3적'으로 규정한 뒤 이들이 사라지지 않는 한 검찰의 홀로서기는 절대 불가능하다고 주장했다.

강 검사는 살인피의자 사망사건으로 홍경영(洪景嶺) 전 검사가 구속된 것과 관련, "조직폭력배에 맞서 그만한 열정을 가진 검사를 찾기란 쉽지 않다"며 "그러나 홍 검사는 책임지는 자세를 보이는 게 바람직하다"고 말했다. 강 검사는 "때묻지 않은 젊은 검사들이 투쟁을 통해 검찰의 명예를 되살리기를

강지원 서울고검 검사가 8일 검찰 기자실에서 퇴임 기자회견을 하고 있다. /연합

바란다"며 "어려운 상황에 처한 후배들에게 힘을 못 실어주게 돼 미안할 따름"이라고 아쉬워했다.

1976년 제18회 사법시험에 수석합격한 강 검사는 서울지검 공안부 등을 거친 엘리트 검사였으나 89년 서울보호관찰소장직을 맡으면서 청소년 문제에 열정을 가지며 법무부 관찰과장 등을 자청했다. 강 검사는 부인인 김영란(金英蘭·사시20회) 서울지법 부장판사의 연수원 제자 4명이 세운 법률사무소 '청지(淸芷)'의 대표변호사를 맡아 청소년과 여성보호를 위한 공익사업을 계속할 계획이다.

/강훈기자 hoony@hk.co.kr

여성 최초 대법관의 가족으로 산다는 것

Q 선생님은 부인께서 우리나라 최초의 여성 대법관으로 계실 때 외조를 많이 하셨다고 '외조의 왕'으로 불리기도 했습니다. 실제로 어떻게 외조를 하셨나요?

그런 말을 많이 들었으나, 사실 대법관의 가족으로 산다는 것은 고통스러운 일이었습니다.

저는 변호사로 전직했다고 해도 변호사 업무보다 여러 가지 사회운동과 방송 진행에 더 많은 시간을 할애했습니다. 2003년 7월부터는 라디오 시사프로그램을 매일 진행했고, 2004년 3월부터는 TV 토크쇼까지 매일 진행해 하루에 두 탕씩 뛰는 '방송인' 노릇까지 했습니다.

그런데 아내가 2004년 8월 갑자기 여성 최초의 대법관에 임명되었습니다. 아내는 사실 꿈도 꾸지 않았습니다. 심지어 대법관 제청을 위한 심사가 정식으로 시작되었을 때, 당국으로부터 심사동의서에 서명하라는 요청을 받고도 거꾸로 거부서를 송부해버리기까지 했습니다. 그러다 꼭 선임된다는 것도 아닌데 심사 대상이 되는 것까지 거부할 필요가 있느냐는 채근을 받고서야 동의서를 보냈는데, 그만 선임이 된 것입니다.

그때부터 임기가 만료될 때까지 6년간, 우리 가족은 실로 조심스러운 나날을 보낼 수밖에 없었습니다. 특히 대법관은 다른 어떤 공직자보다 정치적 중립성이 요구되는 자리입니다. 그런데 남편인 저로 인해 오해를 받는다면 안 될 일이었습니다.

그래서 당시 진행 중이던 정치시사프로그램을 중단했을 뿐 아니라, 그 후에도 각종 정치적 현안에 대한 발언이나 정치권과의 접촉도 일절 자제하려고 노력했습니다.

그런 일은 그리 어려운 일이 아니었습니다. 실로 고통스러운 것은 '청탁'이었습니다.

평소에 잘 알고 지내던 어떤 이는 아내가 사건을 담당하는 주심대법관이라는 사실을 잘 알고 있었음에도 불구하고 거액의 돈 봉투를 들고 와 청탁을 했습니다. 그것은 사실상 뇌물이었습니다. 심지어 법조계의 사정을 잘 아는 변호사도 찾아와 부정한 제안을 했습니다. 우리끼리만 알고 있으면 되니 선임계는 내지 말고 사실상 수임해달라는 것이었습니다.

기가 찰 노릇이었습니다. 무엇보다 그들의 마음을 상하지 않게 거절하는 것이 고통스러웠습니다. 그런 일로 인해 지금도 우연히 만나면 얼른 얼굴을 돌리는 이가 있습니다.

한때 세상을 떠들썩하게 했던 고위 공직자 사건의 한 인사가 있었습니다. 그가 꼭 만나자고 해서 약수동의 한 식당에 나갔더니 큰 비닐

봉투를 내밀며 사건을 맡아달라고 했습니다. 얼핏 보기에 그 두툼한 부피는 거액의 현금 보따리임을 알 수 있었습니다. 기분 나쁘지 않게 설득하려고 무척 애썼습니다. 아내가 비록 담당 주심대법관은 아니지만 4인의 합의부원 중 1인이기 때문에 절대로 안 된다고 누누이 설명했습니다.

그 후에도 여러 차례 요청을 해왔으나, 결과는 변함이 있을 수 없었습니다. 그러자 나중에는 제가 잘 알고 지내던 사람이 그의 심부름으로 돈 5,000만 원을 들고 와 다른 변호사라도 소개해달라고 요청했습니다. 저는 이마저도 거절할 수 없어 변호사 한 명을 찾아 승소 가능성을 따져보고 직접 만나 선임 여부를 결정하라며 그 돈을 몽땅 전해주었습니다. 제가 해줄 수 있는 일은 이 정도가 최선이었습니다. 제가 소개해준 변호사는 당사자를 직접 만나 수임료 5,000만 원의 정식 약정서를 작성하고 헌법소원까지 포함해서 여러 변호 활동을 했다고 했습니다.

아내에게 이야기하자 아내는 자신에게도 청탁이 있었다며 개탄했습니다. 어떤 행사에 초대받아 갔는데 그곳에서 한 인사가 기다리고 있다가 그 사건을 잘 봐달라며 청탁을 하더라는 것입니다. 아내는 눈도 깜짝하지 않았습니다. 나중에 보도된 것을 보니 4인의 합의로 처벌 판결을 내놓았습니다.

후에 아내가 국민권익위원회 위원장에 취임하여 '부정청탁방지법'

의 제정을 추진하는 심정을 백분 이해하고도 남을 일이었습니다. 공직자들이 청탁을 받는다고 해서 모두 흔들리는 것은 아닙니다. 그러나 수많은 청탁들은 공직자를 괴롭힙니다. 소신껏 일할 수 있도록 공직자들을 청탁으로부터 해방시켜주어야 합니다. 그런 시도가 '청탁사회', '부패사회'라는 오명으로부터 탈출하는 계기가 될 것이라 기대합니다.

언젠가는 제가 2심에서 수행했던 사건이 상고되어 아내에게 배당된 적이 있었습니다. 아내는 당연히 재배당 신청을 해서 다른 대법관에게 넘겼습니다. 또 어떤 때는 제가 아예 손을 뗀 적도 있었습니다.

2008년 말에는 아예 서초동에 있던 변호사 사무실 문을 닫았습니다. 2009년 초 사당역 근처에 개인 사무실을 내고 잔무처리를 진행했습니다. 변호사 간판도 달지 않았습니다. 그렇게 한동안을 보낸 후 공식적으로 폐업신고도 하고 나중에는 개인 사무실도 없앴습니다.

변호사 활동을 한 것은 결국 6년여밖에 되지 않습니다. 그동안 보람 있었던 일도 많았지만 여전히 마음에 부담으로 남는 일도 있습니다. 저를 믿고 찾아오신 분들께 원하는 답을 드리지 못하는 것은 고통이었습니다. 법원 판결이나 검찰 결정에 대해 저 자신이 불만을 가지고 있는데, 당사자가 불만을 갖지 않는다면 오히려 이상한 일이었습니다. 위로의 말씀을 드릴 수밖에 없었습니다.

한 여성 의뢰인의 경우, 1심에서 일부승소했음에도 불구하고 감정 표현이 지나쳐 2심부터는 도저히 도와드릴 수 없어 사임하겠다고 했습니다. 그랬더니 인권변호사가 왜 사임하느냐고 막무가내로 항의해 할 수 없이 1심 수임료까지 다 반환해버리고 사임했습니다. 나중에 듣자 하니 그녀는 다음 변호사에게도 똑같은 어려움을 주었다고 했습니다. 그러나 이래저래 억울한 일을 당한 이들의 마음고생은 매우 큽니다. 크게 이해하려고 노력하는 것이 최선이라고 생각했습니다.

사회운동, 좋은 세상을 꿈꾸다

Q 만약에 선생님이 더 일찍 적성을 발견하고, 좀 더 빨리 봉사의 삶을 알았다면 어떤 다른 삶을 살아오셨을까요?

답은 간단하지요. 어떻게든 현재 제가 하고 있는 일들을 하지 않았을까 생각합니다. 지금 제가 하고 있는 일이 제 적성에 맞는 일이고, 그것을 다만 뒤늦게 찾았을 뿐이라는 것입니다. 제가 지금 하고 있는 일은 어린이, 청소년을 위한 활동과 사회적 약자인 여성, 장애인 등을 위한 운동, 그리고 좋은 세상을 만들기 위한 사회개혁과 정치개혁운동입니다.

또 '방송인'이라는 칭호를 들을 정도로 심심찮게 방송 활동도 하고 있습니다. 저는 법률가이기도 하지만 법률가로서의 삶보다 더 많은 시간을 그런 일에 할애하고 있습니다.

어린이·청소년 사업은 저의 '본업'입니다. 앞서 말씀드렸듯이 이 일은 검찰 재직 시부터 시작해, 변호사 시절엔 사무실에 청소년 인권 보호 법률지원단을 만들어 운영할 정도까지 되었습니다.

그에 비해 검사나 변호사 활동은 '생업'이었던 셈입니다. 저의 관심사는 어린이, 청소년에서 시작하여 어느새 여성, 장애인 등 사회적 약자들을 위한 일로 확대되었습니다.

제가 관심을 갖던 어린이, 청소년들을 위한 활동을 하다 보니, 청소년의 절반은 여성 청소년이라는 사실을 발견하고, 또 여성 청소년들은 남성 청소년들과는 다른, 또 다른 어려움에 처하는 일들이 많다는 것을 알게 된 것입니다. 이를테면 성폭력의 대상이 된다거나 성매매 착취의 대상이 되는 것입니다. 그래서 이래저래 여성문제에도 관심을 갖게 되었고, 어느새 여성운동을 지원하게 되었습니다.

변호사 시절 열악한 피해 여성들을 위해 무료 변론 활동을 열심히 한 것도 그런 계기에서였습니다. 그런 과정에서 피해자적 감수성이 없는 검찰, 법원에 대해 쓴소리로 질타하기를 마다하지 않았습니다. 그들로부터 욕도 많이 먹었을 것입니다.

그러나 그런 것들이 제가 할 일이라고 생각했습니다.

'매춘여성 반란' 집단 손배소

9명, 업주상대…"매맞고 돈떼이고" 짓밟힌 인권찾기

7명은 미성년때부터 고통
업주 실질제재 수단 주목

ㅂ(22)씨는 15살이던 7년 전 가출했다. 생활정보지 광고를 보고 찾아간 곳은 성매매소로 모여 있는 이른바 '미아리 텍사스'였다. 그런 곳인 줄 모르고 갔지만, 다달이 월급을 주겠다는 업주의 유혹을 뿌리칠 수 없었다. 그러나 그동안 한푼도 손에 쥐어보지 못했다. 업주는 ㅂ씨가 월급을 요구할 때마다 "목돈을 마련해 주려고 적금을 붓고 있다"는 딴말 둘러대었다. ㅂ씨는 "업주의 폭력과 부당한 대우를 견디며 목돈 만질 날만 기다려 왔지만, 업주의 말은 모두 거짓이었다"고 넋했다. ㅂ씨가 받지 못한 돈은 1억원이 넘는다.

ㅂ씨를 비롯해 미성년자 때부터 성…

성 피해 청소년의 '법적고통'

성매매여성 "경찰에 성상납"

인천 11명, 전현직 3명 실명공개 철저수사 촉구…교도관 2명도

"수사요구도 묵살"

유흥업소 등에서 성매매를 해온 여성 11명이 자신들이 전·현직 경찰관 및 교도관 등에게 '성상납'을 했다며 이들을 공개하고, 검찰의 철저한 수사를 촉구하고 나서 파문이 일고 있다.

ㄱ(33)씨 등 성매매 여성 11명은 10일 오후 2시 서울 서초구 서초동 '성피해 청소년 법률지원단' 사무실에서 기자회견을 열고, "인천 계양경찰서 전·현직 경찰관 3명에게 '단속 때 뒤를 잘 봐달라'는 명복으로, 교도관 2명에게는 '업주가 구속됐을 때 잘 봐달라'며 업주의 강요로 성상납을 했다"고 주장했다.

성매매 여성들은 인천 계양구 작전동에 있는 2개의 클럽에서 2002년 5월께부터 지난 1월 중순께까지 종업원으로 일해왔다.

이들은 "ㅁ·ㅂ 경찰 등이 일주일에 서너번씩 업소를 찾아와 도박판을 벌이고, 술과 안주 등 향응과 성상납을 받았다"며 "ㄷ 경장 등은 2003년 12월 조직폭력배와 거액도박을 한 혐의로 해임된 뒤에도 날마다 업소를 찾아와 도박을 했다"고 주장했다. 이들은 또 "같은 클럽의 ㅇ 검사에게도 강제 성상납을 했으며, 시행시 등은 단속업소 뒤를 흘리는 등 업소의 뒤를 봐줬다"고 덧붙였다.

이들은 교도관에 대해서도 "업주가 도박자금 제공 등으로 지난해 12… (중략) …

레 찾아나, 향응제공과 함께 성상납을 했다"고 주장했다. 또 "구청 과장이 업소의 뒤를 봐줬고 검찰 계양지청 접대를 받았으며, 이들에 대한 접대 기록이 주인의 장부에 적혀 있다"고 말했다.

성매매 여성들은 "성상납을 받은 비리 경찰관은 이름을 기억하는 3명 등 모두 10여명이지만 1명만 구속되고 나머지는 수사도 처벌도 받지 않고 있다"며 나머지 비리자들에 대한 수사를 촉구했다.

이에 대해 해당 검사는 "묵살한 게 아니라 설연휴 직전인 지난달 19일 민원이 접수돼 연휴 뒤 찾아오라고 했다"며 "불법영업 등이 경찰 수사…

원 변호사는 "인천지검 수사검사에게 철저한 수사를 요청했지만 '불법영업은 어디에나 있다'며 수사 요구를 묵살하고, 비리공무원 접수 등도 미적거렸다"고 주장하고 "경찰관과 교도관들이 유착된 성상납 비리를 철저히 수사하기 위해 수사검사를 바꿔달라"고 요구했다.

이에 앞서 성매매 여성들은 인천경찰청 기동수사대에 수사를 의뢰해, 성상납 의혹을 사고 있는 경찰 가운데 ㅁ씨가 2002년 7월부터 최근까지 8차례에 걸쳐 향응과 성상납을 받은 혐의 등으로 최근 구속됐으며, ㅂ씨는 불구속 입건됐다. 또 해당 교도관들은 비리혐의로 경찰 수사를 받고 있다.

인천/ㅇㅇㅇ 기자, ㅇㅇㅇ 기자

10일 오후 서울 서초구 서초동 강지웅 변호사(맨 왼쪽) 사무실에서 성매매 여성 11명이 기자회견을 열어 전·현직 경찰과 교도관들에게 업주의 강요로 성상납을 했다고 폭로하고 있다.
김종수 기자 jongsoo@hani.co.kr

중국동포 소녀 입양··· 2년 넘게 성폭행

짐승만도 못한 70대 양아버지

10대 또 데려오려다 실패

손녀뻘인 10대 중국동포를 입양해 2년여 동안 성노리개로 삼아온 파렴치한 아버지는

이름까지 새로 지어주며 호적에 입적했지만 이미 A양에겐 편씨가 아버지일 수 없었다.

A양은 남편과 사별한 어머니와 다시 함께 살게 된 뒤에도 수치심

"첫 성관계냐"···무턱대고 가해자와 대질

변호사·검사가 '성폭행 악몽' 또 들춰

피해자 "신문과정 정신적 고통" 손배소 내

'증인석에 앉아 있는 내가 죄인이 된 듯한 느낌이었다.'

초등학교 5학년 때부터 자신을 성폭행한 아버지를 고소한 ○아무개(16)양은 2003년 11월 법정에 증인으로 출석해 변호인으로부터 신문받는 1시간30분 내내 울먹여야 했다. '언제 했

적 충격으로 ○양의 생활은 엉망이 됐다. 학교도 자주 빼먹고 나쁜 친구들과 어울려 술·담배까지 손을 댔다.

딸을 성폭행한 아버지를 서 징역 5년이 확정된

당하는 성폭행 피해자의 사연은 ○양만의 일이 아니다. 열여섯살 때 성폭행을 당해 원치 않는 임신을 하게 된 ㅈ아무개(21)씨도 이날 '검찰에서 성폭행 가해자와 무리하게 대질조사를 강행하는 바람에 심한 정신적 고통을 입었다'며 당시 수사

에는 대질신문을 극히 예외적으로 시행하고 대질방법에서도 피해자의 의사를 최대한 존중하도록 돼 있다"며 "그러나 검사는 아들 지키지 않은 채 장시간 조사를 강행했다"고 주장했

檢 무혐의처분 → 항고·헌소 기각 → 민사소송 승리

성폭행 피해 20대여성 '3년 투쟁' 검찰 꺾었다

미성년 시절 성폭행을 당한 20대 여성이 3년간의 법정투쟁 끝에 검찰의 가해자 무혐의 처분을 뒤집고 성폭력 피해 사실을 인정받아 손해배상을 받게 됐다. 25일 청소년보호위원회 법률지원단(대표 강지원 변호사)에 따르면 인천지법 민사4단독 양정일 판사는 ㄱ씨(22·여)가 "미성년 시절 성폭행을 당해 정신적 고통을 받았다"며 ㅁ이씨(25)를 상대로 낸 손해배상 청구소송에서 "피고는 원고에게 3천만원을 지급하라"고 원고

력 상담기록 등에 부합하지 않고 피고가 원고의 신상에 대해 알고 있는 내용이 제한적이어서 합의에 따른 성관계로 보이지 않는다"고 밝혔다.

재판부는 "피고의 범행으로 원고는 성적 자기결정권을 심각하게 침해당했을 뿐 아니라 이후 수사과정에서 받은 고통으로 기억을 일시 상실하는 등 피해를 입은 만큼 금전으로나마 위로할 의무가 있다"고 덧붙였다.

ㄱ씨는 2001년 말 "빌려준 책을 돌려주겠다"며 자신을 집으

도 항고가 기각됐다.

ㄱ씨는 2003년 10월 대검에서 재항고가 기각되자 지난해 2월 검찰의 불기소처분에 대한 헌법소원을 제출했으나 이마저 기각되자 민사소송을 제기했다.

강변호사는 "검찰의 무혐의 처분을 남발하고 있다는 점이 드러난 것"이라며 "검찰은 성폭력 피해여성의 진술을 경청할 수 있는 시스템을 갖춰야 한다"고 말했다.

한편 법률지원단은 이 사건 수사를 담당한 검사에 대해 감

촛불시위 경남 밀양 여중생 집단 성폭행사건 가해자를 응징할 것을 촉구하는 네티즌들이 11일 서울 광화문 교보빌딩 후문 앞에서 피해자들에게 폭언한 경찰관을 징계할 것 등을 요구하는 촛불집회를 열고 있다.

이동희기자

밀양 성폭행 수사 '문제투성이'

경찰이 피해자에 폭언… 인권보호 소홀
청와대 홈페이지등 수사비난 글 쇄도
가해자 엄중처벌 촉구 분노 들끓어

경남 밀양 여중생 집단 성폭행 사건과 관련해 경찰이 수사 초기부터 피해자 인권보호에 소홀했다는 지적이 사실로 밝혀지면서 시민들의 분노가 끓이지 않고 있다.

경찰 관련 홈페이지와 각 사이트에는 네티즌들의 비난 글이 쇄도하고 있고, 서울 광화문에서는 촛불집회가 열리는 등 경찰에 대한 국민들의 신뢰가 땅에 떨어지고 있다.

12일 울산남부경찰서와 관계자들에 따르면 피해 여중생은 또 경찰서에서 대질조사를 하는 과정에서 한 가해고교생으로부터 욕설을 듣도록 방치되는 등 경찰이 피해자 보호 관리에 전혀 신경쓰지 않은 것으로 밝혀졌다.

이들 피해 여중생은 또 지난 7일 오후 남부서 뒷뜰 마당에서 가해자 가족들에게 둘러싸인 채 그 가운데 2명으로부터 "이렇게 (신고)하고 제대로 사나 보자. 몸조심 하라"는 등의 협박을 받았다. 특히 경찰은 피해 여중생과 가족들의, 사건 성격상 여경의 조사를 받고 싶다는 요구를 묵살한 것으로 밝혀졌다. 또 이들을 상대로 조사를 벌이던 김모 경장은 가해자들과의 분리

조사를 위해 감식반에 피해자들을 모아 놓고 "내가 밀양이 고향인데 (너희들이)밀양 물 다 흐려놨다"는 등의 폭언까지 한 것으로 경찰의 자체감사결과 드러났다. 경찰은 곧 공식절차를 거쳐 김 경장을 징계할 방침이다.

경찰은 성폭행 가해자들을 가려내는 수사과정에서도 일렬로 세운 뒤 성폭행 피해자들이 가해자를 직접 지목하도록 하는 원시적인 방법으로 수사를 벌여 피해 여중생들이 보복 걱정과 수치심을 갖게 했다는 지적을 받고 있다.

경찰의 수사태도를 놓고 네티즌들의 분노가 들끓고 있다. 경찰청 홈페이지에는 11일 이 사건과 관련해 "경찰이 성폭력 피해자의 인권도 못 지켜주나. 폭언을 한 경관을 구속하고 경찰청장은 옷 벗으라"라는 등 수십 건의 비난글이 올랐다. 청와대 홈페이지에도 "해당 경찰관을 파면, 직위해제 하라"는 내용의 글이 잇따랐다.

앞서 수사과정에서의 경찰 폭언을 규탄하는 네티즌들의 촛불집회가 11일 오후 7시쯤 150여명이 참가한 가운데 서울 광화문 교보빌딩 후문 앞에서 열렸다. 이날 촛불집회에서는 폭

언 경찰관을 징계하고 일부 풀려난 가해자들에 대한 훈방 조치를 철회할 것 등을 요구했다. 이번 촛불행사를 주도한 인터넷 카페는 18일 오후 7시에도 서울 광화문 교보빌딩 부근과 부산 서면 롯데백화점 앞에서 각각 촛불집회를 가질 계획이다.

울산지방법원 권순빈 판사는 11일 검찰이 여중생 집단성폭행 혐의(특수강간 등)로 추가로 구속영장을 청구한 경남 밀양지역 고교생 12명 가운데 9명에 대해 영장을 발부했다. 이로써 이번 사건과 관련, 모두 12명이 구속되고 29명은 불구속 입건됐다.

강지원씨 무료변론 맡아

한편 청소년 지킴이로 잘 알려진 강지원 변호사는 12일 밀양 성폭행 사건의 피해자인 여중생의 무료변론을 맡기로 했다고 밝혔다.

강 변호사는 이날 연합뉴스와 전화회견에서 "밀양 성폭행 사건을 보고 안타깝게 생각하던 중 네티즌 사이에서 사건을 맡아달라는 요청이 쇄도해 무료변론에 나서게 됐다"고 말했다. 그는 "전국 247개 경찰서 가운데 진술녹화실이 없는 곳은 단 4곳인데 울산 남부서가 그 중 하나"라며 "진술녹화실을 마련하지 못한 이유뿐만 아니라 수사시 여경을 배치하지 않은 경우 등도 함께 조사하겠다"고 덧붙였다.

울산=최봉길기자, 김민호기자

또 어린이, 청소년 10명 중 1명이 장애인이라는 사실도 뒤늦게 알게 되었습니다. 자연히 장애인 문제에도 관심을 갖게 되었습니다.

17일 판문점을 찾은 장애인들이 기념사진을 찍었다. 황영조 국민체육진흥공단 마라톤 감독, 강지원 푸르메재단 공동대표, 김성수 푸르메재단 이사장, 가수 강원래 씨, 영화 '말아톤'의 실제 주인공 배형진 씨 등도 이들과 함께했다. 원대연 기자 yeon72@donga.com

"판문점 첫 나들이 꿈같아요"

푸르메재단 장애인 50여명 JSA방문 행사

"바로 저기가 북한이네!"

17일 오전 특별한 손님들이 판문점 공동경비구역(JSA)을 찾았다. 주인공은 비영리공익재단인 푸르메재단이 장애인의 날(20일)을 기념해 개최한 '장애인과 함께 떠나는 특별한 여행 JSA' 행사에 참가한 장애인들.

이날 국립서울농학교와 절단장애인협회 등 단체 소속 장애인 50여 명은 판문점과 도라산역 등을 둘러보고 통일 염원을 담은 편지를 썼다.

백경학(白庚學) 푸르메재단 상임이사는 "장애인들에게 어디를 가고 싶은지 물었더니 가장 많이 얘기한 곳이 판문점이었다"며 "장애인들도 어디든 갈 수 있다는 희망을 주고 싶어 행사를 마련했다"고 말했다.

영화 '말아톤'으로 유명한 배형진(23) 씨는 웃는 얼굴로 연방 자신을 "영화 '말아톤'의 실제 주인공 배형진"이라고 또박또박 소개하며 "판문점에 와서 정말 좋다"고 말했다. 윤완준 기자 zeitung@donga.com

저의 사회운동은 제가 처음부터 무슨 특별한 계획을 가지고 한 것이 아닙니다. 하나에서 둘로, 저를 필요로 하는 곳이 늘어날 때마다, 그 일들이 저의 적성에 맞는 일이라고 판단되면 최대한 참여했습니다. 제가 제 적성에 맞는 일을 해갈 때, 길은 새로운 길을 만들어주었습니다.

1995년 정보통신윤리위원회 위원을 거쳐 2005년에 정보통신윤리위원회 위원장(비상임)을 맡아 '사이버상의 양심운동'을 전개했습니다.

'사이버 5적' 몰아내자

언어폭력·유해정보등… 사이버시민운동 전개

정보통신윤리위원회와 윤리운동단체인 '성숙한사회가꾸기모임'이 11일 서울 서초동 정보통신윤리위 이클린홀에서 제1회 사이버양심포럼을 열고 '사이버양심 5적(敵)'을 발표했다.

이번 포럼은 인터넷 자정운동인 '사이버 명예시민운동'의 일환으로 마련됐으며, 위원장인 강지원 변호사와 역대 위원장을 지낸 동덕여대 손봉호, 광운대 박영식 총장 등이 참석해 공개대담을 가졌다.

포럼에서는 ▲욕설·비방 등 사이버언어폭력 ▲'야동'·'야사' 등 청소년유해정보 유포 ▲허위사실 침해 ▲다른 이의 창작물을 퍼나르는 저작권 침해 등을 5적으로 선정했다.

5적의 피해자로는 올 6월 지하철에 애완견의 배설물을 치우지 않아 얼굴 등이 적나라하게 공개되는 등 수모를 겪은 '개똥녀'와 사귀던 여성이 실연 뒤 스스로 목숨을 끊은 사연이 미니홈피에 공개되면서, 개인정보가 인터넷에 유출돼 욕설 등에 시달리다 회사까지 그만둔 남성이 손꼽혔다.

지난달 한 프리랜서 사진작가가 본인의 작품을 복사해 전자앨범에 올린 네티즌을 상대로 낸 소송에서 법원이 저작권 침해를 인정, 작가에게 배상금을 지급하라고 판결한 것도 온라인상에서 타인의 권리를 침해한 데 대해 응분의 대가를 치른 본보기로 소개됐다.

유지혜기자 wisepen@seoul.co.kr

정보통신윤리위원회 (위원장 강지원·오른쪽)와 성숙한사회가꾸기모임 (공동대표 손봉호·왼쪽)은 11일 오후 정보통신윤리위원회에서 '사이버양심 5적(敵)을 말한다'라는 주제로 제1차 사이버양심포럼을 진행했다.
김명국기자 daunso@seoul.co.kr

오는 17일 열리는 '효사랑 가족패션쇼&콘서트'를 앞두고 모델로 참가하는 홍일식 전 고려대 총장, 임선희 청소년보호위원장, 강지원 변호사(왼쪽부터) 등이 9일 전통 한복을 입고 워킹 연습을 하고 있다. 연합뉴스

한복입은 명사들 '효 사랑 패션쇼'

17일 서울시 교육연수원서

세계 효문화본부(총재 홍일식)는 오는 17일 오후 7시 서울 서초구 방배동서울시 교육연수원에서 '신세대와 함께하는 효사랑 가족패션쇼'를 개최한다고 9일 밝혔다. 이번 패션쇼에는 홍일식 전 고려대 총장, 초대 청소년보호위원장을 지낸 강지원 변호사, 임선희 청소년보호위원장, 1992년 바르셀로나 올림픽 마라톤 금메달리스트 황영조씨가 모델로 나선다. 청소년 200명이 무료 초청되는 이번 행사에는 김수완 추기경이 특별 출연해 효에 관한 메시지를 전하며, '가족·고향·효'를 주제로 국내 중견 성악가들이 꾸미는 콘서트도 함께 열린다.

'우리문화 가꾸기 운동', '효문화 운동', '건전 가정운동', '성숙한 사회 가꾸기 운동', '부패추방운동', '윤리운동', '환경운동', '나눔운동' 등에도 참여했습니다.

2001년 7월 '아름다운 혼·상례를 위한 사회지도층 100인 선언'에 서명한 이후에는 '혼·상례개선운동'에도 참여했습니다. 저 자신도 혼·상례 개선을 실천하기 위해 노력하였고, 또 학연·지연·혈연 등의 연고문화를 개선하기 위해 각종 친목회 활동도 극구 자제하기 시작했습니다.

'아름다운 혼·상례를 위한 사회지도층 100人 선언식' 열려

"결혼식엔 100명이하 초청… 축의금도 사절"

"청첩 남발 말고 화환, 축의금은 사절합시다. 하객은 양쪽 100명 이하로 부릅시다. 호화 사치 결혼식 주례는 서지 맙시다. 조의금 받지 말고 화장(火葬)에 앞장 섭시다."

호화결혼식 주례 안서

2일 오전 11시 서울외신기자클럽에서 '아름다운 혼·상례를 위한 사회지도층 100인 선언식'이 열렸다. 36개 시민단체가 연합한 '생활개혁실천 범국민협의회'가 주최한 행사다. 이날 선언식에는 강지원 검사, 이세중 변호사, 강영훈 전 국무총리, 신영국 한나라당 의원, 김천주 대한주부클럽연합회 회장 등

이날 ⌐ㅠ 추기경

◇한지현 원불교 여성회 회장의 선창으로 각계 인사들이 '간소한 혼·상례에 앞장 서자' 는 내용의 선언문을 낭독하고 있다.

SK그룹 회장 등 사회지도층 인사 '생개협' 운영위원장을 맡고 있는

아름답게 고쳐 보자는 것"이라고 취지를 설명했다. 이번 행사에 참여한 이들은 대부분 '작은 결혼식'을 실천한 인물들이다. 서울대 손봉호 교수는 아는 교인들이 붐빌까봐 아들 결혼식을 극비리에 친구가 목사로 있는 교회에서 치렀다. 신락록 하객은 20여명이 전부였다. 봉 교수는 얼마 전 아들 결혼식에 하객을 25명만 불렀다.

火葬도 앞장 서기로

'생개협' 회원들은 비디오 카메라를 들고 다니며 '거품 결혼식' 모니터도 한다. '생개협'은 앞으로 정치인의 호화 사치 결혼식을 철저히 기록해 내

'허례허식 없는 혼·상례' 약속 몸소 실천

모친상 숨긴 강지원 변호사

"2001년 '아름다운 혼·상례를 위한 사회지도층 100인 선언'에 참여해 허례허식 없는 검소한 의식을 실천하자고 약속했습니다. 주변 분들도 제 뜻을 이해해주시리라 믿습니다."

강지원(55·사진) 변호사가 장례문화를 개선하겠다는 평소 약속을 실천하기 위해 최근 당한 모친상을 주변에 알리지 않은 채 치른 것으로 7일 알려졌다.

그가 모친 이효임(90) 여사의 별세 소식을 들은 것은 지난 4일 오전 10시10분, 아침 라디오 시사프로그램 진행을 마치고, 성매매방지 기획단 민간단장 자격으로 총리실 회의에 참석하고 있을 때였다. 내색하

지 않고 회의를 마친 강 변호사는 가족들과 의논해 빈소를 신촌세브란스병원으로 결정했다. 조문객들에게 음식이나 술을 대접하는 접객실이 없기 때문이었다. 자신이 대표로 있는 청지 법률사무소 직원들에게도 주변에 모친상 소식을 알리지 못하도록 입단속을 시켰다. 관례대로 각 언론사에 부음을 전하려던 병원측은 강 변호사의 만류에 부딪쳤다.

강 변호사는 상중에도 평소와 다름없이 라디오 방송을 진행하고 교육방송 녹화를 마쳐 담당 PD들조차 그의 모친상 소식을 눈치채지 못했다. 그의 아내인 김영란 대전고법 부장판사도 시어머니의 별세 소식

을 주변에 알리지 못했다.

이 여사의 빈소 앞에 놓인 조화는 10개. 강 변호사에게 들어온 것은 그가 대표로 있는 법률사무소와 어린이청소년포럼에서 보낸 2개가 전부였다. 나머지는 동생 강창원 교수(한국과학기술원 생물과학과)의 학교와 학회 등에서 보내온 것이었다. 그는 가족들을 설득, 지난 6일 모친의 시신을 벽제 승화원에서 화장했다.

강 변호사는 "어머님과 주변 사람들께 미안하지만, 고인과 가족이 중심이 되는 검소한 장례식을 치르겠다는 사회와의 약속을 꼭 지키고 싶었다"고 말했다.

채성진기자 dudmie@chosun.com

김영란 권익위원장
'조용한 부친상'

김영란(사진) 국민권익위원장이 부친상을 당하고도 해외 출장 일정을 모두 소화한 사실이 뒤늦게 밝혀졌다. 김 위원장은 귀국 이후에도 권익위 직원 등 외부에 일절 알리지 않고 상을 치러 공직자의 모범을 보였다는 평이다.

김 위원장은 지난달 27일부터 홍콩과 미국을 방문, 반기문 유엔 사무총장 등을 만나 한국 반부패정책을 알리고 국제 공조를 요청했다. 김 위원장은 방미 중인 지난 4일 부친상을 당했다. 하지만 예정된 일정을 모두 마무리한 뒤 6일 귀국했다. 김 위원장은 출국 전부터 아버지가 위독한 사실을 알았지만 공적인 업무가 우선이라고 판단해 출장을 강행했고, 부친상 소식을 들은 이후에도 동행한 직원들에게조차 이 사실을 알리지 않은 것으로 전해졌다.

검정 정장을 입고 귀국한 김 위원장은 곧바로 삼성의료원에 마련된 빈소를 찾았다. 그러나 이때도 공항에 마중 나온 직원들조차 김 위원장이 상을 당한 사실을 몰랐다고 한다. 김 위원장은 조용히 상을 치르기 위해 남편인 강지원 변호사와 상의 끝에 장례식장 입구에 공개되는 상주 명단에서 자신과 강 변호사의 이름을 아예 뺀 것으로 알려졌다.

김 위원장은 7일 오전 발인에 참석하느라 국회 정무위원회 전체회의에는 불참했다. 권익위 관계자는 "국회에 위원장이 참석하지 않은 것을 보고야 직원들이 부친상에 대해 알았다"면서 "권익위 직원 아무도 장례식장에 가지 못했다"고 말했다.

김 위원장은 2004년 3월 대전고법 부장판사 재직 당시에도 시어머니상을 외부에 일절 '부고'하지 않고 조화도 받지 않았다. 강 변호사가 '아름다운 혼·상례를 위한 사회지도층 100인 선언'에 참여했을 때의 약속을 지키기 위해 부부가 상의 끝에 이같이 결정했다고 한다.

한국 첫 여성 대법관을 지낸 김 위원장은 지난해 8월 퇴임 당시 로펌들의 잇단 '러브콜'에도 전관예우 문화를 깨기 위해 변호사직 대신 서강대 로스쿨 석좌교수로 자리를 옮겼다.

김 위원장은 지난달 취임 후 첫 기자간담회에서 "제가 대법관 퇴임 후 로펌에 가면 1년에 100억원까지 받을 수 있다고 하더라"면서 "우리나라 부패인식지수(CPI)가 다른 선진국보다 낮은 주된 요인 중 하나가 전관예우 때문"이라고 지적하기도 했다.

이성규 기자 zhibago@kmib.co.kr

2006.5.31. 지방선거 때부터는 우리나라의 고질적인 연고주의 선거, 금권선거 등을 개선하기 위해 '매니페스토 정책선거운동'을 전개해왔습니다.

"유권자 32%가 정책에 투표… 희망의 싹 봤다"

강지원 매니페스토실천 상임대표

"북풍과 노풍이 정책선거를 삼켜 안타까웠지만 선거 결과에서 희망의 싹을 봤다고 생각합니다."

강지원(사진) 한국매니페스토실천본부 상임대표가 지방선거에 대해 말하는 동안 그의 목소리에는 아쉬움이 진하게 묻어 있었다. 강 대표는 "선거전 초기에는 4대강 사업과 관련해 개발이냐 환경이냐를 둘러싸고 논쟁이 벌어졌고 무상급식 문제에 대해서도 복지에 대한 선택과 보편 사이에서 정책대결이 있었다"고 말하며 "이번 지방선거는 정책대결로 갈 수 있다고 생각했는데 천안함 사고에 따른 북풍과 노풍이 그것들을 다 삼켰다"고 안타까워했다. 이 두 사안이 유권자들에게 감성적 영향을 미쳤다는 얘기다. "얼마나 답답했으면 거리에 나와

기자회견까지 했겠습니까."

매니페스토운동은 언론에도 할 말이 많았다. 강 대표는 "이번 선거에서도 선거 공보물이 후보자들의 정보를 구할 유일한 창구였다"고 지적하며 "구체성 없이 듣기 좋은 말만 있는 공보물로는 전혀 판단이 서지 않았다"고 자신의 체험을 설명했다. "선진국에서는 특히 지역언론이 정책을 검증하는 역할을 하는데 우리나라 언론에는 후보자들의 동향, 동정 스케치만 나온다. 이게 이미지와 바람 중심 선거에 이용당하는 것 같다"며 언론의 변화를 촉구했다.

그럼에도 그는 희망의 끈을 놓지 않는다. 지방선거 유권자 설문조사에서 전체의 32%가 후보의 정책을 보고 투표했다고 답한 게 그 근거다. 정당이 가장 우선시되고 공약은 2·3순위에 그쳤던 과거 조사에 비하면 장족의 발전인 셈이다. 그는 "정당이 기준이 됐다는 응답도 26%를 차지했는데 넓게 보면 이것도 정책을 보고 투표했다고 볼 수 있다"고 말한다. 뿐만 아니라 영남에서 민주당이, 호남에서 한나라당이 두자릿수 득표율을 얻은 것도 지역주의를 타파하고 정책선거로 넘어갈 발판이 됐다는 게 강 대표의 설명이다.

강 대표는 "다음 선거 때는 거리에 나가 기자회견 하는 일이 없었으면 좋겠다"는 기자의 말에 "그건 내가 정말로 바라는 일"이라고 힘줘 말했다.

/박준호기자 violator@sed.co.kr

"약속을 지키세요" 한국매니페스토실천본부가 4일 오후 서울 태평로 한국언론회관에서 연 '제2회 매니페스토 약속대상' 시상식에서 강지원 상임대표(앞줄 오른쪽 다섯째)와 수상자들이 매니페스토 실천을 다짐하고 있다. 이날 시상식에서는 김무성 한나라당 의원(앞줄 오른쪽 셋째)과 원혜영 민주당 의원(앞줄 왼쪽 셋째), 권선택 자유선진당 의원(앞줄 왼쪽 둘째) 등 국회의원 29명과 기업가 6명, 언론인 41명이 상을 받았다. 김명진 기자 littleprince@hani.co.kr

4일 서울 중구 태평로 한국프레스센터에서 강지원 변호사 주례로 열린 결혼식에서 신랑 엄상현씨와 신부 김미순씨 부부가 결혼 공약을 서로에게 전달하고 있다.
도준석기자 pado@seoul.co.kr

"비자금 만들지 않겠다" "외모관리 신경 쓰겠다" 공약

이젠 결혼식도 '매니페스토' 시대

'절대 '비자금'을 만들지 않겠습니다.'(신랑) '외모 관리에 신경 써 남편이 '딴 마음'을 먹지 못하게 하겠습니다.'(신부)

4일 정오 서울 중구 프레스센터에서 열린 한 결혼식에서 엄상현·김미순 부부가 서로에게 결혼 생활에서 지킬 '공약'을 발표하자 하객들 사이에서는 환호성과 박수가 쏟아졌다.

한국매니페스토실천본부 공동대표를 맡고 있는 강지원(58) 변호사가 이날 결혼식을 올리는 엄씨 부부를 위해 준비한 독특한 주례 이벤트. 엄씨 부부는 서로에게 구체적이고 실천 가능한 약속을 제시, 꼭 지킬 것을 다짐했다. 일종의 '매니페스토(참공약 실천) 결혼식'인 셈이다.

신랑 엄씨는 신부에게 ▲매년 첫눈 오는 날 꽃다발을 주겠다 ▲청소·설거지 등 집안 잡일을 책임지겠다 ▲운동을 열심히 해 뱃살을 꼭 빼겠다 ▲절대 비자금을 만들지 않겠다 등을, 신부 김씨는 신랑에게 ▲남편 건강을 위해 건강 지식을 열심히 쌓겠다 ▲외모 관리에 신경 써 남편이 한눈 팔지 못하도록 하겠다 ▲쓰레기 분리수거를 철저히 하겠다 등 각각 5가지씩의 공약을 내걸었다.

주간지 기자인 엄씨는 "주례 부탁을 하러 간 자리에서 강 대표가 약속의 중요성을 상기시키며 결혼 공약을 발표해 볼 것을 제안했다."면서 "매년 연말에 약속 이행 평점을 매겨 서로에 대해 긴장하는 계기로 삼겠다."고 공약 검증 의지를 밝혔다.

강 대표는 "결혼은 약속이고 그 약속을 지키는 데서부터 부부의 신뢰가 싹튼다."면서 "정치 또한 국민과의 약속으로, 후보들이 유권자에게 제시한 공약을 반드시 이행해야 국민과의 신뢰를 구축할 수 있다는 생각에 매니페스토 결혼식을 준비했다."고 설명했다.

이어 "앞으로 주례를 맡는 결혼식은 모두 '매니페스토 결혼식'으로 진행하겠다."고 말했다.

이문영기자 2moon0@seoul.co.kr

2008년부터는 자살예방대책 추진위원장으로 '자살예방 및 생명존중운동'에도 참여해왔습니다.

변호사 활동도 일정 비율은 사회적 약자를 위한 무료 변론에 할애하였습니다. 변호사들은 소속 변호사회에 공익 활동에 투입한 사건을 보고하게 되어 있는데, 어느 날 통계자료를 보고 저 자신도 깜짝 놀랐습니다. 어느 해부터인지 매년 1년에 300시간 이상을 무료 변론에 투입한 것입니다. 그것을 1일 8시간, 1달 25일 근무로 계산해보니 1년에 1.5개월이 넘는 날을 무료봉사에 할애한 것이었습니다. 매년 1~2개월을 무료봉사한 셈입니다.

"치열한 일상서 자아 상실 난 괜찮은 사람 깨달아야"

강지원 변호사

"우리 사회는 '상처 사회'입니다. 자존감이 낮아 자신을 학대하고 남을 상처내는 사람이 넘쳐납니다. 이런 사회가 바뀌지 않는 한 매년 1개 사단에 해당하는 인원이 스스로 사라지는 사태를 막을 수 없습니다."

국민일보와 공동으로 매년 '생명사랑 밤길걷기 대회'를 열고 있는 한국생명의전화 고문 강지원(59) 변호사는 8일 최근 짧은 생을 마감한 최진실씨 문제에 대해 안타까움을 감추지 못했다. 강 변호사는 2004년 가정 폭력과 이혼을 겪은 뒤 광고주로부터 손해배상

최진실씨 자살은 사회의 책임
예민한 시기 청소년 보호해야

소송을 당했던 최씨를 변론했던 친분이 있다. "당시 최씨에 대한 안티 카페가 말도 못하게 극성이었던 것이 기억납니다. 최씨는 밤새워 그곳의 글들을 읽고는 속상해하고 억울해했어요. 그때도 신경이 예민해서 약을 복용하는 것을 보며 위험하다고 생각했는데 이번 소식을 듣고 너무나 안타까웠습니다."

그는 최씨 자살에 대해 개인적 사건으로 치부할 일이 아니라고 강조했다. 성공만을 추구하고 차별을 당연시하는 사회 분위기 속에서 사람들은 자신이 가진 행복을 보지 못하고 서로 상처내고 상처받을 수밖에 없다는 것이다.

강 변호사는 특히 청소년들에 대해 깊이 우려했다. 자살 예방에 대한 강 변호사의 관심은 청소년을 위해 일해오면서 자연히 생

겨난 것이었다. "청소년들은 어른이 볼 때 '그런 이유로도 죽나' 싶을 정도의 이유로 자살을 택합니다. 이를 일부 마음이 약한 아이들의 문제라고 생각해선 안됩니다. 예민한 시기에 자아존중감을 키워주지 못하고 왕따 등 폭력 속에 방치해 놓은 우리 사회의 책임입니다."

강 변호사는 청소년 자살 예방과 관련한 강의를 할 때마다 인도 독립의 아버지 마하트마 간디의 예를 든다. "간디도 청소년기에 자살을 시도한 적이 있었어요. 담배 살 돈이 없어 도둑질을 해야 했던 처지를

비관해서였죠. 독성이 강한 열매를 어렵사리 구해 한두 개 삼켰는데 '먹고도 안 죽으면?'이라는 의문으로 멈췄고, '죽지 말고 이 처지를 인내해보자'고 생각을 바꿨다고 합니다." 그는 "간디가 만일 청소년인 채로 죽었다면 어땠을까"라고 물은 뒤 "지금 자살을 생각하는 청소년들도 한 번의 기회가 주어진다면 간디보다 훌륭한 사람이 될 수 있는 것"이라고 강조했다.

강 변호사는 10일 밤 열릴 '2008 생명사랑 밤길걷기'에 대해 "앞만 바라보고 치열하게 살아오느라 자아를 잃어버린 사람들이 내면을 되돌아보고 '나도 괜찮은 사람, 사랑받을 만한 사람'이라는 사실을 깨닫는 좋은 시간이 될 겁니다. 그날 저도 갈테니 함께 걸어봅시다"라며 웃어보였다.

황세원 기자 hwsw@kmib.co.kr

나중에 알았지만, 그것이 요즘 말하는 '재능기부'에 해당하는 것이었습니다. 미국의 프로보노(pro bono)운동도 그 후에 알게 되었습니다.

기부 활동의 경우, 제가 사업가가 아니어서 큰돈은 못 보탰지만 보이지 않게 조금씩 하려고 노력했습니다. 검찰 재직 시에 뒤늦게 시작한 기부활동이 뜻하지 않게 언론에 노출된 경우도 있었습니다.

예컨대 고 김수환 추기경님과 함께 인제인성대상을 수상하였을 때 저의 상금 1,000만 원을 기부하였더니 그 사실이 저절로 알려지게 되었고, 고 탤런트 최진실 씨로부터 받은 수임료를 밀양 성폭력 피해자에게 기부했더니 언론에 보도되는 식이었습니다.

기부에 있어 중요한 것은 금액의 크고 적음이 아니라 꼭 필요한 이들에게 '얼마나 정성을 담아 전하느냐'가 아닌가 합니다.

김수환추기경·강지원검사 '仁濟인성대상'

인제대학교(이사장 백낙환·白樂晥)는 28일 서울 신라호텔에서 제2회 인제인성대상(仁濟人性大賞) 시상식을 열고 김수환(金壽煥·사진 왼쪽) 추기경과 청소년보호위원회 초대위원장을 지낸 강지원(姜智遠) 서울고검 검사에게 인성대상을 수여했다. 김추기경은 유신체제 등 격동기를 거치면서 인권신장과 민주화에 기여한 공로를, 강검사는 지난 97년부터 3년간 청소년보호위 초대위원장을 맡아 청소년 선도에 앞장선 점을 각각 인정받았다고 학교측은 밝혔다. 한편 강검사는 이날 상금 1000만원 전액을 결식아동돕기 성금으로 기탁했다. 〈김석기자〉

"소년원에 인생의 양식을"

강지원검사, 강연료 모아 명작도서 41질 전달

청[...]
검[...]
출연[...]
작 [...]
다. [...]

강 [...]
수상[...]
설 '[...]
전국[...]
달했[...]

이 [...]
20~[...]
방[...]

'청소년 지킴이' 아름다운 나눔

강지원 변호사 원고료 5,000만원 기부

'청소년 지킴이' 강지원 변호사(54·**사진**)가 방송 프로그램을 진행하고 신문에 칼럼을 기고하면서 받은 원고료 등을 청소년 단체와 여성단체 등에 매년 기부, 화제가 되고 있다.

강변호사는 그동안 방송 출연료와 신문 원고료 등을 받으면 꼬박꼬박 모아 형편이 어려운 청소년들이 다니는 대안학교인 '꿈틀학교', '한빛청소년대[...]단' 등 청소년 단체와 여성단체 20여곳에 아낌[...] 지난 7월부터 맡고 있는 아침 라디오 시[...] 특[...] 방송에 출연하[...]

"최진실씨 '유료변론' 전환

수임료로 밀양여중생 돕기"

강지원변호사 밝혀

연예인 최진실씨의 30억원 피소사건을 무료 변론하기로 했던 강지원 변호사[...]가 당초 계획과 [...]

강 변호사는 당초 순수한 여성인권 보호 차원에서 무료 변론하기로 했으나, 일각에서 '경제형편이 어렵지도 않은 유명 연예인에 대한 특혜 아니냐'는 비판에 대해 고민하다가 이 같은 대안을 찾은 것으로 알려졌다. 강 변호사는 밀[...] 양 성폭력 피해 학생 무료 변[...]

강지원 변호사 1억 기부

'청소년 적성찾기' 기금으로

'타고난 적성찾기 국민실천본부'는 강지원 변호사(62·**사진**)가 '청소년 적성찾기 기금'으로 1억원을 기부했다고 13일 밝혔다. 이 모임은 퇴직 교직자들이 획일화된 입시교육에 찌들린 학생 개개인의 적성을 찾아주고자 지난달 결성했으며, 강변호사는 모임의 상임대표로 있다.

'청소년 지킴이'로 불리는 강 변호사는

"교육의 기본은 청소년들이 적성을 찾아 자신이 행복을 찾게 하는 것"이며 "하루빨리 우리 학생들을 획일적인 입시교육과 대학 간판주의 교육 풍토에서 해방시켜야 한다"고 밝혔다. 강 변호사는 현재 변호사 사무실을 접고 각종 봉사활동에 전념하고 있으며, 이번에 기탁한 1억원은 최근까지의 방송 출연료, 강연료 등을 모아 낸 것으로 알려졌다.

김유나 기자

아직도 '끼'가 남았나?

Q 청소년 문제 전문가와 사회운동가로서의 삶과 '방송'은 언뜻 보면 관계가 없어 보이는데, 어떻게 방송활동을 꾸준히 해오셨는지 궁금합니다.

방송에 참 많이 불려 다녔습니다. 서울지검 특수부에 근무하던 젊은 검사 시절 처음으로 TV 방송에 출연했습니다. 당시에 수사 결과를 언론에 발표하는 기회가 많았는데, 그때마다 평이 괜찮았는지 저에게 발표할 기회가 자주 돌아왔습니다. 그 후 청소년 문제에 전념하던 시기에는 더 자주 TV 카메라가 찾아왔습니다. 그러다가 드디어 방송사로부터 고정 출연을 요청받았습니다. MBC TV '이경규가 간다'에 고정 출연해 청소년들에게 술, 담배를 팔지 않는 가게를 찾아 '양심가게'로 지정하고 '양심냉장고'를 상으로 주고 다닌 것입니다. 이 프로그램이 방송되는 동안 서울 서초동 법조타운 일대가 시끌시끌했다고 합니다. "어떻게 현직 검사가 예능 프로에 나가느냐"는 것이었습니다. "탤런트 검사, 연예인 검사"라는 소리도 들었습니다. 그러다 나중에는 그 취지가 좋다며 다른 검찰 간부도 출연하면 좋겠다는 말도 나왔습니다. 이후에도 여러 방송 프로그램에 출연했습니다.

〈이경규가 간다〉
양심인을 찾습니다

MBC 이경규가 거리로 나섰다. 청소년보호법 제정 이후 양심가게를 찾아 나선 것이다.

지난주에는 양심가게 6호점을 찾기위해 레스토랑과 카페에 도전했으나 아쉽게도 실패로 끝났다.

청소년보호법이 실효를 갖게 된 지 오랜 시간이 지난 후라 〈이경규가 간다〉 제작팀들은 불안한 마음으로 9월24일 6호점 7호점이 될 양심가게를 찾아 나섰다.

청소년보호위원장 강지원 검사를 비롯한 민병철 박사까지 동행하여 어떻게든 이 법의 기본질서를 잡는데 일조를 하겠다는 의지다.

그러나 지난주와는 달리 생각보다 빨리 이번에는 양심비디오가게 6호점 7호점이 한꺼번에 쏟아져 나왔다. 조금씩 시민의식이 달라고 있는 것인지?

〈이경규가 간다〉프로는 10대처럼 보이는 20대 초반 학생을 투입시켜 청소년보호법의 기본질서 의식도 알아보고 법 질서도 홍보해 나간다.

진행을 맡고 있는 이경규씨는 "많은 사람들이 미성년자들에게 관심이 없다"며 "슈퍼나 레스토랑에서는 아직도 청소년들에게 술담배를 팔고 있다"고 지적했다.

이씨는 "청소년들에게 술담배를 파는 것은 수십년 묵은 관행이다. 하루 아침에 없어지지 않는 습관은 단속과 처벌보다는 계몽과 교육으로 체질을 바꿔나가야 한다"며 법의 기본질서를 지키도록 하

9월24일 이경규가 거리로 나서 일곱번째 양심가게를 찾아냈다.
미성년자들에게는 성인용 비디오 테이프를 빌려주지 않는 목동4거리 양심가게 7호점 영화비디오.

는 것이 이 방송의 목적임을 설명했다.

청소년보호법 발효 이후 프로에 합류하고 있는 강지원 검사 역시도 미성년자보호법의 전철을 밟지 않기위해 비장한 각오를 하고 있다.

"경찰의 단속만으로는 안됩니다. 시민들의 참여가 필요해요. 그러기 위해서는 업종별 자율감시단을 만들어서 모든 사람들에게 청소년 마인드를 갖도록 할 것입니다."

〈이경규가 간다〉 프로에서도 양심가게 하나를 찾기 위해 6시간 이상을 거리에서 보내면서 수십차례를 시도 해야 양심가게 주인을 만날 수 있다. 그만큼 청소년보호법이 시민들에게는 낯선 이

야기지만 강 위원장을 비롯한 이경규가 간다 제작팀들은 그래도 매주 어렵게 탄생하는 숨은 양심인들을 보면서 희망을 갖는다.

"이번주에는 양심가게가 두개나 나왔어요."

제작팀들은 거리를 헤메면서 어딘가 숨어있을 양심인들을 찾아낼 때마다 환호성을 지른다.

김영희 프로듀서를 비롯한 이경규씨,강지원 위원장,민병철 박사 등은 그때마다 청소년의 밝은 미래를 본다.

수십차례를 시도하면서 만들어내는 양심가게, 그들을 지켜보는 모든 시청자들이 언젠가는 청소년을 위한 양심인이 될 것을 믿기에 또다른 양심인을 기대해 본다.

〈이복주 기자〉

강지원 청소년위원장 '양심냉장고' 주례선다

강지원(姜智遠·사진) 청소년보호위원회 위원장이 '양심냉장고' 주례를 선다.

강위원장은 지난 97년 방송됐던 MBC TV의 주말프로 '일요일 일요일밤에'의 인기코너 '이경규가 간다'에서 양심가게 3호점으로 선정됐던 '장수서림' 주인 김종금씨가 최근 딸 연숙씨의 주례를 서줄 것을 부탁하자 고심 끝에 김씨의 요청을 받아들였다. 이에 따라 강위원장은 오는

14일 국방회관에서 열리는 결혼식의 주례를 맡게 되며 당시 프로를 진행했던 개그맨 이경규씨가 사회를 보게될 것으로 전해졌다.

당시 김씨는 청소년들에게 음란서적을 팔지 않는 양심가게 3호점으로 선정돼 화제를 모았으며 청소년보호위원회로부터 '청소년보호대상모범업소 표창' 등을 받기도 했다. 그동안 각지에서 쇄도해온 주례 요청을 거절해온 강위원장은 "김씨의 경우 청소년 보호의 취지에 적합한 양심가게의 주인이라는 점을 고려해 주례 요청을 받아들였다"고 밝혔다. <김홍국기자>

변호사가 되어서는 6개월도 안 돼 라디오 시사프로그램을 진행해 달라는 요청을 받았습니다. KBS1 라디오 아침 시사프로그램인 '안녕하십니까, 강지원입니다'를 시작했습니다.

그 후로도 WBC 라디오 '좋은 세상 만들기, 강지원입니다', YTN 라디오 '강지원의 출발 새아침'을 진행하는 등 일일 시사프로그램도 여러 차례 진행했습니다. 또한 EBS TV의 인물 토크쇼 '선택, 화제의 인물', KTV의 정책 토크쇼 '강지원의 정책 데이트', EBS 라디오의 '강지원의 특별한 만남'도 진행했습니다.

방송 활동은 저에게 사회운동의 연장선상에 있다고 할 수 있습니다. 저는 "내가 왜 이렇게 방송과 친한 인물이 되었을까" 곰곰이 생각

292 •

해본 적이 있습니다. 그러다 불현듯 중학생 시절 방송반장으로 활동했던 것이 떠올랐습니다. "이렇듯 적성은 정말 속일 수 없는 것이구나. 발휘할 기회가 오면 반드시 나타나게 되어 있는 것이구나" 하고 생각했습니다.

그래서 적성을 발견할 기회를 미리미리 찾는 것이 지혜로운 길이라는 것을 또 한 번 강조하게 됩니다.

'청소년 지킴이'서 '건강사회 지킴이'로

강지원 변호사 시사프로그램 진행자로 나서

"다양한 계층과의 따뜻한 대화를 통해 건강한 사회의 디딤돌이 됐으면 합니다."

청소년보호위원회 위원장을 지낸 姜智遠 변호사가 '건강사회 지킴이'로 나섰다.

姜 변호사는 KBS제1라디오 시사정보 프로그램 '안녕하십니까 강지원입니다'

청소년 문제를 둘러싼 여러 관 는 "고 정몽헌 회장이 자살한 사실이 알려진 지난 4일 아침 정세현 통일부장관과의 인터뷰가 예정돼 있어서 정 회장 사망 후 대북사업에 관한 정부의 입장을 가장 먼저 전달할 수 있었던게 기억에 남는다"고 말했다.

"각계각층과 따뜻한 대화"

라디오 이어 EBSTV프로 진행 강지원 변호사

▌ '아침에는 라디오, 밤에는 TV'. 최근 방송인으로 정력적으로 활동중인 강지원(55·사진)변호사는 "본래 올빼미 체질인데 아침형인간으로 살자니 피곤하다"며 앓는 소리로 말문을 열었다. '청소년 지킴이'로 유명한 강변호사는 1년째 KBS 1라디오 생방송 '안녕하십니까 강지원입니

스님, 전 동독 총리 등 내로라하는 유명 인사뿐 아니라 신용 불량자 북파공작원 외국인 노동자 등 각계각층의 사람들을 만나고 있다. 출연자

속 주인공 등으로 등장해 백성을 만나 고민을 듣는 등 파격적인 형식으로 이뤄진다.

또 '민심현장' 코너에서는 이슈 현장을 찾아 생생한 민심을 듣고, 정책 이해관계자의 해법과 시각을 소개한다. 또 월, 수요일에는 정책관련 정부 고위 관계자가 출연해 현안 정책 이슈를 중심으로 궁금증을 풀어주며 화, 목요일엔 정책 이슈의 주인공을 스튜디오로 초대해 강 변호사

강지원 변호사 TV 복귀

KTV '정책 데이트' 진행맡아

'청소년 지킴이' 강지원(57) 변호사가 1일부터 한국정책방송 KTV '강지원의 정책 데이트' 진행을 맡아 1년6개월 만에 TV 진행자

문화예술 활동은 전문가가 아니라 하더라도 시늉을 해보는 것만으로도 즐거운 일입니다. 저의 경우 뒤늦게 테너에게 레슨을 받아 공연 무대에 선 적도 있습니다. 한국, 이태리 수교 100주년 기념 음악회를 비롯해서 여러 무대에 서보았습니다. 그러나 워낙 실력이 달려 혼자서 즐기기로만 하고 포기하였습니다.

'청소년 지킴이' 깜짝 무대 데뷔

강지원 변호사 '한-伊 음악회'서
한국 민요·이탈리아 가곡 불러

"청소년기의 호기심을 놓치지 마세요!"

청소년보호위원장을 지낸 강지원(55·사진) 변호사가 입시교육에 찌든 청소년들에게 다양한 체험을 통해 자기 나름의 재능을 계발하기 바란다는 메시지를 전달하기 위해 음악회 무대에 선다.

강 변호사는 오는 13일 오후 7시30분 서울 서초동 국립국악원 예악당 대극장에서 열리는 '한국-이탈리아 수교 120주년 기념음악회'에서 이탈리아 가곡 '불꺼진 창'과 한국 민요 '박연폭포'를 부른다.

강 변호사의 음악회 데뷔는 지난 2월 "성악을 잘 할 것 같으니 한번 공부해보라"는 메조 소프라노 김영옥씨의 우연한 제안이 계기가 됐다.

그는 "어릴 적 노래에 대한 호기심도 많았고 잘 한다는 이야기도 듣곤 했는데 입시 공부하느라고 노래할 생각은 꿈도 꾸지 못했다"며

김씨의 제안 이후 강 변호사는 지금까지 매주 한번씩 테너 김성암씨로부터 개인 레슨을 받은 데 이어 최근에는 친분이 있는 테너 임웅균 교수로부터도 강 도높은 '과외'를 받았다.

"이번에 무대에 서면 초등학교때 음악 콩쿠르에 나가 본 이후 45년만의 일"이라며 웃음을 터뜨린 강 변호사는 "잘 부르고 못 부르고를 떠나 이번 무대를 통해 개인적으로도 잊고 살았던 또다른 나의 모습이 되살아나는 것 같아 레슨받는 동안 너무나 행복했다"고 말했다.

음악회에는 이탈리아 출신 테너 및 소프라노 가수들과 한국의 남녀 국악 명창이 함께 무대에 서며, '퓨전 음악회' 형식으로 진행될 예정이다. 이번 무대에 또 강 변호사와 함께

"그날의 슬픔 함께 딛고 이제는 희망으로…"

대구지하철참사 100일
내일 여의도서 추모음악회

대구지하철 참사 발생 100일을 맞아 김수환 추기경, 송월주 스님 등 각계 지도자들이 대거 참여하는 국민추모음악회가 열린다.

'대구지하철참사 100일 국민추모음악회 추진위원회'(공동위원장 강지원·김영수·김영순)는 사고 100일째 되는 28일 서울 여의도 한강둔치 여의 특설무대에서 국민추모음악회를 갖는다고 26일 밝혔다.

유가족들이 참석한 가운데 희생자들의 넋을 기리는 이번 행사는 강원룡 목사, 김진수 성공회 주교 등 종교지도자들을 비롯해 손길승 전경련 회장 김재철 무역협회장, 박용성 대한상의 회장 등 경제5단체장, 서영훈 대한적십자사 총재, 신영균 전 한국문예총회장, 이

김수환 추기경   송월주 스님   서영훈 적십자총재   강지원 위원장

세종 전 변협회장 등 각계 인사들이 고문으로 참여하고 있다.

또한 김복님 세계회기협회장, 박석원 전 한국미술협회이사장, 연극인 손 숙, 시낭자 이경애, 이경태 한국기업메세나협의회 사무총장 등 17명이 추진위원으로 나섰다.

음악회에 앞서 이날 오전 10시부터 행사장에 분향소가 마련돼 시민들이 헌화할 수 있도록 하며, 안전캠

페인의 일환으로 사고관련 사진전시회도 아울러 열린다.

오후 8시부터 열리는 추모음악회에는 국내 정상급 성악가와 대중가수, 합창단 등이 나와 2시간 동안 공연할 예정이다.

차인태, 최윤영씨의 사회로 대구시립소녀합창단의 노래에 이어 탤런트 고두심씨가 신달자 시인의 추모시 '당신은 그날을 기억하십니까'를 낭송하며 음악회가 시작된다.

최진희, 태진아, 조성모, 베이비복스, 셰헌, NRG, 김현정 등 유명 가수들과 테너 김영환, 소프라노 김인혜·박정원, 바리톤 최현수 등 성악가들의 공연이 이어진다.

/이민주기자 mjlee@hk.co.kr

나눔의 노래… 연주… 낭송…

소외계층 돕기 공연… 강지원 변호사·中대사 등 무대에

명사들의 공연에 참석한 강지원(왼쪽) 변호사.

"이히 리~베 디히 조 비~두 미히(Ich liebe dich, so wie du mich), 암 아~벤트 운트 암 모~르겐(Am Abend und am Morgen)." 피아노 반주에 맞춰 아름다운 가곡이 강당을 가득 메운다. 변호사보다는 청소년 전문가가 더 어울린다는 사회자 이지연 아나운서의 소개를 받고 무대에 선 이 사람은 강지원 변호사. 다소 긴장한 듯 뻣뻣한 몸놀림으로 무대에 올랐지만 어느새 중후한 목소리를 뽐내며 가곡 '이히 리베 디히(Ich liebe dich)'를 부르고 있다.

24일 오후 7시30분 서울 여의도 산업은행 본점 대강당. 500석의 좌석은 명사들의 노래를 듣기 위한 사람들로 가득 찼다. 산업은행(총재 김창록)과 사회연대은행(이사장 김성수), 서울예지로타리 클럽(회장 이정신) 등이 공동 주최한 '소외계층 지원기금 마련을 위해 각계 명사들이 공연하는 문화의 향연' 행사이다.

이날 연주곡 '탱고'로 관객들의 가슴을 따뜻하게 적셔준 서울 내

셔널 심포니 오케스트라(지휘 장동진)의 반주는 명사들의 노래를 한껏 아름답게 해줬다. 박청수 원불교 교무는 맑은 목소리로 '봄처녀'를 불러 관객들의 열렬한 호응을 얻었다. 박 교무의 '엇박자'를 아름답게 승화시킨 오케스트라의 반주는 이날의 숨은 공로자였다.

강지원 변호사는 노래를 부른 후 "북한에서 굶어죽는 아이들을 생각하면 잠도 잘 안온다"면서 어린이들을 돕고자 참석한 관객들에게 감사를 표했다. 닝쿠푸이 중국대사의 시낭송도 이어졌다. 그는 "아직까지 시낭송을 들어본 적도

해본 적도 없다"며 "나름대로 이해한 대로 읽어보겠다"며 김소월의 '고향'을 낭송했다. 비록 발음은 어설펐지만 그 모습이 사뭇 진지했다.

특히 공연을 위해 수술을 예정보다 빨리 끝내고 아픈 몸을 이끌고 무대에 오른 강영숙 예지원 원장은 관객들의 감동을 자아냈다. 강 원장은 이날 2000년에 지은 '새천년의 북을 울려라'를 낭송했다.

이밖에 김성수 성공회대 총장은 '한오백년'을 열창했고, 탤런트 강부자씨는 '그대 그리고 나'를 불렀다.

음성원기자 eumryosu@

마당극에도 여러 차례 출연했습니다. 그때마다 "이거, 적성에 맞는 것 아니야?" 하는 생각이 들어 혼자 웃곤 하였습니다. 사회 고발극인 '붉은 뺨을 찾습니다'에서는 조폭 역을 맡아서 관중들 배꼽을 빠지게 한 적도 있습니다. 또 '변사또의 생일날'에서는 감히 주인공인 변사또 역을 맡았고, 마당극 '우리 사랑은 아무도 못 말려'에서는 산신 역으로 깜짝 출연을 하기도 했습니다.

◇박영식 총장(오른쪽에서 두번째) 등이 둘러서 있는 가운데 '광대' 역의 황경식 교수가 관객들의 참여를 유도하고 있다.
　　　　　　　　　　　　　　　　　　　　　　/崔淳湖기자 choish@chosun.com

손봉호 교수 사기꾼役 강지원 검사 폭력배役
총장·교수·검사가 풍자극 펼쳐

　무대 경험이 전혀 없는 전 장관과 대학교수·검사 등이 모여 22일 오후 서울 정동 세실극장에서 부패한 사회에 대한 풍자 마당극 '붉은 빰을 찾습니다'를 공연했다.

　부패한 세상 속에서 스스로 부끄러워 할 줄 아는 '붉은 빰'의 의인(義人) 10명을 찾아나선다는 내용. 13명의 참여 인사들은 모두 평소 자신의 이미지와 정반대되는 역할을 맡아 한 시간 반 동안 전문 배우 못지않은 열연을 펼쳤다. 극 전반부는 부패정치인 '권모술' 역의 이명현 서울대 교수(전 교육부장관)가 이끌었다. 이 교수는 넉살좋게 "유권자 여러분"을 연발하며 "'게이트'라는 단어를 사전에서 없애버리겠다"고 큰소리쳐 관객의 폭소를 끌어냈다. 강지원 서울고검 검사는 약자에겐 강하지만 정치인 앞에선 기를 못 펴는 폭력배 '조폭두' 역. 강 검사는 검은 선글라스에 가죽점퍼 차림으로 얼굴에 칼자국 흉터 분장을 하고 등장해 "세상이 썩었다"는 파렴치한(?) 절규로 200여 관객의 갈채를 받는 등 흥겨운 분위기를 주도했다. 채플린처럼 콧수염을 단 손봉호 서울대 교수는 보물선 지분을 팔러온 사기꾼 '사기처' 역을 맡아 "형이 검찰총장, 동생이 국정원 차장"이라고 큰소리 치는 모습을 선보였다. 박영식 광운대 총장(전 교육부장관)은 영혼이 병든 '병들어' 역을 맡았다.

　극본을 쓴 김광수 한신대 교수는 "이 공연이 사회의 문제점을 당연하게 받아들이지 않으며, 부끄러움을 알고 자성할 수 있는 계기가 됐으면 한다"고 말했다. 연기 지도를 맡은 극단 '길라잡이'의 임진택 예술감독은 "사회의 '양심세력'이라 할 수 있는 분들이 정반대의 역할을 맡으니 '판'이 더욱 살아난 것 같다"고 덧붙였다. 이번 공연은 각계 원로들이 모여 도덕성 회복운동을 펴고 있는 '성숙한 사회가꾸기 모임'(상임대표 김태길)의 창립 1주년 행사로 마련됐다.
　　　　　　　　　　　　　　　　　　　　　　　　　/李泰勳기자

名士들이 펼치는 '생각하는 마당극'

김태길 학술원회장 강지원 변호사등 내달 2일 '변학도의 생일날' 공연

"춘향아, 그만 속 썩이고 내 수청을 들 라…, 아이고, 대사를 잊어버렸네."

20일 오후 서울 서초구 양재동 '성숙 한 사회 가꾸기 모임' 사무국. 창작마당 극인 '변학도의 생일날' 연습이 한창이 던 사무실이 순간 웃음바다가 됐다.

근엄한 정장 차림에도 불구하고 능청 스럽게 '변사또' 역을 소화해 내던 강지 원 변호사가 그만 대사를 잊어버렸기 때 문. "춘향이가 너무 예뻐서 그러느냐"는 주위의 핀잔에 그는 "이거 한참 외워야 겠다"며 너털웃음을 터뜨렸다.

'변학도의 생일날'은 명사들의 사회운 동 모임인 '성숙한 사회 가꾸기 모임'의 두 번째 마당극. 다음 달 2일 경기문화 재단이 경기 수원시 문화의 전당에서 개 최하는 '실학축전 2004'에서 일반인들 을 상대로 공연할 예정이다.

이날 연습에 참가한 명사는 강 변호사 를 비롯해 김태길 대한민국학술원 회장 ('줄사또' 역), 이명현 전 교육부 장관('

20일 서울 서초구 '성숙한 사회 가꾸기 모임' 사무실에서 강지원 변호사(앞줄 오른쪽), 이명현 전 교육부 장관(뒷줄 오른쪽에서 두번째) 등 명사들이 다음 달 2일 경기 수원시에서 열릴 마당극 '변학도의 생일날'을 공연하기 위해 연습에 한창이다.

사또' 역), 김학주 서울대 명예교수('변 또' 역), 황경식 서울대 철학과 교수('변 자' 역), 오현옥 대진대 교수('성춘향' 수필가 문예영씨('향단이' 역) 등.

이 밖에도 김경동 서울대 명예교 이한구 성균관대 철학과 교수, 손 동덕여대 총장 등이 포돌, 망나니 등 양한 배역으로 출연한다.

황 교수는 "풍자와 해학을 통해 성

사회로 가는 메시지를 전하고자 마당극을 준비했다"며 "올바른 일을 하고자 하는 춘

이상을 향한 올바른 삶이 승리하고 화해를 이룬다는 권선징악적 내용으로 전개된다.

강지원 변호사, '山神' 연기

마당극 '우리 사랑…'
비중 있는 역할 맡아

청소년보호위원 장을 지낸 강지원 변호사가 19~20일 서울 열린극장 창 동 무대에서 공연 되는 마당극 '우 리 사랑 아무도 못

말려'에 특별 출연한다.

전국문화원연합회가 주최하는 이 연극은 셰익스피어의 '로미오와 줄 리에'을 한국판 마당극으로 만든 작 품. 배경을 삼국시대로 바꿔 원수 사 이인 두 집안의 자녀 '해님'과 '달 님'이 결국은 결혼한다는 사랑이야 기를 담는다. 강 변호사는 두 집안의 싸움을 질타하고 화해시키는 '산신 (山神)' 역할을 맡는다.

강 변호사는 "죽음으로 끝나는 비

고 말했다. 강 변호사는 2003년 성숙 한 사회 가꾸기 모임이 주최한 연극 '붉은 뺨을 찾는다'에서 조직폭력 배로, 지난해 경기도 실학축전 기념 연극 '변학도의 생일날'에서 변학도 로 출연하기도 했다.

무료로 공연되는 이 연극에는 강 변호사를 비롯해 정신과 의사 이시 형 박사, 임헌영 민족문제연구소장, 서영길 TU미디어 대표이사 등 각 분야 명사들도 '카메오'로 출연할

패션쇼 무대에도 서봤습니다. 한복 입기 캠페인, 효도 캠페인, 환경 캠페인에도 참여했습니다. 심지어 영화와 TV 드라마에 카메오로도 출연해봤습니다.

이런 활동들을 저의 학창 시절과 연결시켜보면 희한하게도 많은 공통점을 발견할 수 있습니다. 만약 제가 10대 후반에 제 적성을 모두 발견한 후 사회에 진출했다면 뒤늦게 혼란을 겪지 않고 낭비와 방황이 없는 길을 꾸준히 개척해나갈 수 있었을지 모릅니다.

저는 젊은이들에게 "저와 같은 시행착오를 겪지 말라. 일찍부터 적성을 찾고, 특히 여러 가지 적성들을 잘 융합해보라"고 권고합니다. 이런 일들이 바로 여러분에게 참된 행복과 성공을 가져다줄 것이라고 믿습니다.

"한복 아름다움 세겨

강지원 변호사·손숙씨 등
세계의상페스티벌 모델로

'청소년 지킴이'로 알려진 강지원

2일
컨벤션
스티벌
중 의싱
를 자랑

강지원 변호사, 이번엔 오페라 해설

'오페라 갈라 콘서트' 무대
하루 두번씩 해설자로 나서

'청소년 지킴이'로 이름난 강지원
(56) 변호사가 오페라 해설자로 나
선다. 강 변호사는 오는 17일부터 20
일까지 나흘 동안 서울 광진구 자양
동 광진문화예술회관 내 나루아트센
터 무대에서 열리는 '해설이 있는
오페라 갈라 콘서트'에 해설자로 하

력과 창의성이
발달하게 됩니
다."
　강 변호사는
낮 시간에는
밀양성폭력피
해여성이나 원
주 농구선수
성폭력 사건 등 각종 사건·사고의 무
료 변론으로 바쁘기 때문에 밤잠을
줄여가며 오페라 공연 DVD를 틀어

자식들을 위한 돈벌이는 하지 않겠다

Q 선생님은 비록 늦었을지언정 자신의 적성을 찾았다고 말씀하시니 다행입니다. 그렇다면 앞으로의 인생에 대해서는 어떤 구상을 하고 계십니까?

저는 60세를 앞두고 고민에 빠졌습니다.

저의 인생 2막을 어떻게 살 것인지에 대해 골똘히 생각하기 시작한 것입니다. 그러다 사람들은 워낙 어린 시절부터 진 빚이 많기 때문에 일생을 종합해보면 결국 턱없이 이기적인 삶을 살아온 것에 지나지 않는다는 사실을 깨달았습니다. 살아오는 동안 아무리 세상에 보탬이 되는 일을 하려고 노력했더라도 마찬가지입니다.

저는 또 생각했습니다. 제가 앞으로 계속 돈을 번다면, 그 돈은 누구에게로 갈까? 결국 그 돈이 자식들에게 간다면 나는 자식들을 위해 돈벌이를 계속하는 것이 아닌가? 이건 아니다. 자식들은 일찍 자립시켜야 한다.

자식에게 남겨주기 위해 부모가 힘들게 돈벌이를 하는 것은 옳은 일이 아니다. 그래서 결심했습니다. 앞으로의 인생 2막은 봉사의 삶을 살겠다고.

가급적 돈벌이를 목적으로 하는 일은 포기했습니다. 또한 감투를 탐내는 일이나 명성이나 인기를 좇는 일도 포기했습니다.

변호사 사무실 문을 닫았습니다. 자동차도 없애고 버스, 지하철, 택시 등 대중교통을 이용하기 시작했습니다. 그리고 대가 없이 봉사하는 일에 전념하기로 했습니다. 처음에는 눈앞에 보이는 소득을 포기하는 것이 그리 쉽지 않았습니다. 그것은 유혹이었습니다. 왕왕 큰 사건을 의뢰하러 오는 분들을 설득해 돌려보내는 일도 쉽지 않았습니다.

저의 이런 생각에 대해, 혹자는 더 열심히 돈벌이를 해서 세상에 기부하면 더 좋지 않겠느냐고 했습니다. 그것도 좋은 방법일 수 있습니다. 다만 단서가 있습니다. 그런 돈벌이가 자신의 적성에 딱 맞는 경우입니다. 저는 그런 돈벌이가 제 적성에 맞지 않는 경우인 것 같습니다.
아무리 기부린 목표가 있다 한들, 돈빌이가 저에게 괴로운 일이라면 저는 다른 방식으로 세상에 보탬이 되는 일을 하는 것이 좋다고 생각했습니다.

인간인 이상, 욕심을 내려놓고 마음을 비우는 일은 결코 쉬운 일이 아니었습니다. 하지만 저는 가능하면 그렇게 하도록 노력하고자 합니다. 혹시 더 좋은 방법이 있는지는 계속 탐구해볼 생각입니다.

2010년에 아내는 대법관직을 물러난 후, 변호사 개업을 하지 않았습니다. 그것은 전관예우라는 잘못된 특권을 포기하겠다는 생각과 함께 돈에 대한 이런 생각을 함께했기 때문일 것입니다.

김영란 국내 첫 여성 대법관 임기 6년 마치고 퇴임

"고뇌의 자리였다… 변호사 개업 안해"

'판사의 짐' 29년 만에 내려놔

사회적 약자 권리 위해 노력

"제가 경험한 대법관 자리는 출세의 자리도, 법관들의 승진 자리도 아니었습니다. 우리 사회의 다양한 목소리를 반영하고 거기에서 바람직한 최선의 길을 찾는 고뇌의 자리였습니다."

국내 1호 여성 대법관인 김영란(54·사법연수원 11기) 대법관이 임기 6년을 마치고 24일 퇴임했다. 서울 서초동 대법원 청사에서 퇴임식을 한 김 전 대법관은 홀가분해보였다. 그는 "판사라는 직업은 판단하고 처벌하는 직업이다. 나는 과연 이 직업을 통해 얼마나 힘든 사람들을 위로해 주었는지, 얼마나 슬픈 사람들의 눈물을 닦아 주었는지, 얼마나 답답한 사람들의 억울함을 풀어 주었는지 항상 자문해 왔다"면서 "그렇게 주어진 그 칼은 내게 늘 무겁기만 했다"고 회고했다. 그는 1981년 처음 판사복을 입은 후 29년 만에 그 무거운 칼을 내려놨다.

김영란 대법관이 24일 서울 서초동 대법원 중앙홀에서 열린 퇴임식에서 머리를 매만지며 웃고 있다. 홍해인 기자

김 전 대법관은 2004년 8월 대법관이 됐다. 당시 나이 48세. 그는 "상대적으로 젊은 나이에 최초의 여성 대법관으로 출발하는 것은 쉽지 않았다. 몹시 불편했고 두려운 가운데 업무에 임했다"고 말했다.

그는 재임 기간 여성·아동·등 사회적 약자의 권리와 환경·노동권 등 국민의 기본권을 강조하는 판결을 했다는 평가를 받고 있다. 그는 보수적 성향의 대법관 틈바구니에서 반대의견을 단골로 내놨다. 지난달 참여연대는 김 전 대법관이 참여한 전원합의체(대법관 전원 참여) 사건 83건 중 반대의견이 14건이었다고 분석했다. '성폭력 피해아동이 처벌 의사를 철회했어도 법정대리인 동의 없으면 무효', '지나친 비용과 희생을 강요하는 새만금사업은 취소돼야 한다' 등의 의견을 개진했다.

그는 반대의견을 내놓는 이유에 대해 "법치주의 확대를 위해 다양한 생각을 남기는 게 중요하다"고 강조했다. 그는 "대부분의 나라에서 사법부를 선출직으로 하지 않는 중요한 이유는 다수결이 지배하는 사회에서 소수자의 권리를 보호하기 위해서라는 것이 상식으로 받아들여지고 있다"고 덧붙였다.

김 전 대법관은 퇴임 후 변호사 개업을 하지 않겠다고 공언했다. 대부분의 퇴임 대법관이 곧바로 변호사로 변신해 짧은 기간 거액의 수익을 올리며 전관예우 논란을 초래하는 현실에서 그의 선택은 법조계에 큰 반향을 일으키고 있다.

김 전 대법관 퇴임으로 여성 대법관은 전수안(56·연수원 8기) 대법관만 남았다. 그의 후임으론 연수원 동기인 이인복(54) 대법관 후보자가 국회의 임명동의를 기다리고 있다.

김정현 기자 kjhyun@kmib.co.kr

정치요? 적성에 안 맞아서 안 합니다

Q 선생님은 정치권의 유혹을 많이 받으셨을 텐데, 왜 정치는 하지 않으시는지요? 사회운동을 더 정책적으로 추진할 기회가 될 수도 있지 않을까요?

저는 지금껏 정치권에 한 발짝도 들여놓은 적이 없습니다. TV를 통해 얼굴이 알려지거나, 사회에서 비중 있는 역할을 해온 사람 중에 정치권에 나가는 이들이 많았습니다. 그런데 제가 도무지 움직이지를 않으니 의아하게 생각하시는 분들이 많습니다. 심지어 우리나라에 몇 가지 불가사의가 있는데, 그중에 한 가지가 "강지원 변호사가 정치를 하지 않는 것"이라고 우스갯소리를 하시는 분도 있습니다. 지금도 택시를 타면 기사님들도 한마디씩 하시고, 지하철에서 만나는 노인분들께서도 말씀하시곤 합니다.

2007년 어떤 여성 관련 행사에 연사로 초청받아 갔는데, 그때 사회를 보던 모 여성 국회의원은 저를 소개하면서 "그동안 어느 쪽에도 줄 서지 않은 민간 대통령"이라고 소개하기도 했습니다.

사실 정치권으로부터 처음 유혹을 받은 것은 벌써 30년 가까이 되었습니다. 그때 젊은 나이에 갓 국회의원이 된 친구가 정치를 함께하자고 꼬드긴 것이 시작이었습니다. 선거철마다, 정권이 바뀔 때마다, 그때그때 정파는 달랐지만, 러브콜은 끊이지 않았습니다. 심지어는 제가 진행하는 생방송 프로그램 중에 대담자였던 정치권 인사로부터 구체적인 요청을 받았고, 그 내용이 그대로 방송에 나간 적도 있었습니다.

사실 잔뜩 기대를 가지고 요청하신 분들께는 마냥 사양하는 것이 무척 죄송한 일입니다. 그때그때 핑계를 대기는 했지만, 혼자 뺀다고 욕하지는 않았는지 마음에 걸리기도 합니다.

요즘엔 이렇게 둘러댑니다. "저는 군대도 못 갔다 왔고요, 또 있어요! 돈도 없어요!" 제가 정치를 하지 않는 진짜 이유는 정치가 저의 적성에 전혀 맞지 않기 때문입니다. 그동안 저는 청소년들에게 자신의 적성에 맞는 분야를 찾으라고 호소해왔습니다.

그 말은 나 자신에게도 그대로 적용되는 말이었습니다. 정치가 이상적인 형태로 국민과 소통하고, 정책을 토론하고 투명하고 깨끗하게 이루어진다면 기량이 있는 국민이라면 누군들 참여하지 못하겠습니까? 그러나 지금의 정치를 보십시오. 아마 저 같은 사람이 들어서면 그다음 날로 쫓겨나거나, 아니면 제 발로 뛰쳐나오지 않을까 싶습니다.

정치가 도무지 적성에 맞지 않는다고 생각하는 것은 4가지 이유 때문입니다. 첫째로 '부패'입니다. 돈 가지고 장난치고, 돈 가지고 딴짓을 하는 것입니다. 정치를 빙자해 돈을 긁어모으고, 표를 얻겠다고 돈을 뿌립니다. 정치에 조직이 필수적이라고 생각하고 온갖 조직을 만듭니다. 그것이 다 돈입니다. 이런 돈 정치, 조직 정치는 거기에 체질이 맞는 사람들이나 하지, 아무나 할 수 있는 일이 아닙니다.

둘째로 '기만'입니다. 신뢰가 없는 것입니다. 정치인들은 입을 뗐다 하면 큰소리를 칩니다. 노태우 씨는 "당선되면 중간평가를 받겠다"고 했습니다. 김영삼 씨는 "쌀 개방은 절대 없다"고 큰소리쳤습니다. 김대중 씨는 "당선되면 내각제 개헌을 하겠다"고 공약했습니다. 그 모두가 뻥이었습니다. 약속을 지키지 않았습니다. 신뢰가 땅에 떨어졌습니다.

셋째로 '당파전쟁'입니다. 정치란 원래 견해가 다른 둘 이상의 정파가 이념과 정책을 가지고 경쟁하고, 그것으로 국민의 선택을 받아 국리민복과 사회통합을 실현하는 것입니다. 그것이 정당정치이고 당파의 존립 근거가 됩니다. 그런데 그런 당파의 존재 방식이 도무지 상상할 수 없을 정도로 적대적이고 투쟁적이라는 것입니다. 그들의 적개심과 증오에 불타는 눈빛은 사람을 섬뜩하게 합니다. 극과 극입니다. 이것은 정치가 아닙니다. 패거리들의 전쟁, '조폭'들의 전쟁입니다.

넷째로 '군림하는 자세'입니다. 정치인들이란 국민의 심부름꾼입니다. 그런데 무슨 심부름꾼이 이처럼 국민 위에 군림하고 목에 힘주고 큰소리를 뻥뻥 치는 경우가 있습니까?

이들에게 봉사심은 없습니다. 선거 때 한 표 얻으려고 굽신거리던 모습은 죄다 위장이고 쇼에 불과했던 것입니다.

우리 정치는 '부패'를 반부패 '청렴'으로, '기만'을 '신뢰'로, '당파전쟁'을 '공존공생'으로, '군림'을 '봉사'로 바꾸어야 합니다. 깨끗하고, 정직하고, 화합하고, 봉사하는 정치를 만들어나가야 합니다.

특히 화이부동(和而不同), 구동존이(求同存異)의 정치가 되어야 합니다. 똑같지 아니한 당파들이 서로 화(和)를 이루는 것입니다. 여기에는 원로들과 지식인들이 앞장서야 합니다. 언젠가 신문 칼럼을 쓰면서 제목을 이렇게 달았습니다.

"원로들, 국민통합 하고 죽읍시다"라고.

"한국사회 당파성 위험수위 절감"

'나팔수 지식인' 너무 많아…열린 정치관 가져야

인터뷰

시사프로 마감한 강지원 변호사

"지금 우리사회는 단순한 보·혁 구도가 아니라 무수한 당파가 얽혀 싸우는 형국이라는 것을 알았고 그 정도가 너무 심해서 고민을 넘어 무서운 지경입니다"

청소년과 여성권익 신장에 앞장서 온 강지원 변호사가 자신의 이름을 걸고 진행한 라디오 시사프로그램 '안녕하십니까 강지원입니다'를 대법관에 임명된 부인에게 부담이 되고 싶지 않다며 16일을 마지막으로 접었다.

언론인(?) 생활을 마치는 소감을 묻자 강 변호사는 "꼭 이야기할 것이 있다"며 자신이 방송을 진행하면서 여·야, 보·혁, 신구세대 그리고 지역간의 당파성이 위험한 수위에 까지 올라가 있음을 절감했다고 밝혔다.

강 변호사는 "가장 걱정되는 점은 당파성에 함몰된 지식인들과 언론인이 자신이 속한 '당파'의 이익과 이론에 자신이 함몰된 사실 조차 인정하려 들지 않는 것"이라고 꼬집었다.

강 변호사는 자신이 여성이나 청소년 문제에서는 진보적이지만 음란물에 대해서는 너무나 보수적인 사람임을 자신이 누구보다 잘 알고 있다고 예를 들며 우리 사회에서 '지성인'을 자처하는 사람들이 당파성에만 함몰되지 않고 좀 더 열린 정치관과 넓은 다양성을 인정하는 시야를 가져야 한다고 강조했다.

강 변호사는 청취자가 궁금해 할 것을 물어도 초대된 인터뷰 상대가 결국은 자신의 당파성에만 입각해 대답하는 것을 보고 "처음엔 진행하기에 갑갑하다가 나중에는 우스꽝스러워 보이기까지 했다"고 말했다.

강 변호사는 "특히 언론인을 포함해서 우리사회에 지식인들이 특정한 정파나 정당을 위해 목소리를 높이는 '나팔수'들이 너무나 많다고 느꼈다"며 "이런 '나팔수'들이 자신이 속한 정파의 이익만을 위해 계속 노래를 부르면서도 자신이 공정하고 편협하지 않다고 굳게 믿는 모습을 곁에서 보니 나라의 미래가 걱정될 정도"라고 토로했다.

강 변호사는 "앞으로 정파 혹은 당파에 갇힌 편협한 생각과 행동을 지양하고 좀 더 넓고 다양한 시각으로 서로를 인정할 수 있는 사회가 되도록 하는 시민운동을 전개할 것"이라고 향후 활동계획을 밝혔다.

손봉석 기자 paulsohn@journalist.or.kr

저는 2006년부터 7년째 정치개혁운동으로서 매니페스토 운동을 전개해왔습니다. 제가 할 수 있는 일이 그 정도라고 생각했기 때문입니다.

당파사회 : 매니페스토 7년의 슬픔

Q 매니페스토 운동을 7년째 전개해오셨는데, 그동안 성과는 있었습니까? 7년이면 총선과 대선을 다 경험해보셨을 텐데, 어떤 소감을 가지고 계시나요?

그동안의 우리나라 선거는 돈선거, 조직선거, 부정선거, 지역감정선거, 연고선거였다고 할 수 있습니다. 그것들의 폐단은 이루 말할 수 없이 컸습니다. 그것을 뜯어고치긴 고쳐야 하겠는데, 어떻게 할 것인가가 문제였습니다. 무조건 단속하고 비난하기보다 대안을 제시해야 한다고 생각했습니다.

그래서 나온 것이 정책선거입니다. 선의의 정책경쟁을 유도하자는 것이지요. 그리고 그 정책공약들이 과연 실현 가능성이 있는지, 또 만일 당선되면 그 약속을 꼭 지키는지를 감시하자는 것이었습니다. 약속을 지키는 신뢰정치를 만들자는 것이지요.

지난 7년간 매니페스토 운동의 성과가 전혀 없었다고는 할 수 없습니다. 정책공약을 게재한 선거공약집을 배포할 수 있도록 하고, 각 당의 정책 공약집을 책자로 만들어 서점에서 판매할 수 있도록 하는 등 법 개정도 되었습니다. 최근 선거에서는 복지 논쟁과 재원조달방법 등이 이슈가 되는 등 정책 경쟁의 움직임도 보였습니다. 그러나 아직도 턱없이 부족합니다.

4. 11 총선 전에 〈신동아〉로부터 요청을 받고 '매니페스토 7년의 슬픔'이란 글을 써서 보낸 적이 있는데, 2012년 4월호 〈명사에세이〉에 실렸습니다. 소개합니다.

매니페스토 7년의 슬픔

이번 19대 국회의원 선거에서 새누리당 출신이 호남에서 당선되고 민주통합당 출신이 영남에서 당선되면 어떨까. 이번 선거의 최대 이변이 되지 않을까. 많이 당선되는 것은 바라지도 않는다. 딱 1명씩이라도 당선되면 안 될까. PK 쪽에 약간의 바람이 있다고 하니 두고 볼 일이다. 그러면 더 범위를 좁혀서 지역색이 가장 강하다는 광주 전남과 대구 경북에서 딱 1명씩이라도 당선되면 안 될까. 아마도 사람들이 세상이 바뀌기 시작했다고 여기지 않을까. 나쁜 방향이 아니라 좋은 방향이므로 그 소식은 우리에게 희망으로 다가오지 않을까.

우리가 일상생활에서 곧잘 잊어버리고 지내지만 이 나라의 지역주의 선거풍토는 실로 고질적이다. 벌써 수십 년 된 이 풍토에 변화의 바람이 불 듯하다가도 결정적 순간에 가면 딱 벽에 부딪힌다. 지지난해 지방 선거 때 전국을 2차례 돌았다. 그때 약간이지만 변화의 낌새를 알아챌 수 있었다. 먼저 호남에 가서 "이제 호남에서도 민주당만 찍어서야 되겠어요?"라고 물었다. 그러자 대부분이 동의를 했다. 그러면서도 다음 대답이 걸작이었다. "네, 그렇지만 한나라당까

지는 못 찍겠고요. 무소속은 찍어줄 거예요." 영남으로 이동했다. 그곳
에서도 똑같이 질문했다. "이제 영남에서도 한나라당만 찍어서야 되
겠어요?" 그쪽 대답도 똑같았다. "네, 옳은 말씀인데요. 그래도 아직까
지는 무소속은 몰라도 민주당까지는 아니에요."

실제 투표 결과 무소속의 약진이 돋보였다. 지자체장이 무소속으
로 당선된 곳도 나왔다. 그러나 상대 당은 아니었다. 다만 투표율이
10~20%까지 올라갔을 뿐이다. 이번 19대 총선은 어찌될까. 양쪽 모
두 당명까지 갈아치웠는데 상대 당 출신 국회의원들을 뽑아줄까. 아
닌 것 같다. 극소수의 이변은 있을지 모르겠으나 이번에도 싹수가 없
어 보이기는 마찬가지다.

매니페스토 정책선거운동을 벌여온 운동가들은 금년을 '유권자 반
란의 해'로 정했다. 우리 유권자들이 반란을 일으키듯이 정책투표를
하자는 것인데, 그중 가장 중요한 부분의 하나는 지연, 혈연, 학연 등
연고투표를 타파하자는 것이다. 그런데 기대가 난망이다. 우리가 아
무리 유권자에게 호소해도 정치의 당사자인 정치인들이 단숨에 고춧
가루를 뿌리고 불을 지르기 때문이다.

석패율 제도라는 것이 있다. 예컨대 새누리당의 A후보를 광주의 지
역구 후보로 공천할 뿐만 아니라 동시에 비례대표 후보로도 공천을
한다. 그렇게 하면 광주의 지역구에서는 새누리당 출신의 당선 가능

성이 낮기 때문에 낙선할 터인데, 그 득표율이 높아서 애석한 경우에 그를 비례대표로 당선시켜주는 것이다. 반대의 경우도 마찬가지다. 민주통합당의 B후보를 대구의 지역구 후보와 비례대표 후보로 동시에 공천을 하고 지역구에서 애석하게 낙선했을 때에 비례대표 후보로 당선시켜주는 것이다.

그런데 이처럼 우리나라의 고질적인 지역주의를 조금이라도 타파할 수 있는 이 제도를 지난 2월 국회 정치개혁특별위원회가 폐기한 것이다. 당초 이 제도의 도입 필요성은 간헐적으로 주장되어왔다. 2010년에 대통령 소속 사회통합위원회가 발족되면서 지역분과위원장을 맡아 우리나라의 고질적인 지역구도 정치를 개선할 방안을 모색하게 되었다. 많은 학자들과 함께 몇 개월 동안 토의하다가 결국 이 제도가 겨우겨우 돌파구를 찾는 데 도움이 된다는 결론을 내렸다. 그리고는 그 의견서를 각 정당의 대표자들과 국회 및 중앙선거관리위원회 등 관계기관에 제공하고 사회통합위원을 그만두었다. 그 후 중앙선거관리위원회가 정당 및 선거관련법 개정안에 석패율 제도를 포함시켰다는 소식을 전해 들었고, 국회의 정치개혁특별위원회가 이 제도를 도입하기로 여야 간사들 사이에 이미 합의까지 되었다는 소식도 들었다.

그런데 지난 2월, 선거를 불과 2달도 남기지 않은 상태에서 최종적으로 채택불가 결론을 내렸다고 한다. 기가 찬 일이었다. "저런 정치인들에게 지역구도 타파를 기대해? 바보 아니야?" 하는 울분이 치밀어 올랐다. 그렇게 된 이유는 간단했다. 먼저 군소 정당이 반대하고 나섰다. 전국 단위 정당득표율로 비례대표 의석을 한둘이라도 더 건져야 하는 군소 정당으로서는 피해를 볼 수 있다는 것이다. 그러다 양대 정당이 편승하기 시작했다. 그들의 속셈은 뻔했다. 굳이 말뚝만 박으면 1석을 건지는데, 그 금싸라기 같은 1석을 왜 적에게 내주느냐는 것이다. 지역구도 선거가 그들에게는 독이 아니라 약이었던 것이다. 약도 그냥 약이 아니라 보약이었던 것이다. 지역주의에 편승해서 자기들 챙길 것을 신 나게 챙겨 먹은 사람들이 지역주의를 타파해? 차라리 나무에 올라가서 물고기를 찾는 것이 나을 일이었다.

이들의 야욕은 여기에서 그치지 않았다. 의석을 300석으로 늘리는 데서도 여실히 드러났다. 신설 세종시를 포함해 의석을 3석 늘리는 대신에 다른 곳에서 3석을 줄여야 했다. 영, 호남에서 1석씩 줄인다 해도 나머지 1석을 더 줄여야 했던 것이다. 그런데 서로 자기네 텃밭에서 1석을 더 줄이려고 하지 않았다. 아예 국회의원 수를 300석으로 늘려버린 것이다. "고양이에게 생선가게를 맡겨? 이 나라 정치인, 아니 정치꾼들에게 정치판을 맡겨?" 이런 의구심이 치밀어 오르지 않을 수 없었다.

이 나라 지역주의 정치풍토 최대의 걸림돌은 영, 호남이다. 영, 호남의 주민들이 아니라 그들을 선전, 선동해온 영, 호남의 정치꾼들이다. 지역주의 정치의 불가피성을 논하는 이들도 있다. 그러나 이 나라처럼 정치권력이 차지하는 비중이 큰 나라에서 어디 출신이 집권자나

의회 권력자가 된다는 것은 영향력이 지대하다. 온 국민이 지역 간 불신의 늪에 빠져 있다. 혼사도 꺼린다는 말이 있다. 우리 같은 영, 호남 부부도 잘만 사는데 왜 이 지경까지 되었는지 모를 일이다. 이 신뢰라는 사회적 자본이 무너짐으로 해서 그에 따른 비용이 얼마나 큰지는 계량해보지 않아도 뻔하다. 게다가 오는 12월에는 대통령 선거가 기다리고 있다. 이때에도 지역적 편파성은 기승을 부릴 것이다. 오히려 총선보다도 더 정점을 칠 것이다.

매니페스토 운동은 1834년 영국의 보수당 당수 로버트 필에 의해서 시작되었다고 기록되어 있다. 사실 중세가 무너지고 근대시민정치의 일환으로 투표제도가 처음 시작되었을 때는 영국도 시정이 형편없었다고 한다. 투표매수, 뒷거래, 부정투표들이 횡행해 수많은 사건 사고들이 발생했다고 한다. 이에 로버트 필이 처음으로 "유권자들의 환심을 사기 위한 공약은 결국 실패하기 마련"이라면서 구체적인 공약으로 선거하겠다고 선언했다는 것이다. 미국에서는 플랫폼(Platform)이라고 하고, 독일에서는 선거강령(Wahlprogramm)이라고 하는데 최근에는 선거 매니페스토(Wahlmanifesto)라는 말을 사용하고 있다.

우리나라에서는 2006년 5.31 지방선거부터 매니페스토 정책선거 운동이 시작되었다. 그동안 고질적인 돈봉투 선거, 연고 선거, 중상모략·허위비방 선거, 이미지·바람몰이 선거, 선전·선동선거 등을 뿌리 뽑자고 해왔는데. 그러면 어떤 선거를 하자는 것이냐는 대안이 필요했던 것이다. 그 대안이 바로 매니페스토 선거였다. 이제는 돈봉투를 돌리는 자는 찍지 말고 좋은 정치공약을 내놓은 사람을 찍자는 것이다. 같은 지역 출신이라든가 같은 학교, 같은 성씨라고 찍어주지 말고, 말 잘한다고, 얼굴 잘생겼다고, 선전·선동 잘한다고 찍어주지 말자는 것이다. 그가 어떤 공약을 내놓았고 그것을 뒷받침할 구체적인 재원조달 방법을 제시하는 등 실현 가능성이 있는지, 무엇보다 그 후보가 그런 공약을 지켜낼 수 있는 인물인지를 노려보자는 것이다.

이게 가능한 일일까. 지금까지 7년째 노심초사 정치개혁 매니페스토 운동을 해온 사람으로서는 착잡하기 짝이 없다. 우리 유권자들이 변하면 좋겠는데, 문제는 유권자들의 변화를 가로막는 선전·선동꾼 정치인들이다. 차라리 매니페스토당을 하나 만들어버릴까. 그래서 싸돌아다니는 선거운동을 일체 배척하고 하루종일 좋은 공약만 내놓는 활동을 하다가 막상 선거에서는 장렬하게 전사하듯 떨어지는, 그런 정당을 만들어버릴까. 우리 세대에서는 정녕 이런 풍토를 뜯어고치지 못하고 죽는 것일까.

7년이라는 짧지 않은 기간을 회상해보면 자신도 모르게 슬픈 생각이 앞을 가린다. 그래도 부디 금년은 유권자 반란의 해가 되기를 기대하는 간절한 마음으로 또다시 집을 나선다. 한 알의 밀알이라도 심어보자고, 그것이라도 안 하는 것보다는 낫지 않겠냐는 희망을 가지고.

(2012. 4.)

나의 중정(中正), 중향(中向), 뱃사공론(論)

Q 선생님은 삶에 있어서 가장 중요한 가치로 삼는 것이 있습니까? 있다면 그것은 무엇입니까?

네, 있습니다. 저는 늘 우리네 세상의 가장 이상적인 모습을 그려봅니다. 이상향을 꿈꾸어보는 것이지요. 저의 경우에 그것은 중정(中正)입니다. 이 한자는 오로지 수직(l)과 수평(一)으로만 구성되어 있습니다. 그리고 전체적으로 아주 반듯하지요. 상하나 좌우가 딱 한 군데에서 만납니다. 십(十) 자나 만(卍) 자도 같습니다. 이 두 한자는 기독교와 불교의 상징이기도 합니다.

이 중정의 지점이야말로 우리가 지금까지 이야기해온 우리네 삶의 궁극적 꿈인 행복, 애기애타의 사랑, 홍익적 삶, 진정한 성공의 지점이 아닐까 합니다. 지나치지도 않고 부족하지도 않고, 동서남북(東西南北), 상하좌우(上下左右)의 어느 한쪽으로도 치우치지 않는 정중앙(正中央)의 점, 바로 그 지점입니다.

그리고 그 중앙점을 향한 자세가 중향(中向)입니다. 우리는 획일적으로 우향우(右向右), 좌향좌(左向左)만 외칠 것이 아니라 중향중(中向中)을 외칠 줄 알아야 합니다.

중향(中向)의 마음이 향하는 중정(中正)은 파도가 일어나지 않는 무아(無我)의 지경이라 할 수 있습니다. 아무런 파도가 없으니 거기에는 좌(左)도 없고 우(右)도 없습니다. 그러나 우리네 세상에는 수없이 많은 파도가 있습니다. 날씨에 따라 바다의 물결이 거칠다가 잔잔하다가, 큰 파도가 왔다 작은 파도가 왔다 합니다.

이때 배 한 척이 항해 중이라고 합시다. 그때 뱃사공은 어떻게 해야 안전하게 앞으로 전진할 수 있을까요. 이치는 간단합니다. 배가 왼쪽으로 기울면 그 반대편인 오른쪽에 힘을 싣고, 오른쪽으로 기울면 왼쪽에 힘을 싣는 것입니다.

사회도 마찬가지입니다. 진보적 경향이 지나치면 보수에 힘을 싣고, 보수적 경향이 지나치면 진보에 힘을 실어야 합니다. 그래야 배가 침몰하지 않고 전진할 수 있습니다. 본래 보수와 진보라는 것도 한 인간의 두 마음에 불과합니다. 그것들이 따로따로가 아니라 한 사람의 마음속에서 그때그때 균형을 잡아가는 것입니다.

우리는 지금 "배가 어느 쪽으로 기울었는가"를 냉철하게 판단할 수 있어야 합니다. 때(時)에 따라 어느 쪽에 힘을 실어야 하는지를 결정해야 하기 때문입니다. 이것이 그동안 '강지원의 뱃사공론(論)'으로 알려진 저의 주장입니다.

시계추도 마찬가지입니다. 한쪽으로 쫙 올라가면 반드시 내려오지요. 그랬다가 반대편으로 쫙 올라갔다가 다시 내려옵니다.

자전거도 마찬가지입니다. 왼쪽 페달을 밟으면 왼쪽으로 기울면서 전진하지요. 그다음엔 어떻게 해야 하나요? 오른쪽 페달을 밟아야지요. 그리고 그다음엔 다시 왼쪽 페달을 밟아야지요.

이것이 시중(時中)이 아닌가 합니다. 이것들이 모두 균형과 조화를 찾아가는 길입니다. 최적(最適)의 균형과 조화점이 바로 중정(中正)의 지점입니다.

몇 년 전 한 회보로부터 '나는 어디에 가치를 두고 사는가?'라는 주제로 글을 요청받은 적이 있습니다. 그때 쓴 글이 '중정'에 관한 것이었습니다.

내 생애의 가장 중요한 가치는 중정(中正)

지금이 여전히 독재정권 시대라면 어떻게 살아야 할까? 싸워야 한다. 그럴 용기가 없는 사람이라면? 가만히 '엎어져' 있기라도 해야한다. 절대로 해서는 안 될 일은 없을까? 있다. 결코 앞잡이 노릇은 해서는 안 된다. 그 앞잡이들로 인해 독재는 더욱 기승을 부릴 것이고, 고통 받는 이들은 더욱 늘어날 것이기 때문이다. 또한 여기가 적색 독재 지역이라면 어떠할까? 역시 마찬가지다. 적색이든 백색이든, 독재는 악(惡)이므로 대체로 그 해답은 자명하다.

그런데 지금 비(非)독재 시대에 들어서서도 분위기는 묘하다. 얼마 전까지는 적색 독재 무리들을 발 벗고 나서서 두둔하는 자들이 설쳐 대더니, 지금 정권이 바뀌어서는 과거 백색 독재 시절, 그 앞잡이 노릇하던 자들까지 어느새 고개를 쳐드는 기운이 보인다. 이 나라가 미쳤나? 웬 앞잡이들이 이리도 설쳐대나? 아직도 백색 · 적색 독재 정권의 잔재를 가차 없이 청산하지 못한 탓일까? 인간의 욕망이 그리도 끈질긴 탓일까?

지난 세월 가장 많이 받은 질문으로 기록할 만한 것이 있다. "당신은 누구 편이냐?"는 것이다. 이런 질문을 실로 시도 때도 없이 받았다. 과거 정치검사들이 설쳐대던 시절, 세 차례나 거부했음에도 불구하고 사람 좋다는 이유로 공안부 검사로 발령이 났다. 아니나 다를까 고작 1년여 근무하다가 정치적 사건을 두고 대판 싸우고 뛰쳐나왔다. 정치권의 입맛에 맞게 순응해줄 수만은 없었기 때문이다. 그랬더니 그들은 물었다. "당신은 누구 편이냐?"고.

변호사로 전직한 후 TV나 라디오에서 시사 프로그램을 진행해왔다. 한동안 재미있게 했다. 그런데 어느 날 한 프로그램이 폐지됐다고 했다. 이유가 뭐냐고 했더니, 당시 야당 소속 시장이던 MB를 출연시켜 1시간씩이나 선전할 기회를 주었다는 것이다. 웃기는 일이었다. (한편 MB정권에 들어와서도 당시 진행 중이던 한 프로그램이 폐지당했다. 전 정권부터 진행되어온 프로그램이라는 것이 이유였다. 이번에도 역시 웃기는 일이었다.〈괄호 부분은 나중에 추가〉)

KBS1 라디오의 '안녕하십니까, 강지원입니다'는 나 스스로 그만두었다. 시사프로그램을 진행할 때 나는 '정중앙(正中央)의 위치에서 공정하게 방송하리라'고 마음먹었다. 지금도 방송 진행자는 그래야 한다고 생각한다. 그런데 방송 끝날 때마다 가장 많이 받은 질문이 있다. 역시 "당신은 누구 편이냐"는 것이다. 때마침 아내가 정치적 중립성을 지켜야 할 대법관에 취임하게 되어 그나마 오해의 소지마저 없애주기 위해 얼른 집어치웠다.

　뿐만 아니다. 정치권의 요청도 수없이 받았다. 그런데 진짜 웃기는 일이 있다. 정당이라면 정치적 견해를 같이하는 자들이 뭉쳐 조직하는 결사체 아닌가? 그렇다면 자기들과 견해를 같이하는 자들을 찾아야 할 것인데 "나는 정치는 모른다"고 말하면 꼭 되묻는다. "그러면 누구 편이냐?"고.

　나도 사람인 이상 생각이 있다. 정치, 경제, 사회, 이념, 문화에 걸쳐 어찌 생각이 없겠는가? 나는 다만 '무표시층'에 속할 뿐이다. 그 이유는 단순하다. 패거리의 일원 또는 앞잡이로 취급되는 것이 싫기 때문이다. 또 세상에는 '무표시층'으로 지탱해야 할 사람들이 있다. 선거관리 종사자, 직업 공무원, 방송토론 진행자 등이다.

　내가 생각하는 좋은 세상은 '좌파 꼴통'이나 '우파 꼴통'들이 설쳐대지 않는 세상이다. 그 패거리나 앞잡이들이 서로 치고받고 싸우지 않는 세상이다. 건강한 우파와 건강한 좌파가 서로 공존하며 경쟁하는 세상이다. 그런데 지금 어디 그런 근처에라도 가고 있는가? 그래서 지금은 바로 그런 풍토를 만드는 것이 좀 더 시급한 때가 아닌가 하는 생각이다. 그 어느 쪽에 숟가락 하나 더 얹어 감투 나부랭이 하나 얻어 쓰기는 쉽다. 그러나 적대적 대결이 아니라 선의의 경쟁을 하고, 승자가 패자를 위로하고, 패자가 승자를 칭찬하는 좋은 모습을 만들어내기는 그리 쉬운 일이 아니다. 그래서 매니페스토 정책경쟁 풍토를 조성하고자 노력한다.

"좌도, 우도 아니다"라는 말이 있다. 그러나 이는 잘못이다. 테니스 코트에 좌와 우가 없나? 있다. 사람은 누구나 좌나 우에 속한다. 다만, 그 존재방식이 서로의 공존을 인정하고 서로 존중하는 방식이어야 한다. 그런데 무슨 놈의 존재방식이 게임 중에 서로 멱살 잡고 머리카락을 뜯으며, 게다가 게임이 끝난 후까지 코트 밖에서 멱살잡이를 계속하는가?

내 삶의 가장 중요한 가치는 '중정(中正)'이다. 아니, '중향(中向)'이다. 중정은 수직(│)과 수평(─)이 만나는 지점이다. 그런데 그 지점은 인간이 쉽게 도달하기 어려운 지점이다. 신(神)의 영역이라고나 할까. 그래서 내가 지향하는 바는 중을 향하는 마음이다. 동향(東向)도, 서향(西向)도, 남향(南向)도, 북향(北向)도 아니고, 좌향(左向)도 우향(右向)도 아닌, 중을 위해 노력하는 것이다.

그러면 어떤 현상이 나타날까? 상대편이 적군이 아니라 동반자로 보일 것이다. 상대편에게 배울 것도 많다고 생각하게 될 것이다. 필요에 따라서는 생각을 빌려 올 수 있게 된다. 때로는 상대편을 사랑하게 될 수도 있다. 마치 성별이 다른 남녀가 서로 사랑하게 되듯이.

중향(中向)을 공간적으로 보면 특정 방향에 치우지 않으려는 것으로 설명되지만, 양적으로 보면 지나치지도, 부족하지도 않은, 즉 과유불급(過猶不及)의 상태를 지향하는 마음으로 설명될 수 있다.

다수결의 원칙을 존중하면서도 다수의 횡포를 막아야 한다고 생각하고, 반면에 소외되고 고통 받는 사회적 약자에 대해 배려하고 지원하고자 하는 마음도 중향(中向)의 마음이 아닐까. 적정 성장과 적정 분배, 적정 효율성과 적정 속도를 지향하는 마음이 중향의 마음 아닐까. 돈, 권력, 명예도 청부(淸富), 청권(淸權), 청명(淸名)이라야 중향이 아닐까.

나는 오늘도 반성한다. 혹시 치우침은 없었을까. 혹시 지나침이나 부족함은 없었을까. 고 김수환 추기경의 조문을 가서 마음속으로 이런 생각을 했다. 추기경에게 "당신은 누구 편입니까"라고 물으면 어떻게 대답하실까? 혹시 "당신들! 왜 그렇게 살아?"라고 말씀하시진 않을까. 혼자서 씩 웃으며 돌아섰다.

(2009. 3. 4.)

나의 후회 1 : 성찰하고 반성하기

Q 이제 대담이 막바지에 이르렀습니다. 선생님께서는 행복은 습관이라고 말씀하셨습니다. 그렇다면 특별히 노력하는 습관이 있습니까? 있다면 소개해주십시오.

행복은 습관이라고 생각합니다. 행복이 습관이 되기 위해서 사람마다 각자 노력하는 바가 다를 것입니다. 저의 경우를 소개하겠습니다. 제가 늘 실천하려고 노력하는 습관은 2가지입니다.

하나는 '성찰하고 반성하기'이고, 다른 하나는 '겸손하고 감사하기'입니다. 그런데 이 2가지 모두 결코 쉽지가 않습니다. 후회하는 때가 많습니다. 끝없이 노력하려고 늘 채근합니다.

첫 번째로 '성찰하고 반성하기'를 삼은 이유는 다음과 같습니다.

사람들은 세상살이를 통해 수없이 많은 실수와 잘못을 저지릅니다. 잘못인 줄 알면서도 저지르고, 모르는 상태에서 저지르기도 합니다.

우선 잘못인 줄 뻔히 알면서 당장의 급한 사정, 분노, 갈등 등을 이유로 잘못을 저지르는 경우에는 쉽게 자신을 성찰하고 반성하게 되질 않습니다. 그러나 그 같은 사정이 가라앉을 때는 저 가슴 한 켠에서 죄책감, 죄송함, 미안함 같은 감정이 올라옵니다.

우리는 처음 나쁜 마음이 올라오는 그 순간, 성찰하고 반성을 했어야 합니다. 나쁜 짓이 계속될 때도 어느 한 순간 비록 늦었지만 용기

있게 반성을 해야 합니다. 또 이미 모든 잘못이 저질러졌더라도 죄책감이 느껴질 때는 가차 없이 회개반성해야 합니다. 그런데 그것이 말처럼 쉽지가 않습니다.

우리는 의식하는 상태뿐 아니라, 자신이 의식하지 못하는 상태에서도 수없이 많은 잘못을 저지릅니다. 자신은 상대의 기분을 상하게 할 의도로 한 말이 아닌데도 상대는 뜻하지 않게 불쾌하게 받아들이는 수도 있습니다. 심지어 그가 그런 생각을 했다는 사실을 나 자신이 전혀 눈치채지 못하는 경우까지 있습니다.

얼핏 보기에 남의 잘못이라고 판단해 남을 탓하기는 쉽습니다. 그 중에서 내 탓을 찾는 일은 어려운 일입니다. 그러나 내 탓을 찾아야 합니다. "내 탓이오"를 찾는 사람이 성공하는 사람입니다. 회개하고 반성할 일은 너무 많은데, 그것들이 크게 두드러지지 않으면 알아차리지 못합니다. 그래서 많은 경우에 잘못을 놓치게 됩니다.

우리는 찾아야 합니다. 내가 지금 무엇을 회개하고 무엇을 반성해야 할지를 샅샅이 찾으려고 노력해야 합니다.

특히 내 마음의 움직임을 순간순간 살피는 일이 중요합니다. 옳지 못한 생각, 좋지 않은 마음을 찾아내야 합니다. 타자에 대한 불평 · 불만과 울분 · 증오 · 저주하는 마음은 물론이고 소극적인, 비관적인, 폐쇄적인, 부정적인 생각, 우울해하고 슬퍼하는 마음, 분노하고 과격한 성정 등등 그 모든 부정적인 것들을 찾아내야 합니다. 이런 것들을 회개반성하지 아니하고 마음속에 담아두면 뜻하지 않은 부정적 결과를 초래합니다.

한 여성이 백화점에서 무척 짜증 나는 일을 겪었습니다. 그렇게 짜증이 난 상태에서 차를 몰고 백화점을 나왔습니다. 그런데 다른 차량이 뒤에서 갑자기 들이받는 사고가 났습니다. 불안정한 상태에서 차를 몰 때 사고가 나는 경우가 많습니다. 그러나 이 경우는 자신의 잘못이 아닌데도 사고가 났습니다.

그 이유가 무엇일까요? 자신의 짜증이 다른 사람의 유사한 짜증을 불러들인 것이라고 볼 수밖에 없습니다.

짜증과 분노 역시 회개하고 반성해야 할 대상인 것입니다.

우리는 또한 자신의 실수나 잘못에 대해 일부러 모른 체하고 싶어하는 경향도 있습니다. 그것들은 자신에게도 부끄럽고 다시 생각해내기도 싫기 때문입니다. 그래서 기억 속에 묻어버리는 경우가 많습니다. 그러나 잘못된 것을 처절하게 회개반성하지 않고 깊이 묻어버리면 그것은 언젠가 다시 튀어나옵니다. 땅속 깊은 곳에 유독 물질을 파묻은 경우와 같습니다.

우리는 그것을 묻으려 하지 말고 마음속에서 샅샅이 연소시켜 저 멀리 날려보내야 합니다. 부끄럽고 악취 나는 것일수록 더욱 철저하게 날려보내야 합니다. 사소한 잘못이라도 소홀히 해서는 안 됩니다. 아주 작은 잘못이더라도 찾아내는 만큼 자신은 더 정화되고 성숙해지는 것입니다.

반성은 철저하게, 그러나 긍정적으로

Q 회개반성이 잘 안 되는 것은 자신의 잘못을 인정하기가 싫어서일 것 같습니다. 선생님께서는 회개반성하는 특별한 방법이라도 있습니까?

저의 경우엔 회개반성할 때 저의 잘못을 정면으로 마주 보고 철저하게 하려고 노력합니다. 저 역시 남의 잘못에 대해서는 엄격하면서도 자신의 잘못에 대해서는 관대하게 대하려고 했습니다. 이리저리 변명하거나 핑곗거리를 찾기도 했습니다. 그러나 진실로 철저해야 하는 것은 자신의 잘못에 대해서였습니다. 온 세상에 드러내놓고 광고할 필요도 없었습니다. 자신에게 철저하고 처절하게 반성하면 족한 것이었습니다.

회개반성을 할 때도 긍정적으로 하고자 노력합니다. '긍정적 반성'이지요. 회개반성한다고 해서 더 큰 죄책감이나 절망감에 빠지지 않도록 노력합니다. 회개반성은 '과거의 잘못'에 초점을 맞추는 것이 아니라 회개반성함으로써 개선된 '현재의 생각'에 초점을 맞추는 것입니다. 과거에 얽매여 자신을 자괴감이나 우울감, 자책감으로 끌고 가지 않도록 노력합니다.

오히려 지금 이 순간, 나는 과거를 딛고 새로운 생각을 하고 있음에 초점을 맞춥니다. 이 점이 남의 탓 하기나 불평불만과 다릅니다. 그것들은 과거에 집착하는 것입니다. 이와 반대로 회개반성은 미래를 향한 것입니다.

저는 회개반성을 감사하기와 함께 하려고 노력합니다. 회개반성과 감사를 동시에 하면, 그냥 회개반성하는 것보다 상대적으로 절망감이 적어집니다. 아무리 잘못이 많더라도 감사할 것이 훨씬 더 많기 때문입니다.

전문가들은 반성일기를 써보라고 권고하기도 합니다. 그렇다면 감사일기와 함께 쓰는 것이 좋겠지요. 저는 하루에 몇 차례, 몇 분씩, 눈을 감고 회개반성하는 시간을 가지려고 노력합니다. 그러나 가장 좋은 방법은 늘 회개반성할 거리를 찾고, 찾으면 그때그때 곧바로 하는 것이 아닐까 합니다. 우리의 삶이 실수와 잘못의 역사라면, 동시에 회개반성하고 감사하는 역사이기도 합니다.

회개반성은 더 좋은 생각을 불러들입니다. 실수나 잘못은 과거이고 회개반성은 현재입니다. 지금 이 순간, 회개반성하는 마음 자체가 소중하고 훌륭한 것이어서 그것과 유사한 좋은 생각들을 불러옵니다. 시너지 효과를 일으키는 것입니다.

성찰하고 반성하기가 제 삶의 습관이 되도록 계속 노력하고 있습니다. 자기성찰과 회개반성이 클수록 더 큰 사람이 될 것입니다. 성찰과 반성은 우리네 삶의 디딤돌입니다.

저는 신독(愼獨)을 좌우명으로 삼고 있습니다. "혼자 있을 때 조심하자"는 것입니다. 아무도 지켜보는 이가 없는 것 같지만 내 양심은 나를 분명히 보고 있다고 생각하는 것입니다. 그러나 이것이 참 어렵습니다. 자신의 양심을 지키고 그것에 어긋나는 것을 찾아 성찰하는 것은 평생의 과제일 것입니다. 그래서 매일매일 끝없이 노력하겠다고 다짐하고 있습니다.

저는 인도의 성자 간디를 흠모합니다. 그의 여러 가지 사회활동보다 그의 구도자적(求道者的) 자세를 흠모합니다. 우유를 먹어도 되는지 같은 작은 일에서부터 몸부림치듯 진리를 탐구하고자 하는 모습이 저를 전율하게 하기 때문입니다. 다시 태어난다면 어떤 삶을 살까? 저는 수도자의 삶을 살게 되지 않을까 상상을 해봅니다.

나의 후회 2 : 겸손하고 감사하기
- -

Q 그러면 이제 선생님의 두 번째 습관인 '겸손하고 감사하기'를 들을 차례네요. 이것이 성찰하고 반성하기보다 더 어려울 것 같은데, 어떻게 실천하시나요?

제가 '겸손하고 감사하기'를 습관으로 삼고자 노력하는 이유는 다음과 같습니다.

사람의 아름다운 마음씨 중 한 가지가 겸손(謙遜)입니다. 겸손은 자신을 낮추는 것입니다. 자신을 낮추어야 할 상대를 만났을 때 자신을 낮추는 것은 누구나 합니다. 그러나 겉으로 보기에 낮추지 않아도 될 상대에게 낮추는 것은 왜 그래야 하는지 의문을 갖게 합니다.

성현들은 이런 경우에도 겸손하라고 가르치셨습니다. 이건 정말 어렵습니다. 저 자신도 너무 실천하기 어려운 과제입니다.

그럼에도 불구하고 겸손하라는 것인데, 그 까닭은 무엇일까요?

사람들은 자신이 조금이라도 가진 것이 있으면 우쭐해지고 오만해집니다. 자신보다 덜 가진 이와 비교해 자신이 우월하다고 생각하는 것이지요. 그런데 따지고 보면 지신이 가진 것이 있는가 하면, 못 가진 것도 분명히 있을 것이므로 함부로 오만할 일이 못 됩니다.

더 나아가 현실 세계에서 소유한 사회적 성과물을 가지고 따지는 것도 우스운 일입니다. 인간은 사회적, 물질적, 외면적 성과물보다도 보이지 않는 많은 자산을 가지고 있기 때문입니다. 인간의 영혼과 신성과 천성에 대한 외경이 필요합니다. 우리는 아이들에게도 함부로 하면 안 됩니다. '어린이'라는 말도 그런 뜻에서 만들어진 말입니다. 어린이도 존중하라는 뜻이지요.

그런 것처럼 인간은 인간 자체로서 존중받아야 하고, 우리는 누구 앞에서든지 겸손해야 합니다.

또 인간의 능력이 유한함을 생각하면 더 겸손해야 할 것입니다. 인간은 자연 앞에 겸손해야 합니다. 하늘을 우러러 겸손하고, 땅을 굽어 겸손해야 합니다. 인간의 오만이 얼마나 지구의 삶을 황폐화시켜왔는지 생각해보면 인간은 자연의 무한한 자정 능력 앞에서 겸손해지지 않을 수 없습니다.

거기에 인간의 피조물성(被造物性)까지 더해지면 인간은 겸손해지지 않을 수 없습니다. 왜 벼는 익을수록 고개를 숙이는지, 왜 물은 위에서 아래로 흐르는지 곰곰이 새겨볼 일입니다.

사람은 아이나 어른이나 학생(學生)입니다. 살아 있으나 죽으나 학생입니다. 배우는 사람, 그것이 사람의 본질입니다. 우리네 인간들이 이런 사실을 망각하고 조그만 성과물을 두고 우쭐해하고 오만해했던 것입니다.

겸손한 사람은 행복한 사람입니다. 역으로 행복한 사람은 겸손합니다. 겸손한 사람은 약한 사람이 아닙니다. 오히려 내면이 강한 사람입니다. 겸손은 가장 먼저 단련해야 할 좋은 습관입니다.

"못 가진 점, 감사합니다"

Q 자신의 좋은 조건에 대해, 혹은 자신에게 은혜를 베풀어준 사람에게 감사하기는 쉽습니다. 그런데 그 반대의 경우에는 감사하기가 너무 어려울 것 같습니다. 어떻게 감사할 수 있을까요?

사람들은 타인으로부터 도움을 받거나, 눈앞에 특별히 감동적인 일이 벌어졌을 때 감사함을 표시합니다. "고맙습니다" 하거나 "감사합니다"라고 말합니다. 그런데 일상 속에서 항상 일어나는 일에 대해서는 특별히 감사하다는 생각을 하지 않는 경우가 많습니다. 지금 누리고 있는 현실이 생각하면 할수록 너무나 감사한 일인데도 우리는 곧잘 잊어버리고 사는 것이지요.

감사해야 하는 이유는 은혜를 갚는다는 점 외에도 또 있습니다. 자신의 발전에도 큰 도움이 된다는 것입니다. 감사함을 느끼는 대상이 점점 더 강화되고 발전된다는 것입니다. 예컨대 내가 건강함에 대하여 늘 감사하는 마음을 가지면 나는 점점 더 건강해집니다. 부모님께 늘 감사하는 마음을 가지면 부모님의 사랑은 점점 더 커집니다. 가게에 오시는 고객들 한 분 한 분에게 하늘처럼 감사하는 마음을 가지면 그런 고객들이 점점 늘어나 사업도 번창합니다.

좋은 생각은 좋은 생각과 함께하고, 좋은 생각들끼리는 서로 시너지 효과를 내는 까닭입니다. 이를테면 "좋은 생각, 다 모여라!" 하는 식입니다. 물론 감사하는 마음에는 앞으로 "더 잘하겠다"는 각오도 포함되어 있습니다.

사람은 누구나 '가진 것'이 있는가 하면 '가지지 못한 것'이 있으므로 자신에게 주어진 것과 주어지지 않은 것에 대해 어떤 자세를 가지는가가 중요합니다. 우리는 자신이 '가진 것'에 대해 감사할 줄 알아야 하고, 심지어 '가지지 못한 것'에 대해서도 감사할 수 있어야 합니다. '가진 것'에 대해 감사하는 것은 쉽게 이해될 수 있겠으나, '가지지 못한 것'에 대해 감사하는 마음을 갖는 것은 쉽게 이해되지 않을 수 있습니다.

사실은 후자가 더 중요합니다. '가지지 못한 것'에 대한 고통을 이겨내는 가장 소중한 방법이기 때문입니다. '가지지 못한 것'으로 고통 받는다면 그 고통을 시련으로 받아들이고 그 시련을 극복하는 것을 내 삶의 과제로 삼아야 합니다.

시련이 크면 클수록 그것을 이겨내는 성취는 큽니다. 고통을 시련으로 받아들인다는 것은 고통을 긍정적으로 수용하는 것을 의미합니다. 고통을 현실로 받아들이고, 무고통의 상태를 발전적으로 포기하는 것입니다. 그렇게 되면 고통은 이미 고통이 아닙니다. 고통은 이미 사라지고 극복해야 할 시련만 남게 됩니다.

시련을 극복하기 위해서는 우선 나에게 시련이 주어졌음을 감사하는 데서부터 출발해야 합니다. 사실 이 같은 시련이 없다면 우리는 성장할 수 없습니다. 가난해서, 부모님이 계시지 않아서, 장애가 있어서, 콤플렉스가 있어서 등등, 이런 시련을 계기로 더욱 노력하게 된다면 시련에 대해 감사하는 마음을 갖는 것은 너무 지당한 일입니다.

물론 쉬운 일이 아닙니다.

자신이 '가지지 못한 것'에 대해 감사하는 마음을 가지려면 그것을 지나치게 크게 생각하지 않는 것도 한 방법입니다. 그것을 너무 크게 생각하면 스스로 우울해지거나 분노하게 됩니다. 그러면 시련을 이겨낼 동력이 떨어집니다. 오히려 작게 생각하고 그 안에서 이겨낼 방인을 모색해야 합니다.

그것이 뜻대로 되느냐고 반문할 수도 있습니다. 방법이 있습니다. 반대로 '가진 것'에 대해 더 크게 생각하면 됩니다. 크게 생각한다고 하여 우쭐하라는 것이 아니라 더 크게 감사하라는 뜻입니다. 사실 우리는 '가지지 못한 것'이 더 많은 것 같지만, 알고 보면 '가진 것'이 훨씬 더 많습니다. 우리가 너무 당연한 것으로 생각하고 감사하는 마음을 갖지 못한 것뿐입니다.

우리에겐 '가진 것'이 너무나 많습니다.

감사는 진실되고 집중적으로

Q '감사하기'를 생활 속에서 어떻게 실천하려고 노력하시는지 궁금합니다. 구체적인 방법에 대해 설명해주시기 바랍니다.

저는 매사에 감사한 마음을 갖는 것이 중요하다고 생각합니다. 무엇보다 지금 살아 있음에 감사하려고 노력합니다. 내가 이 세상에 태어났음에 대해, 이렇게 먹고 숨 쉬고 활동할 수 있음에 대해, 밤에 편히 누워 잘 수 있음에 대해 감사하려고 합니다.

우리는 가족, 동료, 이웃들에 대해서 불평·불만이 많습니다. 인간관계를 점점 확장시켜보면 같은 국민 또는 지구촌 인류들에 대해서도 불만이 많습니다. 하지만 그들의 잘못은 그들에게 맡기면 되는 것이었습니다. 그들을 심판하는 것은 나의 영역이 아니었습니다. 그들이 변화하는 데 도움을 줄 수는 있지만, 지나치게 월권을 하는 데서 원망과 분노, 증오와 저주의 마음이 생겨났던 것입니다.

저는 그들이 존재함을, 그들의 존재로부터 받았던 도움을, 그들의 잘못된 점으로부터 제가 배울 수 있었던 점에 대해 감사하려고 노력합니다.

우리는 직장과 일에 대해서도 불평·불만이 많습니다. 그러나 지금의 일이 비록 마음에 들지 않는다 하더라도 감사하려고 노력합니다.

시간제이거나 비정규직이라 하더라도 그 일이 자신의 적성과 맞는다면 그런 일을 할 수 있음에 감사해야 한다는 생각입니다.

이렇게 감사하다 보면 자신도 모르게 제 적성에 맞는 일을 더 잘할 수 있는, 많은 다른 생각들과 만나게 되겠지요. 점점 더 적성에 맞는, 좀 더 적성을 발휘할 수 있는 일자리를 찾게 될 것입니다. 설사 지금의 일이 제 적성에 맞지 않는다 해도 그 일거리에 감사하는 마음을 가지면, 그런 생각들이 유사한 생각들을 불러들여 적성에 맞는 더 좋은 일자리를 찾게 해줄 것이라는 생각입니다.

그 외에도 우리가 지금 가진 것이 얼마나 많습니까? 몸이면 몸, 정신이면 정신, 영혼이면 영혼, 돈이면 돈, 지위면 지위, 사랑이면 사랑, 건강이면 건강, 또 자연의 햇빛, 물, 공기, 국가의 안녕과 보호 등등. 너무나 많습니다. 일일이 감사하기도 힘들 정도로 많습니다. 그 모든 것들에 대해 감사하고자 노력합니다.

또 지금 가지고 있지 않다 하더라도 장차 갖기를 소망하는 것에 대해서도 감사하려고 노력합니다. 그것을 이미 가졌다고 생각하고 감사하려고 합니다. 소망하는 것이 있다면 염두에 두고 집중적이고 반복적으로 그것을 생각합니다.

그런 생각은 긍정적인 효과를 불러와 결국 소망이 눈앞의 현실로 사뿐하게 다가오게 됩니다.

저는 '겸손하고 감사하기'를 진실되게, 그리고 집중적으로 하고자 노력합니다. 건성으로 대충 할 일이 아닙니다. 전문가들은 하루에 몇 가지씩 감사할 것 메모하기를 권하기도 합니다. 감사일기나 감사편지 쓰기도 추천합니다. 그런데 그런 행동보다 중요한 것은 감사의 대상에 집중해서 진실한 마음을 전하는 것이었습니다.

하루에 몇 차례씩, 몇 분씩, 눈을 감고 감사하는 시간을 갖고자 합니다. 무엇보다 매 순간 마음속으로 "감사합니다"를 되뇌는 일이 습관이 되도록 노력합니다. 그러나 그것이 결코 쉽지가 않습니다. 끝없이 노력해야겠다고 다짐하고 있습니다.

안분지족(安分知足), 지족상락(知足常樂)이란 말을 적극적으로 해석하면 정말 감사하다는 생각이 솟아납니다. 감사하면 할수록 그만큼 행복해집니다. 겸손하고 감사하기는 행복지수를 높여줍니다.

저는 이 대담도 '감사하기'로 마치고자 합니다.

여러분 감사합니다.

■ **(주)고려원북스**는 우리들의 가슴속에 영원히 남을 지혜가 넘치는 좋은 책을 만들겠습니다.

마법처럼 꿈이 이루어지는
강지원의 꿈 멘토링

세상 어딘가엔 내가 미칠 일이 있다

초판 1쇄 | 2012년 6월 11일
초판 3쇄 | 2012년 9월 25일

지 은 이 | 강지원
펴 낸 이 | 이용배
펴 낸 곳 | (주)고려원북스
편집주간 | 설웅도

기   획 | 성장현, 유재혁
기획편집 | 안은주
편집디자인 | 최혜진
마 케 팅 | 백민열

판매처 | (주)북스컴, Bookscom, Inc.

출판등록 | 2004년 5월 6일(제16-3336호)
주소 | 서울시 광진구 중곡동 639-9 동명빌딩 7층
전화번호 | 02-466-1207
팩스번호 | 02-466-1301

ISBN : 978-89-94543-49-9 03810

잘못 만들어진 책은 구입처나 본사에서 교환해 드립니다.